Miss Seeton und der Hexenzauber

ECON Krimi
Morde auf die feine englische Art

Aus der Reihe *Morde auf die feine englische Art* sind außerdem lieferbar:

Heron Carvic: **Miss Seetons erster Fall** (TB 25995)
Heron Carvic: **Miss Seeton kann's nicht lassen** (TB 25996)
Heron Carvic: **Miss Seeton riskiert alles** (TB 25179)
Sydney Hosier: **Kein Fall für Mr. Holmes** (TB 25182)
J. C. Masterman: **Das Oxford-Komplott** (TB25998)
W. Bolingbroke Johnson: **Tod in der Bibliothek** (TB 25999)
Georgette Heyer: **Vorsicht Gift!** (TB 25997)
Georgette Heyer: **Schritte im Dunkeln** (TB 25994)
Anne Katherine Green: **Der Filigranschmuck** (TB 25180)
Anne Katherine Green: **Der Fall Leavenworth** (TB 25181)
J. B. Priestley: **Von der Nacht überrascht** (TB 25183)

Ein weiteres Mal wird die pensionierte Zeichenlehrerin Miss Emily Seeton von Scotland Yard zu Hilfe gerufen. Nur – sie weiß eigentlich nicht so genau, was man von ihr erwartet. An dieser merkwürdigen Versammlung der Nuscientisten teilnehmen, Beobachtungen und eventuell einige Skizzen machen, aber sonst? Was hat es mit der kleinen Kirche im Wald auf sich, in der sie des Nachts als Wache postiert wird? Und diese Veranstaltungen mit all den verrückten Leuten, die nackt um einen Berg Reisig tanzen – oder ist es etwa ein Scheiterhaufen? So tappt die neue Mitarbeiterin der Polizei von einer brenzligen Situation in die nächste, während der Hexentanz immer wilder wird …

Heron Carvic hat sich in vielen Berufen versucht, ehe er zu schreiben begann. Er war als Tänzer, Innenarchitekt und Blumenhändler erfolgreich; als Diener und Fotograf erlitt er Schiffbruch. In der Miss-Seeton-Reihe sind bisher drei Romane erschienen.

Heron Carvic

Miss Seeton und der Hexenzauber

Kriminalroman

Aus dem Englischen von Ursula Walther

ECON Taschenbuch Verlag

Veröffentlicht im ECON Taschenbuch Verlag
Der ECON Taschenbuch Verlag
ist ein Unternehmen
der ECON & List Verlagsgesellschaft
Deutsche Erstausgabe

First published by Courtis Brown Group Ltd.
Titel des englischen Originals: Witch Miss Seeton
Aus dem Englischen übersetzt von Ursula Walther
Umschlaggestaltung: Theodor Bayer-Eynck, Coesfeld
Titelabbildung: Beate Datmann, Münster
Lektorat: Esther Hansen
Gesetzt aus der Baskerville, Linotype
Satz: Josefine Urban – KompetenzCenter, Düsseldorf
Druck und Bindearbeiten: Elsnerdruck, Berlin
Printed in Germany
ISBN 3-612-25184-8

Kapitel 1

Arme Kuh.

Chief Inspector Brinton von der Ashford Division stapfte mit kalten Füßen durch das feuchte Gras. Halb sechs Uhr morgens war nicht gerade die Zeit, zu der man wach sein sollte, und schon gar nicht unterwegs. Die Farmer mochten so was? Bitte schön, dann konnten die Farmer es so haben. Aber wenn sie Vernunft besäßen – die ihnen offensichtlich völlig abging –, würden sie auch zu einer zivilisierten Stunde aufstehen. Falls sie dann Leichen in Gräben fänden, wären zivilisierte Menschen wenigstens bereit, zivilisiertes Interesse dafür aufzubringen.

Der Chief Inspector beobachtete, wie Potter, Plummergens Dorfpolizist, vor der Dornenhecke kauerte und die beiden Streifenpolizisten mit zwei Farmarbeitern Seile unter den Leichnam schoben, um ihn aus dem tiefen Graben zu hieven, der das Feld an einer Seite begrenzte. Er wandte sich an den Mann neben ihm.

»Alles klar, Doc? Wir bringen sie Ihnen ins Labor, dann gehört sie ganz Ihnen. Geben Sie uns so bald wie möglich den Bericht durch, obwohl ja alles ziemlich eindeutig aussieht. Wenn ich mir die Wunden an den Beinen ansehe, würde ich sagen: festgebunden und bei lebendigem Leib aufgeschlitzt.«

Der andere Mann zog die Schultern hoch. »Sonst gäb's nicht soviel Blut.«

Brinton winkte den Farmer heran. »Können Ihre Männer den Mund halten?« Der Farmer nickte. »Gut, sorgen Sie dafür. Und Sie selbst verlieren auch kein Wort darüber, klar? Sieht aus wie eine rituelle Handlung. Die Dinge stehen sowieso schon schlimm genug, und diese Sache mit der schwarzen Messe in der Kirche von Malebury macht nichts besser. Deshalb wollen wir das hier erst mal nicht an die große Glocke hängen. Wenn jemand Wind davon bekommt, sehen die Leute plötzlich überall Hexen und Teufel, und dann ist wirklich etwas los hier.«

Er ging. Religiöse Spinner. Das hatte ihnen gerade noch gefehlt. Als ob sie nicht schon genug am Hals hätten auch ohne diesen Blödsinn. Nuscience – deswegen war der Chief Constable auf Bäume geklettert. Nachdem die Polizei von Maidstone auf Anweisung des C.C. zweimal vergeblich versucht hatte, sich in die Organisation einzuschleichen, um herauszufinden, wozu das alles gut sein sollte und warum die reichen Leute von Kent wie die Lämmer, die zur Schlachtbank gehen, ihr Geld zu diesen Nuscience-Typen trugen, hatte der C.C. alle Chefs der Police Departments zusammengerufen. Irgendein Trottel hatte vorgeschlagen, Scotland Yard einzuschalten. Offenbar hatte der nicht kapiert, daß man einen Fall, den es gar nicht gab, nicht weiterleiten konnte – und nach den Beweisen, die sie hatten, oder nicht hatten, war Nuscience blütenweiß und unschuldig. Brinton lächelte vor sich hin. Er hatte auch einen Vorschlag gemacht – nämlich, daß jemand in die Gruppe eingeschleust werden sollte, und der C.C. war schon so gut wie einverstanden damit. Ein geschickter Schachzug, besonders weil Scotland Yard sozusagen durchs Hintertürchen ins Spiel kommen würde, wenn alles klappte. Seit sich dieser Hexenwahn zu etwas Ernstem ausgewachsen hatte, konnten sie jede Hilfe gebrauchen, um an Nuscience heranzukommen. Zumindest hatte der C.C. sein Okay gegeben, daß sich Brinton auf den Weg nach London machte, in aller Stille ein Wörtchen mit dem Orakel wechselte und zusah, was sich machen ließ. Vielleicht konnte er gleichzeitig versuchen, das Orakel ein bißchen über Hexen auszuhorchen.

Hexen. Brinton warf einen letzten Blick auf die Männer, die die Leiche aus dem Graben hoben, betrachtete seine mit rötlichem Schlamm bespritzten Schuhe, wischte sie am feuchten Gras ab, bis sie oben so naß waren wie an den Sohlen, steckte die Hände in die Taschen und marschierte zu seinem Wagen.

Arme alte Kuh.

Der Chief Inspector hatte noch nie die Gelegenheit gehabt, Scotland Yard einen Besuch abzustatten. Er sah sich die Fassade des Gebäudes an. Muß eine Stange Geld kosten, die Fenster putzen zu lassen, dachte er. Er ging hinein, nannte seinen Namen, Rang, Adresse, Dienststelle und sein Anliegen; man wies ihm einen Begleiter zu, der ihn zum Lift und nach oben brachte.

Detective Superintendent Delphick erhob sich, als der Besucher in sein Büro geführt wurde.

»Chris, schön dich zu sehen. Du kennst Bob Ranger?« Er deutete auf seinen Sergeant.

»Wie geht es Ihnen, Sir?« Detective Sergeant Ranger nahm ein paar Papiere von seinem Schreibtisch und machte sich auf den Weg zur Tür.

Brinton winkte ihn zurück. »Setzen Sie sich, Junge. Dieser Besuch ist zwar nicht offiziell, aber es könnte trotzdem sein, daß wir Sie brauchen.«

Der Junge, über einsneunzig groß und entsprechend breit, kehrte zu seinem Platz zurück. Er legte die Papiere wieder auf den Schreibtisch und ließ sich mit einem unguten Gefühl nieder. Was könnte der alte Brinton von ihm wollen? Die einzige Verbindung, die er zu Kent hatte – abgesehen von Anne – waren die Spritztouren mit dem Orakel nach Plummergen. Ohne die hätte er seine Anne nie kennengelernt. Aber Plummergen? Es konnte doch nicht wieder Miss Seeton dahinterstecken, oder?

»Kaffee oder Tee?« fragte Delphick.

»Danke, Orakel, Kaffee«, sagte Brinton.

Der Sergeant nahm den Telefonhörer ab und bestellte Kaffee und Gebäck für drei.

»Schön, Chris« – der Superintendent machte es sich auf seinem Stuhl bequem –, »was können wir für dich tun, was führt dich in die Stadt?«

Der Chief Inspector ächzte. »Die Religion.« Er stellte seine Aktentasche auf den Boden und ließ den Hut daneben fallen.

Die Religion? Delphick musterte seinen alten Freund. »Und dein Besuch ist, soweit ich es verstanden habe, nicht offiziell. Ist Canterbury der Erzbischof abhanden gekommen? Was gibt's für Ärger?«

»Importierten Ärger«, erwiderte Brinton, »zumindest ist das unsere Vermutung. Und unser Problem – oder es wird unser Problem, hoffe ich. Es geht um das Gerede über eine religiöse Organisation, die sich Nuscience nennt und eine Büroadresse in London hat.« Er grinste den Superintendent an. »Also schön, Orakel, mein Besuch ist inoffiziell, aber ich habe eine offizielle Bitte. Und unser Chief Constable spricht auch mit deinem stellvertretenden Commissioner über meine brillante Idee – wir haben nämlich bereits alle Hände voll zu tun mit anderen religiösen Spinnern.«

Delphicks Interesse war geweckt. Es mußte schon was Ernstes sein, wenn es Chris Brinton aus der Fassung brachte. »Was ist los?«

Brinton schüttelte den Kopf. »Der Teufel ist los, er treibt bei uns sein Unwesen. Alles geht drunter und drüber. Keiner begeht ein ordentliches Verbrechen, nein – sie lesen im Kaffeesatz, rücken Tische, schauen in Kristallkugeln und so was. Und es breitet sich immer mehr aus.«

Delphick lachte. »Und was ist daran so schlimm?«

»Das würdest du wissen, wenn du damit fertig werden müßtest. Schwarze Messen, Hexenzauber und all der Quatsch. Deshalb ist diese neue Scheiße, die unseren C.C. beinahe durchdrehen läßt, diese Nuscience, der Tropfen, der das Faß zum Überlaufen gebracht hat.«

Der Superintendent machte sich eine Notiz. »Gibt's eine Verbindung zwischen den beiden Phänomenen?«

»Nein. Nur, daß die einen Verrückten die Leute in die Arme der anderen Verrückten treiben. Bei all dem Wirbel um Hexen und den Satan, den die Menschen hinter jeder Ecke sehen, suchen sie nach jemandem, dem sie ihre Seele verkaufen können, solange noch Zeit dafür ist. Hexenzauber.« Er schnaubte. »So was gibt's immer mal wieder – meistens ist es harmlos, obwohl solche Sachen gerade groß in Mode zu sein scheinen. Aber dieser Nuscience-Unsinn – mit dem in jeder Minute zu erwartenden Weltuntergang, soviel ich verstanden habe – übersteigt alles, und die Hohlköpfe schwärmen herbei wie die Wespen zum Marmeladentopf. Das Ganze ist ein Riesenschwindel, darauf könnte ich wetten. Die sind so verschwörerisch und gerissen, daß es sich nur um Betrug handeln kann.«

Delphick schrieb wieder etwas auf. »Nuscience ... Weltuntergang ... Irgendwie klingeln bei mir da die Glocken.« Er überlegte einen Augenblick. »Nein – ich komm' nicht drauf. Hat irgendwas mit Schottland zu tun, glaube ich. Ich werde das überprüfen.«

»Und jetzt«, fuhr Brinton fort, »als wäre das alles nicht genug, haben wir's auch noch mit einem Tötungsdelikt zu tun.«

»Einem Tötungsdelikt?« Delphick bedachte seinen Besucher mit einem scharfen Blick. »Wann? Ich hab' nichts davon gehört.«

»Vorletzte Nacht. Die Zeitungen wissen noch nichts davon – und ich beabsichtige auch nicht, sie zu informieren. Hab' allen gesagt, sie sollen stillhalten. Ich will nicht, daß Panik ausbricht.«

Der Sergeant erstarrte. Der alte Brinton mußte einen Vogel haben. Man konnte doch einen Mord nicht unter dem Deckel halten; die würden ihm die Hölle heiß machen, wenn das rauskam.

Der Superintendent beugte sich vor und hielt den Stift schreibbereit. »Wer ist das Opfer?«

»Eine verdammte Kuh.«

Delphick senkte den Kopf, um ein Lächeln zu verbergen, und schrieb: *Alles über Hexenkult nachlesen.*

»Ein Farmer namens Mulcker wandte sich gestern morgen an uns, als er den Kadaver fand«, erzählte Brinton weiter. »Der Tierarzt hat einen Bericht verfaßt, und wir haben uns ein bißchen umgehört. Mir gefällt die Sache nicht – eine häßliche Geschichte.« Er beschrieb die Vorkommnisse. Der Farmer, der etwas außerhalb von Plummergen wohnte, hatte kurz nach fünf Uhr morgens den Dorfpolizisten alarmiert. Nachdem sich der Polizist den Fundort angesehen hatte, rief er in Brettenden an, und die Leute von dort meldeten den Vorfall wiederum nach Ashford.

Die Streifenpolizisten, die den Funkspruch abfingen, gaben, nachdem sie sich einen Überblick verschafft hatten, einen Bericht an ihre Dienststelle durch. Man holte den übel gelaunten Chief Inspector aus dem Bett und zwang ihn, im Nieselregen über die nasse Wiese zu stapfen, um sich den Kadaver einer Kuh anzuschauen. Der Anblick verschlechterte seine Stimmung noch mehr, aber sein Zorn zielte jetzt in eine andere Richtung. Die tote Kuh lag in einem Graben am Feldrand. Die von Seilen verursachten Male waren noch an den Vorder- und Hinterläufen zu erkennen. Ein in aller Eile entstandener Autopsiebericht bestätigte den Verdacht der Polizisten: Das Tier war gefesselt worden, und man hatte ihm bei lebendigem Leibe Herz und Leber herausgeschnitten.

Delphick kramte in seinem Gedächtnis. »War die Kuh eine Färse?« fragte er.

Brinton grinste grimmig. »Gut, Orakel, jetzt bist du auf dem richtigen Dampfer.«

Der Superintendent sah die nachdenkliche Miene seines Sergeants. »Eine Färse ist eine jungfräuliche Kuh, Bob. Das Blutopfer einer Jungfrau wie beim Voodoo-Zauber oder in der schwarzen Magie. Fruchtbarmachung der Erde durch das Blut des Opfers.« Diese Erklärung schien den Sergeant kein bißchen schlauer zu machen. »Hast du eine Spur von Herz und Leber gefunden?« erkundigte sich Delphick bei Brinton.

»Ich glaub' schon.« Ein Klopfen an der Tür kündigte den Kaffee an. Sobald die Tassen verteilt waren, nahm Brinton drei Löffel Zucker und rührte bedächtig um. »Ich habe alle Jungs in der Gegend gebeten, die Augen offenzuhalten, und Potter, unser Mann in Plummergen, hat Asche von einem Feuer im Hof der alten, verfallenen Kirche hinter Iverhurst gefunden – Iverhurst ist nur ungefähr zwei Meilen von Plummergen weg und gehört zu seinem Revier. Er stöberte ein wenig herum, dann gab er uns Bescheid. Da waren ein paar Brocken verbrannten Fleischs, in denen noch verkohlte Dornen steckten – wenigstens sah es so aus. Der Laborbericht ist noch nicht da, aber ich bin ziemlich sicher.« Er stellte seine Tasse auf Delphicks Schreibtisch. »Es hilft nichts«, setzte er hinzu, »Malebury, wo sie vor zwei Wochen diese schwarze Messe hatten, ist nur gut zehn Meilen entfernt gleich auf der anderen Seite der County-Grenze.«

»Ich verstehe.« Delphick überlegte. »Ja. Nicht schön. Und wenn sie einmal angefangen haben zu töten, weiß man nie, wo sie aufhören.« Er dachte: Bis jetzt hatten sie Nuscience, Hexenkult, wieder Nuscience, tote Kühe und noch mal Hexerei. Chris hatte etwas ganz Bestimmtes vor, aber was? »Diese brillante Idee, die du vorhin erwähnt hast – was genau wollt ihr von uns, du und dein Chief Constable?«

Brinton wurde plötzlich verlegen – eine für ihn ganz untypische Reaktion. In Kent war er überzeugt gewesen, daß diese Lösung die einzig logische war und daß sie nur so ihre Schwierigkeiten bewältigen konnten. Hier, in London und in der sachlichen Atmosphäre des Yard, erschien ihm der Gedanke mit einemmal weit hergeholt und amateurhaft, und deshalb scheute er jetzt vor der größten Hürde zurück, die überwunden werden mußte. Er betrachtete die Decke, dann den Boden, und schließlich richtete er den Blick auf Delphick. »Na ja, es geht um deine alte Freundin, die Zeichenlehrerin mit dem Regenschirm.«

Der Sergeant stöhnte. Er hatte es gewußt. Die ganze Zeit. Bei allem, was in der Nähe von Plummergen passierte – auch wenn es um geopferte Kühe und auf einem alten Kirchhof gebratene Innereien ging – hatte Miss Seeton irgendwie ihre Finger im Spiel. Selbst wenn das noch nicht der Fall sein sollte, würde sie sich in kürzester Zeit einmischen, darauf würde er jede Wette eingehen.

»Was hat die arme Miss Seeton getan?« wollte Delphick wissen.

»Es geht nicht darum, was sie getan hat, sondern darum, was wir von ihr wollen. Wir möchten, daß sie Nuscience beitritt.«

Delphick richtete sich auf. »Ihr wollt was?«

»Unser C.C. ist beunruhigt. Wir haben einige ihrer

öffentlichen Versammlungen auf dem Land besucht – die Veranstaltungen waren gut geführt und verliefen geordnet, aber das Ganze wirkt auf den ersten Blick ausgesprochen dämlich. Es hat nur einen häßlichen Beigeschmack. Zu viele Leute mit Geld gesellen sich dazu, und der C.C. glaubt, sie werden ordentlich gerupft. Daher beschloß er, einen Spitzel einzuschleusen. Die Leute aus Maidstone haben zwei Anläufe genommen, aber nichts erreicht. Der erste, der's versucht hat, war ein junger Detective. Er ging zu einer Versammlung in Tonbridge und zeigte sich blauäugig und begeisterungsfähig, aber er wurde abgewiesen. Ihr oberster Guru, sie nennen ihn Meister der Nuscience, sagte ihm, er wäre nicht wirklich berufen. Meiner Einschätzung nach dachten sie, daß er nicht genügend Kohle für sie hatte. Das leuchtete dem C.C. ein, er griff tief in die Kasse und versuchte es noch einmal, diesmal mit einer älteren Polizistin, die die dreihundert Pfund auf den Tisch blätterte, um Neuling zu werden, wie sie die Einsteiger und die Leute nennen, die in der Organisation den untersten Rang haben.« Brinton zog eine Grimasse. »Man muß schon wirklich dabei sein wollen, wenn man soviel bezahlt. Aber die Brüder sind ziemlich raffiniert – sie wollten nichts mit ihr zu tun haben. Ich denke, es war die richtige Idee, aber die falsche Frau. Sie gehörte zu der hellwachen, intelligenten Sorte, wahrscheinlich war ihnen das verdächtig. Wir brauchen eine nicht allzu elegante, ältere Person, die einen einfältigen und naiven Eindruck macht – eben eine Alte, der man zutraut, daß sie auf so ein Geschwätz hereinfällt. Und plötzlich dachte ich: Menschenskind, wir haben ja genau so jemanden! Miss Seeton ist wie geschaffen dafür.«

»Miss Seeton«, widersprach Delphick, »ist keine einfältige, naive Person.«

»Das habe ich auch nicht gesagt, ich sagte nur, daß sie diesen Eindruck macht. Sie ist die personifizierte Unschuld – in tausend Jahren würde sie keinen Verdacht erregen. Nuscience hat eine Versammlung in Maidstone angekündigt. Miss Seeton ist dort ansässig. Es wäre doch nur natürlich, wenn eine wie sie aus reiner Neugier dort hingeht, sich dann von dem Gerede, das sie verbreiten, übertölpeln läßt und unbedingt bei ihnen mitmachen will. Sie können nicht ahnen, daß Miss Seeton nicht vermögend ist. Viele dieser alten Mädchen, die allein in einem kleinen Cottage wohnen, sind ganz schön gut gespickt, ohne daß man es ihnen sofort ansieht.«

Delphick schüttelte den Kopf. »Ich sehe das anders, Chris. Miss Seeton hat einen viel zu ausgeprägten gesunden Menschenverstand, um sich auf so ein fragwürdiges Unternehmen einzulassen. Wie willst du sie dazu überreden, den Spitzel für euch zu spielen? Selbst wenn du ihr von vornherein reinen Wein einschenkst und sie sich dazu bereit erklärt – was ich übrigens bezweifle –, dann wird sie sich sofort verraten. Sie ist keine gute Schauspielerin. Außerdem könnte die Sache gefährlich werden, wenn das große Geld bei diesem Schwindel das Wichtigste ist, wie du sagst.«

Brinton wischte den letzten Einwand mit einer lässigen Geste beiseite. »Wir schicken ihr jemanden, der aufpaßt, daß ihr nichts passiert. Und was alles andere angeht« – er pochte mit seinem dicken Zeigefinger auf die Schreibtischkante –, »wir hatten gehofft, daß du sie zum Mitmachen überredest.«

»Ich?« rief Delphick. »O nein. Dieses schmutzige Geschäft erledigt ihr ganz allein.«

Brinton ignorierte die Abfuhr. »Du kennst sie besser als ich. Immerhin hat sie für dich gearbeitet – du hast sie für ihre komischen Zeichnungen bezahlt – und manche davon waren wirklich äußerst eigenartig.« Er gewann an Fahrt: »Genaugenommen könnten wir es genau so machen. Wir sagen ihr, daß wir an Nuscience interessiert sind, ein bißchen mehr darüber erfahren wollen und Hilfe gebrauchen könnten – sie springt vielleicht darauf an, und es wäre ja auch die Wahrheit –, und wenn sie zu einer der Versammlungen geht und einige Notizen macht, könnte sie ja auch ein, zwei Dinge, die sie bemerkenswert findet, zeichnen. Nach dem Treffen bringt sie es vielleicht über sich, sich der Bande anzuschließen – wir würden ihr das Geld zur Verfügung stellen – und uns noch mehr zu helfen.« Er grinste. »Könnte doch sein. Irgendwie kommen die Dinge immer ins Laufen, wenn sie in der Nähe ist. Ich sage nicht, daß *sie* sie in Gang bringt, aber du mußt zugeben, daß sich immer etwas tut.«

Delphick zuckte mit den Achseln und lehnte sich zurück. »Versuch dein Glück, wenn du willst, Chris. Wenn du deinem Chief Constable die Idee so verkauft hast, gibt es nichts, was dich daran hindern würde, aber ich verstehe nicht, was wir damit zu tun haben.«

»Ach, wirklich nicht?« versetzte Brinton. »Unser C.C. spricht mit eurem stellvertretenden Commissioner über eine Art inoffizielle Übergabe an euch. Ich dachte, es ist an der Zeit, eurem Riesenbaby hier« – er deutete mit dem Daumen auf den Sergeant –, »ein bißchen Urlaub zu gönnen. Da er mit Dr. Knights Tochter verlobt ist, könnte es nicht schaden, wenn er sich einige Zeit in Plummergen aufhält und ihr den Hof macht. Wir brauchen jemanden an Ort und Stelle, der die Augen offenhält, und natürlich ist es günstig, wenn er aus privaten Gründen, die nichts mit der Polizeiarbeit zu tun haben, in der Gegend ist.«

Urlaub? Nach Kent abhauen und mit Anne zusammensein? Bob Ranger strahlte. Besser konnte es nicht kommen. Er sah seinen Vorgesetzten erwartungsvoll an.

»Warum Plummergen und nicht Iverhurst?« hakte Delphick nach.

»Iverhurst ist zu klein. Drei oder vier Farmen, ein paar Cottages, das ist schon alles. Nicht einmal ein Laden. Plummergen ist nicht weit weg und hat ungefähr fünfhundert Einwohner. Wenn dein stellvertretender Commissioner grünes Licht gibt und Miss Seeton mitmacht, dann heißt das, daß wir deinen Sergeant unter einem einleuchtenden Vorwand vor Ort haben. Er wird alles beobachten, mit dir in Verbindung bleiben und Miss Seeton unter Kontrolle halten.«

Der Sergeant riß die Augen auf. Miss Seeton unter Kontrolle halten? Das war ganz und gar unmöglich. Die wirbelte ständig herum, bewaffnet mit einer Riesenportion Naivität und einem Regenschirm, und stellte in Null Komma nichts alles von hier bis Land's End auf den Kopf.

Der Superintendent ließ den Stift auf den Schreibtisch fallen. »Angenommen, wir machen mit, hast du schon vorgefühlt, was mit Miss Seeton ist? Wie denkt sie darüber? Hat sie überhaupt Zeit?«

Brinton lachte. »Ich hab' Potter gefragt. Er sagt – wie alle anderen in der Gegend – daß die Leute in Plummergen eine Heidenangst vor dem Hexenkram haben, und das halbe Dorf ist mehr oder weniger davon überzeugt, daß Miss Seeton die Oberhexe ist. In dem Moment, in dem Potter Miss Seeton und Hexen in einem Atemzug genannt hat, kam es mir vor, als hätte das Schicksal zugeschlagen. Ich dachte, falls sie wieder anfängt, dann setzen wir sie lieber gleich auf die richtige Spur. Es wäre ein Akt der Nächstenliebe, wenn wir sie von diesem Hexenzauber befreien und sie zu Nuscience bringen. Wir wären ihr wirklich dankbar, wenn sie mit ihrem Regenschirm in Nuscience herumstochern und den Schwindel auffliegen lassen würde. Aber sobald es ihr wieder einfällt, um Mitternacht im Teich zu baden, im Kanal auf und ab zu schwimmen und generell alle verrückt zu machen, übernehme ich nicht die Verantwortung – nicht allein jedenfalls. Außerdem brauchen wir einen gewissen Nachschub an Hüten und Regenschirmen – sie arbeitet gut und gern drei pro Woche auf, wenn sie in Form ist.« Er kicherte. »Man muß sie einfach gern haben, ob man will oder nicht, aber ich werde schlichtweg nicht mit ihr fertig.«

Schließlich vereinbarten sie, daß Delphick Bescheid bekommen würde, falls Sir Hubert Everleigh, der stellvertretende Commissioner, mit dem Plan einverstanden war; dann sollte Sergeant Ranger der Ashford Division zugeteilt und in Plummergen stationiert werden, aber so, daß alle Welt glauben mußte, er sei in Urlaub. Gleichzeitig würde Miss Seeton beauftragt werden, sich bei Nuscience umzusehen und soviel wie möglich über die Organisation herauszubekommen.

Kapitel 2

Sie war eine Puppe.

Die Septembersonne funkelte in dem Fenster, hinter dem sie reglos und unnahbar saß, und schimmerte auf ihrem Haar, das ihr in einer sanften, goldenen Welle auf die Schultern flutete. Ihre Augen, die wie blaue Bergseen im Sommer glitzerten, waren von den Lidern und den langen, dichten Wimpern halb verdeckt. Das rosige Gesicht wirkte so zart wie eine reife Nektarine. Ihre Nase war klein und gerade, der Mund korallenrot mit sinnlich geschwungener Oberlippe. Das von einem Könner geformte Kinn zeigte die Andeutung eines Grübchens. Ihre Figur war von dem laubgrünen Kleid und dem türkisfarbenen Umhang verdeckt, der am Hals mit einer goldenen Kordel festgebunden war. Still und unauffällig erregte sie Aufmerksamkeit, die sie selbst jedoch allen versagte. Sie war entzükkend, strahlend und unwiderstehlich. Sie war eine Puppe.

Miss Seeton betrat den Gemischtwarenladen.

»Eric«, flüsterte Mrs. Blaine, »hast du das gesehen?«

»Was?« Erica Nuttel, die gerade Briefmarken kaufte, wandte sich von dem Gitter vor dem Postschalter ab und sah sich in dem Laden um.

»Diese Seeton«, sagte Norah Blaine angewidert. »Sie hat Nadeln gekauft.«

»Ist etwas aufgeplatzt oder verrutscht?« fragte Miss Nuttel.

»Nein, keine Sicherheitsnadeln. Normale Nadeln. Das ist wirklich seltsam.«

»Was, Bunny?«

»Aber, Eric, hast du das nicht mitbekommen?« fragte Mrs. Blaine ihre Freundin aufgebracht. »Sie hat die Puppe, die im Schaufenster saß, gekauft. Na ja, natürlich habe ich mich darüber schon gewundert. Was, um Himmels willen, macht sie mit so einem Ding? Sie hat doch keine Verwandten – jedenfalls« – ihre Lippen verzogen sich geringschätzig –, »niemanden, von dem wir je gehört hätten. Außer dieser Mrs. Bannet natürlich. Aber sie war nur eine weit entfernte Verwandte. Ein Jammer, finde ich, daß sie gerade der ihr Cottage hinterlassen hat – Taufpatin oder nicht.« Sie schaute sich anklagend in Plummergens Postamt und einzigem Gemischtwarenladen um. »Es ist mir ein Rätsel, warum Mr. Stillman eine solche Puppe überhaupt ins Lager genommen hat. Viel zu hochgestochen für ein kleines Dorf wie dies. Ganz und gar unpassend. Und«, fügte sie hinzu, »viel zu teuer. Ich hielt das für eigenartig, aber« – sie senkte die Stimme und fuhr bebend vor Entrüstung fort: »Aber die Nadeln erklären alles. Das ist wirklich schrecklich.«

»Das verstehe ich nicht.«

»Aber, Eric, erinnerst du dich nicht? Neulich in der Zeitschrift *Anyone's*!« Miss Nuttel, eine große Frau mit rechteckiger Gestalt, bewegte den pferdeähnlichen Kopf auf und ab, als ihr plötzlich ein Licht aufging. Gleichzeitig horchten auch andere auf, schließlich wurde *Anyone's* von vielen im Dorf gelesen. Mrs. Flax hielt mitten im Streit mit Mrs. Stillman, ob Bananen zum oder im Curry serviert werden sollte, inne. Sogar eine angeregte Unterhaltung an der Käsetheke über das neue Bulman-Baby, das Jack Bulman so gar nicht ähnlich sah, dafür dem Sie-wissen-schon wie aus dem Gesicht geschnitten war, verstummte. Die plumpe Norah Blaine zitterte vor Aufregung am ganzen Leib. »Dieser gräßliche Artikel über Hexerei und Teufelsverehrung. Da stand drin, daß man in bestimmten Geschäften Puppen kaufen kann, denen bereits ein Paket Nadeln beigefügt ist. Und jetzt frage ich dich: Wenn jemand wie die eine solche Puppe kauft... welche andere Erklärung könnte es dafür geben?«

Für die besorgten Mithörer im Dorfladen lag natürlich auf der Hand, daß es nur eine einzige vernünftige Erklärung dafür geben konnte – vernünftig für die beiden Ladys, deren Hauptbeschäftigung die Angelegenheiten anderer

Leute waren und die sich unermüdlich bemühten, die Handlungen aller Mitmenschen zu analysieren, und die sich außerdem zum Ziel gesetzt hatten, sich dabei lieber an Aufsehenerregendes als an die schlichte Wahrheit zu halten. Eine ganze Flut von beunruhigenden Artikeln war in den vergangenen Wochen in den Zeitungen erschienen, um die Öffentlichkeit auf die ernstzunehmende Verbreitung von Hexenkult und schwarzer Magie hinzuweisen. Dämonologie, informierten die einschlägigen Blätter ihre Leser, sei ein einträgliches Geschäft. Magie, unterstützt durch Drogen, wurde zur Bedrohung. Mehr und mehr Menschen durchdrangen die Oberfläche der Angepaßtheit, um die tiefsten Tiefen des Daseins zu ergründen. Der Trend, so behaupteten sie, sei weltweit verbreitet. Die UNESCO zeige größte Besorgnis über die Situation in Deutschland. Australien habe Angst um Sydney und seine Bewohner. In New York befürchteten die Behörden, daß der Okkultismus seine Tentakel von den Vierteln der schwarzen und spanischsprechenden Bevölkerung über York und die First Avenue zum Sutton Place ausstrecken könnte. Dieser grausige Kult, warnten die Zeitungen, verbreite sich auch in Großbritannien immer mehr. Abgelegene Landstriche, Stadtzentren, Vororte und Dörfer auf dem Land – keine Gegend sei gegen diese neue Gefahr gefeit...
Auch die Bewohner von Plummergen spürten die Bedrohung. Nur wenige Meilen entfernt war kürzlich eine geheime Gemeinschaft bei einer schwarzen Messe beobachtet und nach Malebury in Sussex vertrieben worden. Es kursierten Gerüchte, daß es mindestens eine Hexenvereinigung in Kent gebe, obwohl bis jetzt noch nichts bewiesen werden konnte. Aber derartige Gerüchte mußten auf fruchtbaren Boden fallen und weitergetragen werden, und dieser Pflicht hatten sich Miss Nuttel und Mrs. Blaine verschrieben. Sie bewohnten gemeinsam ein Haus gegenüber der Autowerkstatt in der Mitte von Plummergens einziger Straße und beobachteten unermüdlich und mit höchster Skepsis das dörfliche Treiben durch die modernen Fenster ihrer Behausung, um anschließend ihre eigene Interpreta-

tion der erspähten Vorgänge unters Volk zu bringen. In der Überzeugung, selbst ohne Fehl und Tadel zu sein, betrachteten sie es als ihre Mission, die zahllosen Fehler bei anderen aufzudecken und mit scharfer Zunge darüber herzuziehen. Als strikte Vegetarier waren sie nach eigener Einschätzung in spirituellen und okkulten Belangen kompetenter als jeder Fleischesser. Sie sahen die gegenwärtige Hexenpanik als Herausforderung für ihre eigenen Kräfte an und setzten der Bedrohung eigene spirituelle Maßnahmen entgegen: Sie begannen mit Tischerücken, befragten das Oui-ja-Brett, deuteten den Kaffeesatz, lasen die Handlinien und legten Karten. Der Wahn befiel das ganze Dorf, und in vielen Cottages hüpften die Tische auf und ab. Unter den Büchern, die man im Gemischtwarenladen kaufen konnte, wurde *Meister der Metaphysik in 30 Minuten* der absolute Bestseller.

In der großen Welt der Wirtschaft hatten clevere Geschäftsmänner die Zeichen der Zeit erkannt, brachten Voodoo-Ausrüstungen, Drachen- und Fledermausblut, Friedhofsstaub, Levitationsbalsam und Wachspuppen auf den Markt und machten Millionengewinne. Was die Zeitungen verbreiteten, entsprach der Wahrheit – in gewissen Läden konnte man Puppen komplett mit einer Schachtel Nadeln kaufen. Die Puppe mußte so angezogen werden, daß sie an den Missetäter erinnerte, der einer gerechten Strafe zugeführt werden sollte, dann wurden die Nadeln in die Puppe gebohrt. Nach getaner Arbeit konnte sich der Magier zurücklehnen und auf die glückliche Aussicht vertrauen, daß sein Opfer durch den Nadel-Zauber Schmerzen erlitt oder sogar den Tod fand, wenn der Voodoo-Kundige ausreichende Fähigkeiten besaß.

In gewissen Läden? Hexerei in Kent? Schwarze Magie auch in den kleinsten Dörfern? Der Artikel in *Anyone's* und die Warnungen der Presse standen Miss Nuttel wieder deutlich vor Augen.

»Ich verstehe, was du meinst, Bunny, aber ...« Eine echte Hexe in einem kleinen Dörfchen wie Plummergen? Der böse Blick, Satanskult, Orgien – sehr beeindruckend. »Wie schrecklich.« Sie war fasziniert. »Aber wenn man mal überlegt...« Sie überlegte. »All die Dinge, die geschehen, wenn diese Seeton in der Nähe ist: Morde, Einbrüche und was nicht alles...«

»Und ihr selbst passiert nie etwas«, warf Mrs. Blaine ein.

»Ganz genau.«

Mrs. Blaine war in ihrem Enthusiasmus kaum noch zu bremsen. »Und denk doch mal, wie sie die Polizei verhext hat.«

»Ich sag' das nicht gern, Bunny...« Mittlerweile hatten sich fast alle Kunden um die beiden Ladys versammelt, um ja kein Wort von den letzten Skandalnachrichten aus Plummergen zu verpassen, und hielten den Atem an, als Miss Nuttel sich darauf vorbereitete, ihr Urteil abzugeben. »...und ich würde das nicht jedem gegenüber zugeben, aber du... doch, du könntest recht haben. Das erklärt eine Menge.«

»Und wenn man bedenkt«, jammerte Norah Blaine, »so was geschieht ausgerechnet hier! Es ist fürchterlich. Jemand sollte einschreiten.«

Mrs. Flax wedelte mit der Banane, die sie noch immer in der Hand hielt, aufgeregt durch die Luft. »Sie haben recht, meine Liebe, man muß etwas unternehmen.« Diese Unterstützung war keineswegs ohne Hintergedanken. Mrs. Flax legte sich mächtig ins Zeug für das Dorf und seine Belange, und die Tatsache, daß sie Verbindung mit einer verstorbenen Seele hielt, verlieh ihr einen gewissen Status; man zollte ihr Respekt. Kenntnisse in Kräuter- und Heilkunde untermauerten ihren Ruf, und man sah sie als weise Frau des Ortes an, die man zuerst und zuletzt konsultierte, während der Arzt lediglich als Zwischenlösung angesehen wurde. Daß diese Außenseiterin Seeton die Frechheit besaß, sich als Hexe aufzuspielen, konnte auf keinen Fall geduldet werden; diese Person mußte unschädlich gemacht und zum Schweigen gebracht werden. »Ich« – begann sie und sah verschlagen in die Runde – »könnte Ihnen ein oder zwei Dinge erzählen – Dinge, über die man besser kein

Wort verliert. Was ist mit Ted Mulckers Kuh passiert? Hat sich das Rückgrat gebrochen, als sie gestern morgen in den Graben gefallen ist, sagen sie. Ein schönes Märchen. Und wenn sie sich das Rückgrat gebrochen hat, wie kommt's dann, daß sie aufgeschlitzt und alles voller Blut war?« Eine Kuh? Gestern? Sonderbar. Sofort spitzten alle die Ohren. Mutter Flax mußte es wissen, schließlich arbeitete ihr Sohn für Ted Mulcker. »Jawohl«, bekräftigte Mrs. Flax genüßlich, »bei lebendigem Leibe aufgeschlitzt, und die Erde war blutdurchtränkt. Das war eine Opfergabe, da kann mir keiner was erzählen.« Die anderen bestürmten sie mit Fragen. Zu spät erinnerte sich Mrs. Flax daran, daß sie Stillschweigen geschworen hatte. Ihr Sohn würde ihr mit Recht den Kopf abreißen, wenn er jemals erfuhr, daß sie sich verplappert hatte. Sie setzte eine tugendhafte Miene auf. »Ich darf nichts sagen, ich hab's fest versprochen. Aber eines möchte ich doch zu bedenken geben: Wenn sie – ich nenne keine Namen – das getan hat, weiß der Himmel, was dann als nächstes kommt. Wir sind nicht mehr sicher, keiner von uns. Ich fürchte, wir könnten eines Tages alle ermordet in unseren Betten aufwachen und sind kein bißchen klüger als jetzt.« Ihre Zuhörer schauderten. »Nur eines ist klar – sie ist eine Fremde, von Lunnon oder so.«

»Ganz recht«, pflichtete ihr Mrs. Blaine bei. »Sie wäre nie hergekommen, wenn sie dieses Cottage nicht geerbt hätte. Und wir haben keine Ahnung, wie sie in London gelebt hat. Im Grunde wissen wir überhaupt sehr wenig von ihr, das heißt doch, daß etwas nicht stimmt.«

»Wie können Sie so etwas sagen – das verstehe ich nicht«, protestierte Mrs. Stillman hinter der Ladentheke. »Ich finde, Miss Seeton hat sich wundervoll verhalten. Denken Sie nur, wie sie der Polizei geholfen hat – und uns allen, wenn man es genau nimmt –, als es Ärger gab.« Das Grüppchen drehte sich überrascht zu ihr um. Einige wurden unsicher. Mrs. Stillmans Aufgabe war es, die anderen zu bedienen, nicht sie zurechtzuweisen. Ermunterung, nicht Widerspruch fördert Skandale.

»Ärger«, echote Mrs. Blaine. »Genau davon rede ich ja.

Und wer steckt dahinter? Seit sie hier ist, gibt es nichts als Ärger – eine schreckliche Sache nach der anderen. Und«, schloß sie, »keins der Vorkommnisse wirkt sich auf sie aus, das fällt doch auf. Wie erklären Sie das, wenn Sie schon meinen, daß sonst nichts an ihr eigenartig ist?« Sie schaute triumphierend in die Gesichter der anderen. Plötzlich wurden ihre Augen kugelrund, und sie erstarrte. Alle drehten sich um und folgten ihrem Blick. Mrs. Blaines allzu rege Vorstellungskraft riß sie und ihre Zuhörerschaft von erregendem Klatsch in die Verwirrung der Phantasterei. Vor ihren entsetzten Blicken verwandelten sich die bunt angemalten, lächelnden Gartenzwerge in der Glasvitrine inmitten des Ladens zu höhnisch grinsenden Gnomen. Über den Zwergen hing ein aufgerolltes Seil. Mit Seilen konnten Hexen unschädlich gemacht werden, man fesselte sie, um sie auf den Scheiterhaufen zu führen, oder man hängte sie mit solchen Stricken auf. Im Regal stand Tierfutter: Dosen mit Katzenfutter, und auf den Etiketten war je eine schwarze Katze abgebildet – das Symbol der Hexen. Ein paar zusammengebundene Reisigbesen, die in der Ecke standen, zogen Mrs. Blaines Blick – die Blicke aller – unweigerlich auf sich. Sie hielt den Atem an wie alle anderen auch, als die Reisigbesen mit einemmal eine teuflische Bedeutung annahmen – diese Ungetüme fegten nicht Laub und Schmutz vom Hof, sondern schwirrten über den nächtlichen Himmel. Puppen? Nadeln? Schwarze Katzen und Hexenbesen? All das Zaubergerät in ihrem Dorfladen? Hatte man sie so in die Irre geführt? Waren sie, ohne es gemerkt zu haben, schon längst in einem Spinnennetz gefangen? Übten die Leute hinter verschlossenen Türen teuflische Praktiken? Täuschten die harmlos erscheinenden Nachbarn ihre Mitmenschen? »Wir hätten schon früher darauf kommen müssen«, erklärte Mrs. Blaine, »nach allem, was in den Zeitungen stand. Seht ihr das denn nicht? Das heißt, hier gibt es eine Hexe – sie lebt mitten unter uns.« Plötzlich schien es in dem Laden kälter zu sein. Ein eisiger Schauer überlief alle. »Und es hat keinen Zweck, zur Polizei zu gehen; die Seeton würde sie nur wieder hinters

Licht führen – wie immer. Was sollen wir tun?« fragte sie die Umstehenden.

»Wir fordern sie auf, von hier zu verschwinden«, schlug jemand vor.

»Wir gehen zum Vikar.«

Miss Nuttel rümpfte die Nase. »Und wozu sollte das gut sein?«

»Wir wissen alle, daß sie den alten Arthur Treeves um den Finger gewickelt hat«, sagte Mrs. Blaine. »Und seine Schwester dazu. Nein, wir müssen selbst tätig werden.« Plötzlich hatte sie eine Idee. »Ich weiß. Dieser Mann von der Nuscience-Versammlung in Tonbridge letzte Woche – ein großartiger Redner. Er ist der Richtige. Er hat über den Satan gesprochen und alles ganz genau erklärt. Er sagte, wir müssen das Böse bekämpfen, wenn wir ihm begegnen, aber erst müssen wir lernen, mit welchen Mitteln wir es besiegen können. Ich erinnere mich, daß er sagte, wir sollten uns über uns selbst erheben und auf einem anderen Plan zur Wehr setzen.«

»Auf einem anderen Planeten, Bunny«, korrigierte Miss Nuttel.

Ihre Freundin war verstimmt. »Das ist doch egal, es läuft auf dasselbe hinaus, oder nicht? Aber er ist sehr beeindrukkend und gutaussehend, und ich glaube, er hat recht. Er hat sogar die Hexerei erwähnt. Es war kurz nach dem Vorfall in der Kirche von Malebury – er meinte, so was würde die Menschen in die Verdammnis zerren, und es wäre nur ein weiteres Zeichen dafür, daß das Ende der Welt naht. Er ist genau der Mann, der uns helfen kann. Es kostet natürlich eine Menge Geld, aber ich denke, das ist es wert«, befand Mrs. Blaine. »Sicher ist sicher, finde ich. Wirklich, Eric, ich glaube, wir sollten zu Nuscience gehen.«

Die alte Miss Wicks war schockiert. Sie hatte sich angehört, wie die anderen über die nette Miss Seeton gelästert hatten, und obwohl sie vollkommen verstört wegen dieser üblen Gerüchte war, konnte sie sich doch nicht von den Klatschtanten losreißen. Das Thema Hexerei faszinierte sie zu sehr. In den Zeitungen hatte es geklungen, als wäre es eine ernsthafte Bedrohung für unbescholtene Bürger, und zum erstenmal ängstigte sie sich, wenn sie nachts in ihrem kleinen Haus allein war. Aber Nuscience ... Das war so eine verrückte neue Religion. Was würde der Vikar dazu sagen? Sie war derart entrüstet, daß sie ihre ohnehin schon viel zu großen, weit vorstehenden Vorderzähne noch mehr als sonst entblößte und die Zischlaute schärfer als gewöhnlich die Luft durchschnitten, als sie aufgeregt schimpfte: »Skandalös!«

Mrs. Blaine überging den Einwand souverän. »In Kürze findet eine neue Versammlung von Nuscience in Maidstone statt; wir müssen hingehen, Eric.« Sie sah auch die anderen auffordernd an. »Ich denke, wir alle sollten hingehen. Wir müssen zusammenhalten. Sonst könnte alles mögliche auf uns zukommen – Orgien zum Beispiel.« Atemlos drehte sie sich zu Mrs. Stillman um. »Ich denke, ich nehme noch eine von diesen Suppendosen – Tomate mit Rosinen und Nüssen.«

Ermutigt durch das couragierte Beispiel ihrer Anführerin wirbelte Mrs. Flax zu Mrs. Stillman herum und knallte die Banane so heftig auf die Theke, daß die Schale platzte. »Das können Sie behalten. Curry!« schimpfte sie. »Heidnisches Zeug. Damit will ich nichts zu tun haben. Geben Sie mir zwei Brühwürfel, zwei Päckchen tiefgefrorenes Gemüse und eine Dose Karotten – ich mache lieber ein Stew. Das ist gesünder« – sie richtete einen anklagenden Blick auf die Ladenbesitzerin, die es gewagt hatte, sich für diese fremde Hexe stark zu machen – »und ungefährlicher.«

Die Angst vor Übernatürlichem schien appetitanregend zu wirken. Die Damen hatten sich stärker als beabsichtigt ins Bockshorn jagen lassen und kauften weit mehr Lebensmittel als sonst ein – vielleicht hofften sie, daß übertriebene Alltagshandlungen sie in die Normalität zurückführen würden.

Miss Seeton, die vollkommen ahnungslos war, daß sie einen derartigen Aufruhr verursacht hatte, befand sich auf dem Weg nach Hause. Noch als sie vor dem Geschäft stand, konnte sie ihr Cottage am Ende der Straße sehen. Der Anblick erfüllte sie wie immer mit Freude und Dankbarkeit – Freude darüber, daß sie so unverhofft in den Besitz eines hübschen Häuschens gekommen war, und Dankbarkeit der Taufpatin gegenüber, die es ihr testamentarisch vermacht hatte. Das Cottage hat einen eigenen kleinen Vorgarten, der jedoch von beiden Seiten von Reihenhäusern begrenzt ist, die die Straße wie eine Sackgasse abschneiden. In Wirklichkeit gibt es aber zwei Abzweigungen: einen schmalen Weg, der an der Mauer, die Miss Seetons Garten abschirmt, vorbeiführt, und die im rechten Winkel abzweigende Marsh Road, die wegen der hohen Bäume im Garten der Bäckerei aus der Ferne nicht einsehbar ist. Die Marsh Road führt um das Sumpfland herum in Richtung Norden nach Brettenden und zu dem Wegweiser mit der Aufschrift RYE, der nur zur Irreführung der Ortsunkundigen dort zu stehen scheint. Die Marsh Road ist eine Landstraße und breit genug für zwei Autos, wenn sie vorsichtig aneinander vorbeifahren. Der Weg hingegen ist tatsächlich nicht sehr viel mehr als ein Weg, und der Fahrer eines Lieferwagens muß schon sehr behutsam manövrieren, um sein Vehikel ohne Kratzer durch die Passage zu fahren. Dennoch ist dies eine Durchgangsstraße, ein schmales Nadelöhr, das die beiden großen Verkehrsachsen miteinander verknüpft; das Bindeglied zwischen London und Maidstone, durch Brettenden und, nach der Brücke über den Royal Military Canal, eine der Hauptrouten zum Airport Lydd und an die Küste.

Der große Garten hinter dem Cottage hätte für Miss Seeton eine enorme Belastung dargestellt, hätte sie nicht zusammen mit dem Anwesen die Arrangements übernommen, die ihre Patin vor Jahren mit einem örtlichen Farmarbeiter und seiner aus London gebürtigen Frau getroffen hatte. Stan Bloomer kümmerte sich in seiner Freizeit um den Garten, zog Gemüse und Obst für Miss Seeton, seine Familie und für den Verkauf; und nach demselben Prinzip hielt er am Rand des Grundstücks in zwei kleinen Ställen Hühner. Seine Frau Martha kam – gegen ein geringes Entgelt – zweimal in der Woche am Vormittag zum Saubermachen und Kochen und erledigte alle Arbeiten im Haus, die sie für nötig hielt. Eines allerdings hatte Miss Seeton nicht geerbt, nämlich die Mittel, um den Besitz instand zu halten. Die alte Mrs. Bannet hatte ihr zwar ihre gesamte Barschaft hinterlassen, aber nachdem die Bestattungskosten und alles andere beglichen waren, blieb Miss Seeton zusätzlich zu ihrer kleinen Pension nur noch ein geringes Einkommen, das ihre bedenkliche finanzielle Lage nicht entscheidend verbessern konnte.

Miss Seeton hatte Glück gehabt – oder Pech, je nachdem –, weil ihre Ankunft, als sie das Erbe angetreten und sich in ihrem neuen Domizil eingerichtet hatte, vom grellen Licht der Öffentlichkeit beleuchtet worden war. Es konnte nie ermittelt werden, ob die Verwicklung in unliebsame Ereignisse Schicksal oder Miss Seetons eigene Schuld war. Man konnte ihr wohl kaum einen Vorwurf daraus machen, daß sie in London Zeugin eines Mordes gewesen war, doch sie hatte offene Kritik heraufbeschworen, als sie ihren Regenschirm in den Allerwertesten des Mörders bohrte, während er mit einer denkwürdigen Vorstellung versuchte, sein Verhalten zu korrigieren. Durch diese Tat war sie Scotland Yard aufgefallen. Ihre Erfahrung als Zeichenlehrerin hatte sie in die Lage versetzt, eine ziemlich naturgetreue Skizze von dem Killer anzufertigen. Superintendent Delphick zog auch aus anderen Zeichnungen Nutzen, als Miss Seeton hin und wieder – ohne weitere Absichten damit zu verfolgen – ihre intuitiven Empfindungen über einen Menschen und nicht so sehr sein tatsächliches Äußeres zu Papier brachte. In einem anderen Fall bat der Superintendent Miss Seeton mit Genehmigung des stellvertretenden Commissioners um ihre Mithilfe, und das Experiment verlief erfolgreich. Miss Seeton kannte den wahren Grund, warum die Polizei ihre Dienste nützlich fand, nicht und hätte ihn auch nie verstanden. Sie wußte natürlich, daß Künstler oft beschäftigt wurden, wenn keine Fotos zur Verfügung standen oder unbrauchbar waren. Deshalb hielt sie sich, wenn sie überhaupt darüber nachdachte, für eine gelegentliche Phantombild-Zeichnerin, ohne zu registrieren, daß man sie gar nicht beauftragte, Phantombilder zu zeichnen. Die Schecks, die ihr die Polizei für ihre diversen Kunstwerke zukommen ließ, hatten ihr vorübergehend aus den Verlegenheiten geholfen, und sie fand, daß das den extravaganten Kauf der Puppe rechtfertigte.

Major General Sir George Colveden, Baronet, Ritter of the Bath und Friedensrichter, war dank seines unermüdlichen Interesses und seiner Hilfsbereitschaft bei Gemeindeangelegenheiten in die veraltete Rolle eines Landjunkers gedrängt worden. Er und seine Frau hatten Miss Seeton unter ihre Fittiche genommen, als es bei ihrer Ankunft in Plummergen zu Schwierigkeiten gekommen war, da sich die Folgen des Mordfalles in London bis nach Kent ausgewirkt und beinahe das ganze Dorf in Mitleidenschaft gezogen hatten, bevor das Verbrechen endgültig aufgeklärt werden konnte.

Miss Seeton, die sich durchaus bewußt war, was Sir George und Lady Colveden für sie getan hatten, war eine Zeit lang ziemlich besorgt gewesen, weil ihr nicht einfiel, wie sie die Freundlichkeiten erwidern konnte. Erst vor ein paar Tagen war sie zum Tee bei den Colvedens eingeladen gewesen und hatte ihre verheiratete Tochter und die kleine Enkelin kennengelernt. Miss Seeton fand die beiden reizend und war gerührt, als die kleine Janie ihr am nächsten Morgen einen Besuch in ihrem Cottage abstattete und einen selbstgepflückten Blumenstrauß »für deine Bilder« mitbrachte. Mutter und Tochter sollten heute nachmittag nach einem neuerlichen kurzen Besuch nach London zurückkehren, und die Puppe konnte als Abschiedsgeschenk kaum zurückgewiesen werden und würde, wie Miss Seeton hoffte, der Kleinen Freude machen. Sie klemmte die in Geschenkpapier gewickelte Schachtel unter den Arm, um sie besser tragen zu können.

«'tschuldigung, Miss.« Miss Seeton drehte sich um. Ein kleiner schmuddeliger Junge musterte sie ernst. »Mein Nonsens steckt im Baum fest.«

»Dein ...?« Ihr Blick folgte der Richtung, in die sein Finger wies. An einem Ast, den sie gerade nicht mehr erreichen konnte, hing ein ... na ja, ein Ballon, vermutete sie. Vier aufgeblähte Würste, die an einem aufgeblasenen Ball befestigt waren, ein kleinerer Ball als Kopf: das Gebilde hatte Ähnlichkeit mit dem Männchen, das für Michelin-Reifen warb. Vielleicht ein Weltraumfahrer, überlegte Miss Seeton. Sie hob ihren Regenschirm hoch und tippte das Ding sanft an. Vorsichtig befreite sie es von dem Ast. Das Kind zerrte an der Schnur. Miss Seetons Schirm hatte eine scharfe Spitze. Die aufgeblasene Figur zerplatzte mit einem Knall. Die Gummifetzen hingen schlaff am Ast – so erfüllte sich symbolisch Chief Inspector Brintons Hoffnung, daß Miss Seeton mit ihrem Regenschirm ein bißchen in Nuscience herumstochern und den Schwindel auffliegen lassen würde. »Liebe Güte«, sagte Miss Seeton.

»Macht nix«, tröstete sie der Junge. »Ich hab' noch einen.« Er zog ein zerknautschtes Stück Gummi aus der Hosentasche. Er steckte ein Ende in den Mund und blies. Ein neuer Weltraumfahrer entstand. Der Junge verschloß das Loch, in das er geblasen hatte, mit einem Stöpsel, dann nahm er die Schnur von den Überresten, befestigte sie an dem zweiten Raumfahrer und hielt ihn Miss Seeton hin. »Stechen Sie mit Ihrem Schirm rein«, schlug er vor. »Gibt 'nen schönen Knall.«

»Sei nicht so dumm«, protestierte Miss Seeton. »Dann hast du doch keinen Ballon mehr.«

»Stimmt ja gar nicht. Ich hab' noch drei.« Er kramte wieder in seiner Tasche und hielt sie hoch. »Meine Mum ist eine Nonsens, verstehn Sie? Sie hat sie bei einer Versammlung gekriegt. Sie schenken sie einem, wenn man ihnen genügend Kohle gibt und bei ihnen mitmacht. Es ist Reklame, kapiert?«

»Trotzdem finde ich, du solltest gut auf sie aufpassen, damit sie lange halten, sonst wird deine Mutter bestimmt böse. Außerdem« – Miss Seeton runzelte die Stirn –, »du solltest deine Mutter wirklich nicht Nonsens nennen! Das ist ziemlich ungezogen, und ich bin sicher, es stimmt auch nicht.«

»Klar stimmt's«, beharrte der Junge. »Mein Dad ist stocksauer. Er ist bei der Eisenbahn, wissen Sie, und abends hilft er auf einer Farm, bei der Ernte und so. Und meine Mum arbeitet auf dem Feld – Kartoffeln, Bohnen und all das. Sie haben für ein Auto gespart, aber dann hat meine Mum das ganze Geld genommen und es diesem Nonsens gegeben. Mein Dad war fuchsteufelswild – ich dachte, er macht sie alle.« Bei der Erinnerung blitzten seine Augen auf. »Außerdem ist er in der Kirche, verstehn Sie, und er findet dieses Nonsens-Zeug blöd.«

Miss Seeton ließ sich lieber nicht auf weitere Diskussionen ein. Offensichtlich gab es da ein Mißverständnis. Der Kenter Dialekt... wirklich schwer zu verstehen für jemanden, der noch nicht lange hier wohnte. Sie lächelte, nickte und setzte ihren Weg fort.

Kapitel 3

»Etwas Schreckliches ist passiert.« Die unheilvolle Ankündigung, die eigentlich wie eine Bombe hätte einschlagen sollen, verhallte ungehört. »Ich sagte«, meldete sich Lady Colveden erneut zu Wort, während sie den Brief weglegte und etwas mehr Butter auf ihren Frühstückstoast strich, »etwas Schreckliches ist passiert.«

Ihr Sohn stopfte sich Rührei mit Wurst in den Mund. »Was?« fragte er schmatzend.

»Tante Bray«, erwiderte seine Mutter.

Nigel schob seinen Teller beiseite und nahm sich einen Toast. »Ist sie gestorben?« erkundigte er sich hoffnungsvoll.

»Sei nicht so gefühllos«, tadelte seine Mutter, aber ihre Aufrichtigkeit zwang sie zu dem Geständnis: »Obwohl das ganz nett wäre.«

Nigel schmierte Butter auf seinen Toast. »Was hat sie dann angestellt?«

»Sie kommt.«

Die Bombe hatte trotz der erheblichen Verspätung nichts von ihrer durchschlagenden Wirkung verloren. Nigel verschluckte sich und hustete, während die Zeitung auf der anderen Tischseite geräuschvoll neben dem Teller landete.

»Nein«, erklärte Sir George entschieden.

»Doch, George.« Lady Colveden tippte mit dem Finger auf den Brief. »Hier drin steht, daß sie eine Weile bei uns bleiben möchte.«

»Wimmle sie ab.«

»Das kann ich nicht. Es ist zu spät. Sie kommt heute nachmittag an.«

»Mach ihr klar, daß wir sie auf keinen Fall hierbehalten können.«

»Sei nicht albern, George. Was für einen Grund sollte ich ihr nennen? Und selbst wenn ich etwas derartiges andeuten könnte, würde das nicht das geringste ändern. Du weißt, daß sie nichts hört, es sei denn, es paßt ihr in den Kram.«

»Oder es paßt den anderen nicht in den Kram«, warf Nigel ein.

»Abgesehen davon«, schloß Lady Colveden mit unwiderlegbarer Logik, »ist sie deine Cousine, George, nicht meine.«

Nigel tauchte den Löffel in die Marmelade. »Was ist aus dem jugendlichen Straftäter geworden?«

»Nigel, ich habe dir schon einmal gesagt, daß du nicht so über deinen Cousin sprechen sollst.«

»Über meinen Cousin dritten oder vierten Grades«, korrigierte er. »Und die Polizei hat ihn doch wirklich zweimal abgeführt.«

»Basil war nicht straffällig. Wenn deine Mutter soviel Geld wie Tante Bray hätte, wärst du auch gestört und müßtest in eine staatliche, in eine anerkannte Schule.«

»Anerkannt von wem?«

»Woher soll ich das wissen? Ich denke, es ist eine Schule, die solche Dinge gutheißt. Außerdem«, argumentierte sie vernünftig, »müssen auch Kriminelle eine Ausbildung haben, oder?«

Sir George reichte seinem Sohn die leere Teetasse. »Warum?«

»Warum?« echote seine Frau. »Weil ... na ja ... Oh, ich verstehe: Warum Tante Bray? Besser, du hörst gleich das Schlimmste.« Sie nahm den Brief zur Hand. »›Liebe Margaret ...‹ Kein Mensch außer Tante Bray hat mich je Margaret genannt. O nein, das sind die Klagen über die Dienstboten.« Sie legte die erste Seite weg. »›Ich kann nicht verstehen ...‹ Nein, da beschwert sie sich über irgendein Komitee. Ah, jetzt kommt's. ›Basil hat, nachdem er von der Schule abgegangen ist, eine wundervolle Arbeit bei prächtigen Menschen gefunden; das zeigt nur, wie sehr sich George immer in ihm geirrt hat. Er hat DEN GLAUBEN gefunden –‹ Ich nehme an, sie meint, Basil hat ihn gefunden, und noch dazu in Großbuchstaben –, ›und ich auch. Die Erfahrung hat mein ganzes Leben verändert, ich bin eine andere Frau.‹«

»Klingt nicht so.« Sie George nahm seine frisch gefüllte Tasse von Nigel entgegen.

»Nein, eigentlich nicht«, gab Lady Colveden zu. »Aber wenn die Veränderung gerade erst begonnen hat, zeigt sich das möglicherweise noch nicht so deutlich. ›Ich habe nicht gelebt, bis ich die Freiheit akzeptiert und das Unendliche verstanden habe. Das Ende der Welt naht, aber wir von Nuscience werden überdauern und die Fackel weiter tragen. Ich werde Euch alles erklären, wenn ich bei Euch bin.‹«

»Das wird sie wohl müssen«, meinte Nigel.

»›Basil ist Trompeter geworden – ist das nicht wunderbar? – und wird sehr gut bezahlt. Wir hatten ein großartiges Treffen in Tonbridge, und nächste Woche findet das letzte in Maidstone statt. Danach werden sie unseren geheimen Ort bekanntgeben.‹ Heißt das, Basil ist Trompeter in einer Kapelle?«

»Die Frau ist verrückt«, sagte Sir George.

Lady Colveden überflog den Rest der wortreichen Ergüsse. »Sie schreibt, daß sie heute nachmittag hier ankommt und ein paar Tage bleibt, um an dieser Versammlung teilzunehmen, daß wir auch hingehen sollen, daß es wundervoll und jeden Penny wert wäre. ›Aber Basil wird in Maidstone übernachten mit einigen der –‹ das Wort sieht aus wie Majordomos, aber das kann nicht sein –, ›weil manche Menschen –‹ damit meint sie dich, George – ›so unvernünftig sind.‹«

»Ich bin auch unvernünftig«, stellte Nigel klar. »Vater hat ihn nur aus dem Haus geworfen. Ich hab' ihn in den Teich geschubst, als ich neun Jahre alt war. Was ist das überhaupt für eine Versammlung von diesen ... wie heißen die?«

»Es muß wohl irgendein religiöses Konzert sein«, mutmaßte seine Mutter, »wenn Basil als Herold die Trompete spielt.«

»Auf alle Fälle könnt ihr nicht mit mir rechnen«, sagte

Nigel. »Tante Bray ist der Gipfel, und Basil übertrifft sie noch – die Trompete dürfte der letzte Strohhalm für ihn sein.«

»Strohhalm!« rief Lady Colveden. »Das erinnert mich an was. Haben wir sauberes Stroh oder Sägespäne in der Scheune?«

»Möglich. Wozu brauchst du es?«

»Zum Verpacken. Ich muß diese hübsche Puppe, die Miss Seeton für Janie hiergelassen hat, abschicken. Ein Jammer, daß sie sie ihr nicht selbst geben konnte; sie hätte wirklich nicht soviel Geld ausgeben sollen. Aber trotzdem« – Lady Colveden strahlte –, »ein kleiner Nebenverdienst wird ihr willkommen sein. Ich habe mit den anderen Mitgliedern des Schulvorstands geredet, und sie waren alle einverstanden.«

Sir George faltete die Zeitung zusammen und stand auf. »Womit, meine Liebe?«

»Mr. Jessyp hat mich neulich angesprochen; er sagt, es sei ja schön und gut, daß man ihn zum Rektor ernannt habe, aber mit nur einer einzigen anderen Lehrerin – die sich auch noch ständig freinimmt, um kranke Mütter, Tanten und Cousinen zu besuchen – muß er sich um jeden Kleinkram selbst kümmern. Er hat angefragt, ob der Vorstand etwas dagegen haben könnte, wenn er Miss Seeton bittet, gelegentlich den Unterricht zu übernehmen, falls sie es einrichten kann.«

»Die wird den Knirpsen schon einiges beibringen«, sagte Nigel.

»Warum nicht?« entgegnete seine Mutter. »Immerhin gehören Krisen zu ihrem Leben, und du kannst nicht abstreiten, daß Miss Seeton eine Expertin in Sachen Krisenbewältigung ist. Die Katastrophen verfolgen sie, wedeln mit den Schwänzen wie freundliche Hündchen, sobald sie ihr begegnen, sie tätschelt ihnen die Köpfe, löst alle Probleme, ohne überhaupt zu merken, daß es welche gibt, und taucht freundlich lächelnd aus dem größten Durcheinander unbeschadet wieder auf. Was für eine bessere Ausbildung könnte es geben? Schade, daß die Regierung sie nicht gebeten hat, den gestrigen Eisenbahnerstreik zu schlichten; sie hätte mit ihrem Regenschirm durch die Luft gefuchtelt und die Angelegenheit im Nu geregelt – und Julia und Janie hätten nicht früher nach Hause fahren müssen. Ich finde, Miss Seeton sollte in die Politik gehen. Politiker haben immer Krisen, und sie bewältigt sie in kürzester Zeit mit ein bißchen gesundem Menschenverstand.«

Sir George drehte sich vor der Tür noch einmal um. »Gesunder Menschenverstand und Politik passen nicht zusammen, meine Liebe.«

Auch Miss Seeton bekam Post, die Anlaß zu bösen Vorahnungen gab.

Wirklich. Sehr freundlich. Und auch in gewisser Weise erfreulich. Das heißt, wenn man so etwas wollte – unterrichten. Miss Seeton legte den Vorhang weg, den sie säumte, schob die Schachtel mit den Nadeln sicherheitshalber beiseite und las den Brief noch einmal.

Schulhaus
Plummergen
Kent

Freitag, 26. September

Miss Emily D. Seeton
Sweetbriars
Plummergen, Kent

Sehr geehrte Miss Seeton,

anknüpfend an unsere Unterhaltung von neulich möchte ich Sie fragen, ob Sie in Erwägung ziehen könnten, gelegentlich als Teilzeit-Lehrerin an unserer Schule einzuspringen – es wäre keine beschwerliche Aufgabe, und ich biete sie Ihnen in der Hoffnung an, daß Sie anderweitig nicht zu sehr in Anspruch genommen sind.

Die erste Gelegenheit für Ihre Mitarbeit könnte sich schon sehr bald ergeben. Miss Maynard muß einen Besuch bei ihrer kranken Mutter machen und wird nicht vor Montag abend nächster Woche zurück sein. Ich wäre Ihnen sehr zu Dank verpflichtet, wenn Sie ihre Klasse schon am kommenden Montag übernehmen könnten. Alles ist so gut vorbereitet, daß Sie nicht sehr viel mehr tun müßten, als die Kinder zu beaufsichtigen. Zudem planen wir für diese Woche einen Schulausflug, um den Kindern einen Tag an der Küste zu ermöglichen. Falls Sie sich bereit erklären würden, sie zu begleiten, könnte dieser Ausflug für ein Kunstprojekt genutzt werden; vielleicht veranstalten wir einen Zeichenwettbewerb; die Kinder malen eine bestimmte Ansicht, die Sie selbstverständlich auswählen. Die Bezahlung richtet sich natürlich nach den allgemein üblichen Gehältern für Lehrer, und das ist, wie Sie sicherlich selbst wissen, durchaus annehmbar für gelegentliche Vertretungen.

Ich würde mich freuen, wenn Sie mir Ihre Entscheidung bald mitteilen könnten.

Hochachtungsvoll
Martin C. Jessyp

Das also hatte Mr. Jessyp im Sinn gehabt, als er sie auf der Straße aufgehalten und sich ihr vorgestellt hatte. Bei genauerem Nachdenken fiel ihr wieder ein, daß er sie ausdrücklich gefragt hatte, ob sie einen Kurs bei der Lehrerbildungsanstalt absolviert habe. Nun, das hatte sie. Mrs. Benn, die immer sehr rücksichtsvoll und umsichtig als Schulleiterin gewesen war, hatte sie dazu aufgefordert. Und obwohl Miss Seeton den Kurs erfolgreich abgeschlossen und hin und wieder auch schon Klassen von anderen Lehrerinnen übernommen hatte, konnte sie leider nicht behaupten, daß Unterrichten zu ihren Stärken zählte. Kunsterziehung – ja, davon verstand sie etwas, das hoffte sie zumindest. Auch in Geschichte besaß sie einige Kenntnisse. Aber Geographie... und vor allem Mathematik! Es war kaum vorstellbar, daß die Kinder Nutzen aus dem Unterricht zogen, wenn die Lehrkraft so gut wie gar nichts in einem Fach wußte.

Aber unterrichten... wenn sie ehrlich war, mußte sie zugeben, eine gewisse Erleichterung verspürt zu haben, als sie sich aus dem Schulbetrieb hatte zurückziehen können; sie war froh gewesen, Kindern, die – verständlicherweise – gar nichts lernen wollten, nichts mehr beibringen zu müssen. Dennoch konnte sie Mr. Jessyps Angebot nicht gut ausschlagen. Offenbar erwartete man nicht, daß sie oft einsprang, und eines stand außer Frage: Das Geld wäre sehr hilfreich. Am Montag? Das ließ ihr nicht mehr viel Zeit zum Nachdenken. Sie mußte den Brief noch heute beantworten. Solange sie sich nur nicht mit Mathematik abplagen mußte!

Miss Seeton nahm den zweiten der drei Briefe, die sie im Briefkasten gefunden hatte, in die Hand. Der Umschlag war mit Maschine beschrieben und adressiert an »MissEss, Sweetbriars, Plummergen, Kent«. Sie lächelte. MissEss – ihr Codename – ein Brief von Scotland Yard. Aber ein Scheck konnte es nicht sein. Sie schuldeten ihr nichts. Sehr seltsam. Superintendent Delphick hätte bestimmt an Miss Seeton geschrieben und nicht den Codenamen benützt. Nein, der Superintendent war in diesen Dingen immer sehr korrekt, und er hätte vermutlich Vor- und Nachnamen sowie die Mittelinitiale auf den Umschlag geschrieben. Eigenartig. Sie konnte sich nicht vorstellen, was ihr jemand von Scotland Yard mitzuteilen hätte. Schließlich ging Miss Seeton der Sache auf den Grund, schlitzte den Umschlag auf und zog das Schreiben heraus. Sie las den Brief überrascht und mit wachsender Bestürzung. In der Tat, es war sehr freundlich von Sir Hubert. Ausgesprochen umsichtig. Aber nein. Das kam gar nicht in Frage. Es wäre höchst unpassend. Das heißt, für sie. Insbesondere in ihrem Alter. Selbst wenn sie, wie Sir Hubert betonte, nicht selbst aktiv werden sollte. Sie war jederzeit bereit, Phantombilder zu zeichnen, wie Superintendent Delphick sehr wohl wußte. Genaugenommen war sie von Herzen dankbar für die Aufträge, und die Polizei hatte sich ja auch immer äußerst großzügig gezeigt. Aber dies ... Sie las den Brief noch einmal. Sich in die Dienste der Polizei begeben? Mitarbeiterin der Polizei werden? Nein. Das ging wirklich nicht. Sie besaß weder die nötigen Kenntnisse noch ausreichend Erfahrung für so eine Arbeit.

Wie seltsam das Leben war: zwei Arbeitsangebote an einem Tag. In seinem Schreiben erinnerte Sir Hubert sie an ihr Gespräch im Scotland Yard und bat um Vergebung, daß ihr der Computer vom Yard einen derart absurden

Spitznamen gegeben hatte; es schien fast, als hätte das Ungetüm seine eigenen Launen, und eine davon war, daß es sich kindisch dagegen wehrte, korrigiert zu werden. Um Trotzreaktionen zu vermeiden und das System nicht durcheinander zu bringen, sei es einfacher, sie weiterhin als Miss-Ess in den Akten zu führen, falls sie sich nicht allzu sehr daran störte. Das also war die Begründung. Selbstverständlich konnte sie das verstehen. Als ihre Bank in Brettenden auf Computer umgestellt hatte, waren ähnliche Dinge vorgekommen. Sir Hubert drängte sie nicht, seinen Brief sofort zu beantworten, sondern bat sie, sich Zeit zu nehmen und über alles nachzudenken. Sergeant Ranger, schrieb er, habe Urlaub und besuche Freunde in Plummergen. Der Sergeant würde die Gelegenheit nützen, ihr, mit ihrer Erlaubnis, einen Besuch abzustatten und mit ihr über ihre Entscheidung zu sprechen.

Der Sergeant... Eine sehr großer junger Mann, und offenbar sehr zuverlässig. Die Freunde waren natürlich Dr. Knight und seine Familie. Der Sergeant und Anne waren, obwohl er so groß und sie so zierlich war, ein perfektes Paar, das spürte man instinktiv. Es war eine echte Freude, wenn sich zwei junge Menschen, die ideal zueinander paßten, kennenlernten und näherkamen. Miss Seeton seufzte zufrieden.

Der dritte Brief war ein Rundschreiben und überschrieben mit »LAUFENDE ZEITUNGSAUSSCHNITTE«. »WISSEN SIE«, fragte es in schrillen Lettern, »WAS MAN ÜBER SIE SAGT?« Also wirklich. Da mußte ein Irrtum vorliegen. Miss Seeton betrachtete das Kuvert genauer. Ja, da stand ihr Name und ihre Adresse, aber... Sie las den Begleitbrief.

Sehr geehrte Dame,
als jemand, der ständig im Interesse der Öffentlichkeit steht, sollten Sie klug sein und unseren Service in Anspruch nehmen. Wir schneiden jeden Zeitungsartikel, in dem Sie Erwähnung finden, aus und schicken ihn Ihnen zu. Leider können wir nicht nur gute Kritiken garantieren, aber ist es nicht günstiger, alles – das Gute wie das Schlechte – zu erfahren?...

Gütiger Himmel! Im Interesse der Öffentlichkeit? Damit war doch sicher nicht sie gemeint. Sie hatte nie im Interesse der Öffentlichkeit gestanden, überlegte Miss Seeton mit unangebrachter Genugtuung. Und es war unwahrscheinlich, daß das je der Fall sein würde. Das wäre ausgesprochen unschicklich.

Viele Menschen haben die glückliche Gabe, Dinge, die ihnen nicht zusagen, aus ihrem Bewußtsein verdrängen zu können. Miss Seeton ist in der Lage, alle Erlebnisse, die nicht in das Lebenskonzept einer Dame paßten, aus ihrer Erinnerung zu streichen. Damen lassen sich, nach Miss Seetons Einschätzung, niemals in aufsehenerregende Angelegenheiten verwickeln; und sie hat das ihrer Ansicht nach auch nie getan. Aber Miss Seetons steht mit ihrer Meinung, was das betrifft, ziemlich alleine da. Im Dorf wird sie entweder als Heldin, als Schurkin, als freundliche Person, die ihr möglichstes tut, um Schwierigkeiten aus dem Weg zu gehen, oder als zänkisches Weib angesehen, das den tödlichen Regenschirm schwingt und immer auf der Suche nach Ärger ist. Es kann nicht abgestritten werden, daß es im Dorf seit ihrer Ankunft des öfteren zu Scherereien gekommen war. Die Zeitungen haben Miss Seeton in den Schlagzeilen als »DIE KÄMPFERIN MIT DEM REGENSCHIRM« bezeichnet, aber davon weiß sie zu ihrem Glück nichts. Es stimmt – das Verbrechen ist ihr von London nach Kent gefolgt, andererseits hat sie die Kriminalität, die es bereits in Kent gegeben hatte, aufgestöbert oder ist einfach versehentlich darüber gestolpert. Aber auch dessen ist sie sich nicht bewußt, da sie Verbrechen nicht interessieren. Sie würde jedem, dem sie begegnet, immer nur die besten Motive und Absichten unterstellen. Zum Teil trägt die Polizei die Schuld daran, daß sich ihr Ruf wie ein Buschfeuer im ganzen Land verbreitet hat. Superintendent Delphick hatte sie gebeten, eine Zeichnung in einem Fall anzufertigen, der ihm Kopfzerbrechen bereitete, und bis der Fall gelöst war, hat sie mehrere Skizzen beigetragen und bei einer spektakulären Tour einige Verbrecher das Fürchten gelehrt. Das brachte sie wieder in die Schlagzeilen; doch sie hat weder die Schlagzeilen noch die Verbrecher und schon gar nicht die Tour als solche zur Kenntnis genommen. Selbst wenn die Umstände sie zu dem Geständnis zwingen, daß sie bisweilen in seltsame Situationen gerät, tut sie diese Vorkommnisse als Zufälle ab, die jedem passieren können. Sie findet, daß bei solchen Begebenheiten nur das eigene Verhalten zählt: Es ist wichtig, normal und untadelig zu bleiben. Die Tatsache, daß Miss Seetons normales und untadeliges Benehmen in ungewöhnlichen Situationen im allgemeinen zu Chaos führt, ist bedauerlich, und es widerstrebt ihr einzuräumen, daß bei ihren kuriosen Abenteuern eines zum anderen führt. Das einzugestehen würde heißen, auch ein gewisses Schema in den merkwürdigen Begebenheiten anzuerkennen. Aber im Leben einer Dame haben merkwürdige Begebenheiten keinen Platz – es wäre nicht normal und ganz sicher nicht untadelig. Aus diesem Grund bleibt eine Frage offen: Ist sie ein vom Sturm gepeitschtes Unschuldslamm oder verursacht sie selbst die Stürme?

Miss Seeton stand auf und ging in die Küche. Sie hatte Martha versprochen, auf den Leinensack mit dem Gelee aufzupassen. Offenbar neigten Schnur und Beutel dazu, sich in der ersten Stunde zu dehnen, und man mußte eventuell alles ein Stückchen höher hängen. Ja. Martha hatte recht gehabt. Der Sack hing schon tiefer und berührte beinahe die Schüssel. Miss Seeton ging hinüber zum Fenster, legte das Rundschreiben des Zeitungsservice neben die Spüle, streckte die Arme nach dem alten Fleischhaken aus, der an dem Balken über der Schüssel befestigt war, und hob die Schnur an. Liebe Güte, war das schwer, und – sie betrachtete zufrieden die Flüssigkeit, die in die Schüssel getropft war – das Gelee hatte eine wundervolle Farbe, ein sattes Weinrot. Man glaubte immer, Brombeergelee müsse fast schwarz sein, aber Martha hatte erklärt, das wäre es nur, wenn man es zu lange gekocht hatte. Miss Seeton gelang es, den Sack ein wenig höher zu hängen. Sie trat einen Schritt zurück, um ihr Werk zu bewundern. Sie würde sehr viel mehr Gelee haben, als sie erwartet hatte. Hatte sie alles so gemacht, wie Martha es ihr aufgetragen hatte? Ja, der Beutel hing nach wie vor direkt über der Schüssel, schwang aber ein wenig hin und her. Miss Seeton hielt ihn fest. Und die Flüssigkeit tropfte gemächlich weiter. Martha hatte gesagt, je langsamer der Saft tropfte, um so besser würde die Marmelade. Also war alles in Ordnung, und sie brauchte sich keine Gedanken mehr zu machen. Sie konnte alles bis morgen so lassen, wie es war. Ihr Blick fiel wieder auf das Rundschreiben. Lächerlicher Unfug – und, wenn man genauer darüber nachdachte, ziemlich unverschämt. Sie nahm das Kuvert, trat mit dem Fuß auf das Pedal des Abfalleimers und ließ die Papiere hineinfallen. Wie albern, anzunehmen, daß sich andere Leute mit ihren Angelegenheiten befaßten. Als ob die nichts Besseres zu tun hätten!

Gekleidet in schwarze Hosen und Pullover schlichen sie auf den leisen Sohlen ihrer Turnschuhe durch die Nacht. Voller Enthusiasmus und beseelt von ihrer eigenen Rechtschaffenheit hatten Miss Nuttel und Mrs. Blaine ihre Mission in Angriff genommen und sich darauf vorbereitet, ein ungeheures Wagnis einzugehen. Sie wollten in der Dunkelheit die nächtlichen Übeltaten ergründen, um sich und ganz Plummergen zu beweisen, daß sie beide die wahren Größen waren, die allen Respekt verdienten. Wenn sie den Feind in ihrer Mitte ausgekundschaftet hatten, würde sich zeigen, wer der Missetäter war, und sie könnten sich rühmen, das Dorf vor drohenden Gefahren gerettet zu haben. Sie krochen vorsichtig, aber unaufhaltsam weiter, duckten sich hinter die Hecke und spähten über die obersten Äste, dann faßten sie Mut und schoben das Gartentor ein Stückchen auf. Es quietschte in den Angeln.

»Eric, was sollen wir tun?« keuchte Mrs. Blaine. »Es quietscht.«

»Wir stoßen es auf und laufen schnell durch«, empfahl Miss Nuttel.

Gesagt, getan. Das Tor quietschte wieder, aber sie waren im Garten und huschten zu je einem Vorderfenster von Miss Seetons Cottage. Sie spähten ins Haus, erhielten aber keine Aufschlüsse; der Schein der Taschenlampen zeigte nur die Reflexionen ihrer verängstigten Gesichter in den dunklen Scheiben. Sie strengten sich ein wenig mehr an und sahen vollkommen harmlose, menschenleere Zimmer. Auf Zehenspitzen umrundeten sie das Haus, linsten durch die Terrassentür – nichts. Als sie zum Küchenfenster kamen, drückten sie sich ganz nah heran. Sie leuchteten mit ihren Taschenlampen und preßten fast die Nasen an die Scheibe. Vier Augen wurden starr vor Entsetzen. Über dem Spülbecken hing ein monströses, in weißes Leinen gehülltes Ding – ein Kopf ohne Rumpf. Er hing reglos in der Dunkelheit, und während sie das Gebilde in atemloser Faszination betrachteten, formte sich ein Tropfen unterhalb des Sacks, wurde größer und fiel. Der glitzernde, rubinrote Tropfen platschte in eine Schüssel, die schon halb gefüllt war – mit Blut... Der Kopf eines Babys! Er hing von dem Balken, und noch tropfte das Blut. Das Elixier der Hexenkraft – das Blut eines Neugeborenen, ein unverzichtbarer Bestandteil ihrer grausigen Rituale. Zwei Münder wurden zu einem lautlosen Schrei aufgerissen, zwei Gesichter zuckten zurück, eine Taschenlampe fiel scheppernd auf den Boden. Stolpernde, hastige Schritte, entsetztes Keuchen, das Rascheln von verdorrten Blumen und Blättern, die quietschenden Torangeln, das Klatschen von Gummisohlen auf dem Asphalt. Vergessen war, daß die übergroßen Hinterteile von viel zu engen Hosen eingezwängt waren.

»Eric«, japste Mrs. Blaine, »hast du das gesehen? Grauenvoll. So... Oh, ich glaube, mir wird schlecht. Wie konnte sie nur? Es ist furchtbar. Aber ich hab's ja die ganze Zeit gesagt, oder etwa nicht? Eric?« Sie blieb stehen. »Eric?« Sie schaute sich um. »Eric?« wimmerte sie voller Angst. Aber Eric war nicht da – Mrs. Blaine war mutterseelenallein.

Denselben Weg zurück, die dunkle Straße entlang, durch das quietschende Tor, um das Cottage herum bis zum Eck. Dort blieb Mrs. Blaine zitternd stehen und hielt sich an der Ziegelmauer fest – weiter wagte sie sich nicht. Aus einem beleuchteten Fenster im oberen Stockwerk drohte Gefahr. Ein Schatten schob sich vor das Licht – ein Kopf wurde sichtbar und drehte sich erst in die eine, dann in die andere Richtung, dann schaute er nach unten; ein dürrer Arm wurde in die Dunkelheit gestreckt, die Handfläche war nach oben gedreht. Eine flehende Geste? Die Anrufung von Geistern aus höllischen Gefilden? Norah Blaine versuchte angestrengt, sich ein Gebet ins Gedächtnis zu rufen. Die Hand, die das gräßliche Werk vollbracht hatte, wurde zurückgezogen.

Nein – Miss Seeton schloß das Fenster –, nein, es regnete nicht. Sehr gut. Trotzdem war es ziemlich kalt draußen. Ein früher Frost? Hoffentlich nicht, das würde den Blumen schaden. Sie war fast sicher, ein Geräusch gehört zu haben. Aber nein, jetzt war alles still. Könnte ein Hund gewesen sein. Oder eher die Katzen. Jedenfalls gab es keinen Grund, sich zu ängstigen. Sie konnte beruhigt wieder zu Bett gehen.

Die Verwünschungen waren ausgestoßen; der Kopf verschwand, die Vorhänge wurden zugezogen, das Licht ging aus. Bebend setzte sich Mrs. Blaine wieder in Bewegung. Sie schirmte den Schein ihrer Taschenlampe mit einer Hand ab und leuchtete über den Boden. Sie fand die andere Lampe – sie war zerbrochen – und hob sie auf. Sie sah sich weiter um, und endlich entdeckte sie Miss Nuttel, die flach hingestreckt dalag. Ihre Augen waren geschlossen, und das Gesicht schimmerte wachsbleich in der Dunkelheit. War sie tot? Hatte das schändliche Weibsstück ihr das Schlimmste angetan?

»O Eric, hat sie dich getötet?« Sie tastete nach dem Puls. Sie fühlte etwas und merkte, daß die Freundin noch atmete. »Sag etwas, oh, bitte.« Sie schlug ihr leicht ins Gesicht. Die leblose Gestalt krächzte. Ein Krächzen? Was hatte diese boshafte Frau mit Eric gemacht? Hatte sie Zaubersprüche angewandt? War Eric verhext? Das krächzende Geräusch war verräterisch und sehr gefährlich. Mrs. Blaine preßte rasch die Hand auf den Mund der Freundin. Miss Nuttel rappelte sich mühsam in eine sitzende Position auf.

»W-was ist passiert?« murmelte sie.

»Schsch«, beschwor Mrs. Blaine sie. »O Eric, bitte steh auf. Wir müssen von hier verschwinden, solange wir noch können.«

Miss Nuttels benommene Sinne erwachten allmählich zum Leben. Trotz ihres forschen Auftretens und ihrer lakonischen Aussagen setzte sie der Anblick von Blut immer außer Gefecht. Mrs. Blaine half ihr umständlich auf die Füße. Miss Nuttels Knie waren noch schwach, und sie klammerte sich an ihre kleine, rundliche Freundin. Arm in Arm schwankten sie zur Ecke des Cottages und zur Vorderseite, dann überwanden sie den kurzen Weg durch den Vorgarten, passierten noch einmal das Tor, das ein letztes protestierendes Quietschen von sich gab, und torkelten wie zwei erschreckte Hühner nach Hause.

Kapitel 4

»Sie war gestern nachmittag ganz bestimmt noch da – auf dem Tisch in der Halle; bei eurer Abkunft war ich gerade dabei, sie einzupacken. Ich kann mir wirklich nicht vorstellen, was mit ihr geschehen ist. Ich habe überall gesucht. Glaubst du ... Oh, danke.« Sie nahm sich von dem Gemüse. Nigel servierte seinem Vater, bediente sich selbst, stellte die Schüssel auf die Anrichte und nahm wieder Platz. »Glaubst du nicht«, wagte Lady Colveden erneut einen Vorstoß, »daß Basil sie, als er dein Gepäck hereinbrachte, an sich genommen und aus Versehen in sein Auto gelegt hat?«

»Willst du ...« Der Putenhals blähte sich auf, die geröteten Kehllappen bebten, die schnabelartige Nase deutete steil nach oben –, »willst du damit andeuten«, kreischte Honoria Trenthorne, »daß mein Sohn eine Puppe stehlen würde?«

»Nein, nein, natürlich nicht.« Lady Colveden machte einen Rückzieher. »Ich dachte nur, es könnte möglich sein. Ich meine«, verbesserte sie sich hastig, »er könnte sie doch versehentlich mitgenommen haben oder aus Scherz oder so. Niemand sonst war in der Nähe, und ...«

»Sei nicht töricht, Margaret. Mein Sohn macht keine solchen Scherze. Was sollte wohl ein Junge von zwanzig Jahren mit einer Puppe anfangen? Was für Vorstellungen hast du eigentlich?«

»Man darf gar nicht über die Möglichkeiten nachdenken, sonst wird einem ganz schwindlig«, murmelte Nigel.

»Sei still, Nigel.« Meg Colveden war beunruhigt. »Ich habe sie auf den Tisch in der Halle gelegt, um sie einzupakken. Das Seidenpapier, das Packpapier, die Sägespäne und die Schachtel sind noch da, aber die Puppe ist weg. Ich verstehe das einfach nicht.«

»Lächerlich, ein solches Theater wegen einer so albernen Puppe zu veranstalten«, versetzte Mrs. Trenthorne aufgebracht.

»Sie ist keineswegs albern«, protestierte Lady Colveden. »Es ist eine wunderschöne Puppe. Miss Seeton hat sie für Janie hergebracht, aber wegen des Eisenbahnerstreiks ist Julie schon früher mit der Kleinen nach Hause gefahren, und Miss Seeton hat die beiden leider verpaßt. Ich wollte Janie die Puppe nachschicken, und jetzt weiß ich nicht, was ich tun soll. Ich kann Miss Seeton doch nicht sagen, daß ich sie verloren habe – sie wäre sicherlich sehr enttäuscht und würde losziehen, um eine andere zu kaufen. Mrs. Stillman, die Frau vom Gemischtwarenladen, kann ich auch nicht bitten, mir eine zu besorgen; wenn das herauskäme, würde es sich sofort im ganzen Dorf herumsprechen, und Miss Seeton würde davon erfahren – das wäre doch schrecklich peinlich. Ich muß eben versuchen, in London eine solche Puppe aufzutreiben, und Julie und Janie das Versprechen abnehmen, Miss Seeton nichts davon zu erzählen.«

»Seeton?« Mrs. Trenthorne rümpfte ihre römische Nase. »Ist das diese ordinäre Person mit dem Regenschirm, von der ständig in den Zeitungen die Rede ist? Dann überrascht mich gar nichts. Wahrscheinlich hat sie sie selbst zurückgestohlen, um auf sich aufmerksam zu machen. Es ist ein Fehler, solche Leute zu kennen.« Sie wandte sich an ihren Gastgeber. »Als Richter solltest du dich klüger verhalten, George.«

»Dummes Zeug«, erwiderte Sir George.

»Nur weil ich zur Familie gehöre, brauchst du nicht flegelhaft zu sein, George.«

Mrs. Trenthornes Familienansprüche waren weit hergeholt. Sie war die Cousine eines Cousins von Sir George. Den Namen Tante »Bray« hatte Nigel erfunden, als er als Fünfjähriger zum erstenmal ihre donnernde Stimme gehört und gemeint hatte, sie würde wie das Brüllen eines Esels klingen, und wenn er brüllen sagte, klang das wie »brayen«. Als man ihn behutsam aufforderte, sie zu küssen und Tante zu nennen, fixierte er sie eine Weile und sagte: »Tante

Bray«. Ohne der eigentlichen Bedeutung des Wortes auf den Grund zu gehen, hielt die Lady den Spitznamen für einen kindlichen Ausdruck der Zuneigung; ein verzeihlicher Irrtum, da sie wenig Erfahrung mit Zuneigung hatte. Meg Colveden ließ sie in ihrem Glauben, und Nigels ältere Schwester Julia gewöhnte sich rasch an, auch den Spitznamen zu benutzen. Seit dieser Zeit war Tante Bray ein seltener und stets unwillkommener Gast im Hause der Colvedens. Da Mrs. Trenthorne nicht bewußt war, daß ihr die Natur statt einer menschlichen Stimme ein Nebelhorn geschenkt hatte, das kein Mensch überhören konnte, entwickelte sie eine eigene Methode, die Aufmerksamkeit ihrer Mitmenschen auf sich zu ziehen. Sie stritt lautstark mit jedem, dem sie begegnete, und wenn sie auf versöhnliche Zustimmung stieß, revidierte sie augenblicklich ihre Ansichten, um weiter disputieren zu können. Wie sie selbst erklärte, liebte sie einen ordentlichen Streit; sie fand das stimulierend. Sie hatte vor vielen Jahren einen reichen, sanftmütigen Schwächling geheiratet, dessen einzige Trotzhandlung sein früher Tod gewesen war. Ob die frühreife Gewohnheit ihres einzigen Sohnes, sich als Dieb und Scheckfälscher zu beweisen, ein Ergebnis seiner Lebensumstände war oder einem angeborenen Talent zugeschrieben werden mußte, war eine Frage, mit der sich bereits eine ganze Reihe Psychiater beschäftigt hatte. Manche bezeichneten Basil als geistig minderbemittelt, andere als frühreif – das Urteil der Fachleute hing meistens davon ab, wieviel er sich bei seinen Betrügereien unter den Nagel reißen konnte.

Lady Colveden entschied sich, das Thema zu wechseln. »Erzähl mal, Tante Bray, was ist das für eine Versammlung, bei der Basil spielt?«

Mrs. Trenthorne sah sie beleidigt an. »Spielt? Was soll das heißen, Margaret? Nuscience ist kein Spiel. Es ist eine ganz wunderbare, großartige Sache. Für alle, die glauben, ist es elementar. Nuscience steht in Verbindung mit dem Geist im Jenseits.«

»Jenseits wovon?« brummte Sir George.

»Jenseits dieses Planeten, George; jenseits dieses Lebens; jenseits vom Jenseits.« Sie fuchtelte wild mit der Gabel herum, um die enorme Entfernung zu diesem Jenseits vom Jenseits anzudeuten, und schleuderte dabei ein Stück Kartoffel durch die Luft. »Und du hast die Stirn zu behaupten, daß Basil ›spielt‹?«

Lady Colveden war verblüfft. »Aber du hast doch selbst in deinem Brief geschrieben, daß er Trompete spielt, Tante Bray.«

»Ich hab' nichts dergleichen behauptet. Ich habe geschrieben, daß Basil Trompeter ist, eine Art Herold. Es ist wunderbar. Ein Trompeter ist der höchste Rang, den man erreichen kann – abgesehen von dem der Durchlaucht und dem des Meisters natürlich. Ich«, verkündete Tante Bray, »bin eine Durchlaucht. Und das hier« – sie ließ das Messer fallen und streckte ihre Hand aus –, »ist mein Rangabzeichen.« An ihrem Mittelfinger steckte ein weißer Plastikring. »Basils ist blau. Der Meister selbst trägt einen gelben, eigentlich einen goldenen. Die niedrigeren Ränge haben jeweils andere Farben, an denen man sie unterscheiden kann.«

Nigel hob die Kartoffel vom Teppich auf. »Sie tragen Ringe wie Hühnchen, die in verschiedene Güteklassen eingeteilt werden?« hakte er nach.

»Unsinn«, schnappte sie. »Es geht nur darum, daß man den Rang der Leute auf Anhieb erkennt. Man kann nicht erwarten, daß sich eine Durchlaucht mit unbedeutendem Volk wie Neulingen abgibt.«

»Neulingen?« echote Lady Colveden.

»Neulinge«, erklärte Tante Bray, »sind, wie schon der Name sagt, diejenigen, die erst vor kurzem hinzugekommen sind. Danach werden sie Diener, sie tragen rote Ringe; dann kommen die Majordomos – schwarz; blau für die Trompeter und weiß für eine Durchlaucht. Es ist großartig. Du hast ja keine Ahnung, was das alles bedeutet.«

»Nein, das habe ich in der Tat nicht«, stimmte Lady Colveden zu. »Aber ich vermute, es ist sehr zufriedenstellend.«

»Du begleitest mich zu dem Treffen in Maidstone, dann hörst du den Meister persönlich. Er ist einfach wundervoll.«

»Hast du auch als Neuling angefangen?« wollte Nigel wissen.

»Selbstverständlich nicht«, erwiderte Tante Bray. »Aber Basil. Der liebe Junge war so begeistert, daß ich ihm eine kleine Summe überlassen habe, die er spenden konnte, und als sie seinen Wert erkannten, haben sie ihn befördert.«

Sir George wurde hellhörig. »Du hast ihnen Geld gespendet?«

Für einen Moment geriet Mrs. Trenthorne aus der Fassung, dann sagte sie schnell: »Eine Kleinigkeit, nur fünftausend Pfund. Wirklich eine Bagatelle, wenn man bedenkt, daß sie mich zur Durchlaucht gemacht haben. Sie haben mein Unterbewußtes, mein höheres Selbst sofort erkannt, verstehst du?«

»Und was ist das für ein geheimer Ort?« fragte er.

»Nur wenige Auserwählte ...« Sie hielt inne; ihr Gesicht wurde puterrot. »Geheim? Ich weiß wirklich nicht, wovon du überhaupt sprichst.«

»Es stand etwas davon in deinem Brief.«

»Bestimmt nicht. Geheim? Also, wirklich, George. Ein geheimer Ort?« kreischte sie spöttisch. »Ich habe nie etwas dergleichen erwähnt. Ich würde nicht einmal im Traum daran denken.«

Sir George ließ es dabei bewenden. Ihm gefiel die Sache nicht. Ganz und gar nicht. Er würde sich ein bißchen genauer damit befassen.

Die Kirche von Plummergen war voll, aber nicht wegen der Andacht.

Am Sonntag, wenn die Läden geschlossen hatten, war die Kirche ein Treffpunkt für die Dorfbewohner. Hier konnten sie nach Herzenslust klatschen und ihre Zungen wetzen. Sobald der Gottesdienst zu Ende war, versammelten sie sich im Freien, diskutierten über die letzten Neuigkeiten, lästerten über die Mitmenschen und schlenderten zwischen den verwitterten Grabsteinen herum, bevor sie nach Hause zu ihrem wohlverdienten Sonntagsbraten mit Kartoffeln gingen.

An diesem Morgen brodelte die Menge vor Aufregung, und der Klatsch machte sehr viel früher als üblich die Runde. In den Bänken wurde unaufhörlich getuschelt und geflüstert, während Reverend Arthur Treeves auf der Kanzel stand und für taube Ohren predigte. Seine Predigt für diesen Tag war nicht wie sonst vom Heiligen Geist durchdrungen, aber das machte nichts – es hörte ohnehin niemand zu. Sogar seine Schwester Molly, die ganz vorn saß, gestattete sich, ihre Gedanken abschweifen zu lassen. Was führten die Leute im Schilde, was hatte das Getuschel zu bedeuten? Dem Himmel sei Dank, daß Arthur nie etwas bemerkte, ehe man ihn mit der Nase darauf stieß. Aber ein solches Benehmen war wirklich schändlich; so ungezogen hatte sie die Dorfbewohner noch nie erlebt. Nicht einmal damals, als Mrs. Welsted mit Grippe im Bett gelegen und sich geweigert hatte, Miss Pydell den Schlüssel zu geben, damit sie an der Orgel üben konnte – das Resultat war, daß Miss Pydell jetzt in Rye in die Kirche ging und Plummergen damit in arge Verlegenheit brachte, weil sie dort die Orgel spielte. Molly schaute sich mit strengen Blicken um und zischte leise: »Schsch!« Sie bewirkte nichts damit. Sie lehnte sich zurück und schloß die Augen, um sich zu konzentrieren und ein paar Worte aufzuschnappen. Sie strengte sich richtig an, weil sie unbedingt erfahren wollte, was diese Unruhe zu bedeuten hatte. »Die Augen starrten ins Leere«, hörte sie. Na, das war in diesem Dorf wirklich nichts Ungewöhnliches – alle starrten hier hin und wieder mit leerem Blick in die Gegend. »Sie schwang ihren Schirm und verfluchte sie, und der Nuttel war plötzlich ganz schummrig zumute.« Miss Nuttel war schummrig zumute? Vielleicht eine Erkältung. »Armes, kleines Ding, sie hat ihm den Kopf abgehackt und zum Ausbluten aufgehängt.« Was hat wer abgehackt? Sie mußten über Miss Seeton sprechen, weil sie den Schirm erwähnt hatten. Arme Miss Seeton. Sie war ein solcher Gewinn für die Gemeinde. Lernten diese törichten Menschen denn nie, sich um ihre eigenen Angelegenheiten zu kümmern? »Man sollte sie auf dem Scheiterhaufen verbrennen, wirklich.« Was war das? »Ertränken, das hätte sie verdient.« – »Sie ist durchs Fenster geflogen, auf ihrem Regenschirm – das haben sie ganz deutlich gesehen.« – »Gefährlich.« – »Ich lasse meine Eileen jedenfalls nicht mehr in die Schule gehen, das ist mal sicher.«

Die Predigt und Miss Treeves Geduld waren am Ende. Der Gottesdienst klang aus, und die Gemeinde trabte hinaus, um auf dem Kirchhof weiter zu tratschen. Ein paar Eltern drängten sich um den Schuldirektor und protestierten. Mr. Jessyp behauptete seinen Standpunkt und blieb bei seinem einmal gefaßten Entschluß. Die Eltern der Kinder, die der Schule ohne ärztliches Attest fernblieben, würden Ärger bekommen, warnte er.

Martha Bloomer schäumte vor Wut und setzte denen, die sich um sie versammelt hatten, den Kopf zurecht. Nicht zu fassen, daß einige Leute so dämlich sein konnten, ihr Brombeergelee für ein geschlachtetes Baby zu halten! War das zu glauben? Und was die beiden verrückten Weiber betraf, sie würde ihnen ihre Neugier schon austreiben. Was fiel denen überhaupt ein, mitten in der Nacht herumzuspionieren? Es geschah Miss Nuttel ganz recht, daß sie in Ohnmacht gefallen war. Schade war nur, daß sie überhaupt wieder zu sich gekommen war.

Die Colvedens – ohne Tante Bray, die zu Hause geblieben war und sich mit ihrer neuen Religion befaßte – erfuhren die brandheißen Gerüchte von Miss Treeves. Miss Nuttel und Mrs. Blaine blieben steif und fest dabei: Miss Seeton kochte Babyköpfe zum Abendessen. Na, Meg Colveden hatte ja immer schon geahnt, daß die beiden Frauen nicht ganz richtig im Kopf waren, jetzt wußte sie es mit Bestimmtheit.

Als es Zeit zum Mittagessen wurde, war das Dorf in zwei Lager gespalten – in dieser Hinsicht war alles wie immer. War Miss Seeton nun eine echte Hexe oder nicht? Ein paar Kinder meinten, sie sei keine, aber ihre Eltern beschworen das Gegenteil. Einige Eltern machten sich über den Klatsch lustig, doch ihre Kinder behaupteten, mit eigenen Augen gesehen zu haben, wie Miss Seeton auf ihrem Regenschirm durch die Nacht geflogen war. Der Werkstattbesitzer fürchtete, es könnte etwas an den Gerüchten dran sein; die Stillmans hingegen waren überzeugt, daß es nichts gab, wovor man sich ängstigen müßte. Reverend Arthur und Miss Treeves führten Gegenargumente an und widerlegten die Behauptungen; die Welsteds vom Textilgeschäft hielten die Gerüchte für absolut wahr. Miss Nuttel und ihre Freundin beharrten darauf, alles mit eigenen Augen gesehen zu haben. Lady Colveden setzte dem entgegen, das sei nur ein Beweis dafür, daß die beiden Frauen Schwachköpfe waren.

Nur eine einzige Person im Dorf blieb von dem Aufruhr gänzlich unberührt. Miss Seeton hatte nicht die geringste Ahnung von den hitzigen Diskussionen und wußte nicht das geringste über Hexerei – wahrscheinlich wäre sie sogar der Ansicht gewesen, daß sich niemand, der noch bei Verstand war, über dieses Thema überhaupt Gedanken machen würde.

Am Montag morgen stand Miss Seeton vor dem Lehrerpult. Dort lag ein Stundenplan und ein Buch, *Allgemeine Mathematik,* für sie bereit. Lieber Himmel! Und sie hatte so gehofft ... Aber jetzt konnte sie nichts mehr daran ändern. Sie setzte sich und betrachtete ihre Klasse. Lächelnd sagte sie: »Guten Morgen.« Die Kinder riefen im Chor: »Guten Morgen, Miss«, und ließen sich auf ihren Bänken nieder. Das war gut. Solange die Kinder wußten, was sie zu tun hatten, verlief vielleicht doch alles glatt. Sie schaute wieder auf das Buch. Unter dem Titel auf dem Umschlag stand: *Mit Lösungen.* Gott sei Dank, wenigstens das. Sie studierte den Stundenplan, schlug das Buch auf und fand die Seite mit der Lektion, die die Kinder gerade durchnahmen. In den Bänken wurde geschwätzt und gekichert. Der Klassensprecher, ein Witzbold, meldete sich.

»Bitte, Miss, können Sie uns das Fliegen beibringen?«

Die Kinder warteten atemlos und angespannt: Das müßte sie eigentlich fertigmachen.

Miss Seeton hob überrascht den Kopf und musterte die Kinder eine Weile. Lauter sehnsüchtige Peter Pans? Nein, ein Junge von heute träumte eher von Raumschiffen und Airjets, nahm sie an. Und die Mädchen wollten sicher Stewardessen werden. »Leider habe ich keinen Pilotenschein«, erklärte sie in bedauerndem Ton.

Schallendes Gelächter quittierte die Antwort. Eine echte Komikerin. Schlagfertig. Bei der mußte man höllisch aufpassen, sonst machte sie einen zur Schnecke.

Miss Seeton sah sich die Fragen im Lehrbuch an. *Erkläre die folgenden Mengenverhältnisse so einfach wie möglich nach dem Schema a : b. Frage Nr. 13: 12 cm : 4 cm.* Sie blätterte zu der Lösung um. Ja, da war es. *Lösung Nr. 13: 3 : 1.* Miss Seeton runzelte die Stirn. *3 : 1?* Und was ist mit *a* und *b?* Und wo sind *c* und *m* abgeblieben? Äußerst verwirrend. Sie hoffte, daß wenigstens die Kinder wußten, was das alles zu bedeuten hatte. Ihr Blick überflog die Seite in dem Buch. Zwei Überschriften fielen ihr auf. Besteuerung. Für Elfjährige? Gütiger Gott! Und: *Kommunalabgaben.* Himmel! Aber das waren wenigstens Probleme, die sie später auch im wirklichen Leben beschäftigen würden. Sie nahm ein Stück Papier zur Hand und notierte sich ein paar Dinge. *Frage 9* lautete: *Miete für ein Haus 60 inklusive 18 Steuern.* Ein sehr preiswertes Haus, fand sie. Sie selbst mußte natürlich keine Miete für ihr Cottage bezahlen. Aber zahlte sie Steuern für das Haus? Was sollte das überhaupt sein? Sicherlich mußte sie Kommunalabgaben abführen. Sie suchte. Kommunalabgaben wurden in dieser Aufgabe nicht erwähnt. Waren die Steuern für das Haus dasselbe wie Kommunalabgaben? *Frage 8: Einkommen 1000, Steuer 400.* Schön, aber wenn das Einkommen nur *400* beträgt, was dann? Davon stand nichts da. Sie schrieb wieder etwas auf. Eine piepsende Stimme meldete sich zu Wort.

»Bitte, Miss. Hier geht es um Einkommensteuer. Wenn sie so hoch ist und man auch noch auf Süßigkeiten, Tabak und all die anderen Sachen, die man sich kauft, Steuern zahlen muß, dann gibt man doch mehr her, als man bekommt, oder?«

Miss Seeton studierte die Zahlen, die sie sich notiert hatte. Wie es schien, hatte das Kind recht. »Na ja«, sagte sie nach einigem Nachdenken. »Ich muß zugeben, daß es so aussieht. Laßt uns versuchen, das genau auszurechnen. Angenommen, jemand hat soviel Einkommen, muß aber keine Miete, dafür natürlich Kommunalabgaben bezahlen und Steuern und all die anderen Dinge...« Die Kinder stellten eifrig Fragen. Sie brauchten genauere Angaben und präzise Zahlen.

»Miss, braucht dieser Jemand Fußballschuhe?« wollte ein Junge wissen.

Nein, wohl eher nicht.

»Und Süßigkeiten – ißt diese Person sehr viele Süßigkeiten?«

Eigentlich nicht allzu viele. Genaugenommen sehr wenige. Das war gut. Aber was war mit... Sie rechneten und rechneten. Standen auf, liefen herum, löcherten Miss Seeton mit weiteren Fragen, diskutierten über die Antworten und stellten Zahlenkolonnen auf. Die Mädchen berücksichtigten Lebensmittel, Kleider, Wäsche und solche Dinge. Die Jungs rechneten mit Kapitalzinsen, Kostenaufwendungen und Steuerabgaben; alle kalkulierten Ferien und Haushaltshilfen mit ein.

Während die Klasse eifrig arbeitete, blätterte Miss Seeton zur nächsten Seite in dem Buch. Sie war überschrieben mit: Konkurs. Sie seufzte. Die Glocke schellte. Miss Seeton stand auf.

Die Kinder protestierten heftig. »Warten Sie, Miss.« – »Einen Moment noch, Miss.« – »Nur noch einen Augenblick, wir haben's gleich.« Es wurden schnell noch Informationen ausgetauscht, Berechnungen verglichen und Lösungen korrigiert.

Miss Seeton ließ sich wieder nieder und wartete. Der Klassensprecher, jetzt ganz ernst, sprang auf und verkündete stolz: »Wir sind fertig, Miss – wir haben die Antwort. Miss, Sie brauchen einen Job.«

Die Nachmittagsonne versank rot hinter dem Horizont; Möwen kreisten über dem Meer; dürres Gras wurde vom Wind gebeugt; der Sand war in das rote Licht der untergehenden Sonne getaucht; die Wolkenfetzen am gelb schimmernden Himmel warfen streifige Schatten.

Eine dramatische Stimmung. Aber es war schwierig, die Farben zu treffen, und noch viel schwieriger, die Bewegung einzufangen. Miss Seeton legte ihren Pinsel weg. Sie hoffte, daß es nicht ganz so windig werden würde mit all den Kindern. Dann mußte immer Jagd auf die herumflatternden Papiere gemacht werden. Es war wirklich sehr nett von Lady Colveden, daß sie sich so viele Umstände gemacht und sie hergebracht hatte. Natürlich hatte Lady Colveden als Mitglied des Schulvorstands von dem geplanten Ausflug gewußt, aber daß sie mit ihr hierher gefahren war, damit sie das Motiv zum Zeichnen auswählen und alle Vorbereitungen treffen konnte ... obwohl die Colvedens einen Gast im Haus hatten ... Miss Seeton schaute auf ihre Uhr. Die zwei Stunden waren fast vorbei, und Lady Colveden würde jeden Moment zurück sein. Sie packte ihre Sachen zusammen und tippte mit dem Finger auf das Bild – nein, die Farbe war noch nicht ganz trocken. Sie würde es erst im letzten Moment in die Mappe legen.

Miss Seeton hörte Schritte im verdorrten Gras und drehte sich mit einem Lächeln um, um zu sagen, daß sie sofort aufbruchbereit sei. Oh. Wie entzückend. Ihr fehlten die Worte. Es war nicht zu beschreiben, und Miss Seeton versuchte es auch gar nicht, sondern stand einfach nur da. Das Mädchen lächelte.

»Hallo. Tut mir leid, wenn ich Sie unterbrochen habe. Achten Sie gar nicht auf mich, ich werde Sie nicht stören. Ich bin nur aus dem Auto gestiegen, um mir die Beine zu vertreten und mich ein wenig umzusehen. Ich bin auf dem Weg in ein kleines Nest, das sich Plummergen nennt. Ich habe vor, mich in dem Pub dort einzuquartieren und dachte, ich sollte mir erst die Gegend anschauen.« Sie nahm ein goldenes Zigarettenetui aus der Tasche und bot Miss Seeton eine an. Noch immer wortlos schüttelte Miss Seeton den Kopf. Das Mädchen zündete sich eine Zigarette an, machte einen tiefen Zug und ließ den Rauch langsam durch die Nase entweichen. »Sie malen die schöne Landschaft und das Wasser? Ich wünschte, ich hätte auch ein künstlerisches Talent.« Sie lachte. »Es gibt ein paar Dinge, die ich ganz gut kann ...« Sie betrachtete Miss Seetons Werk. Das Lachen erstarb. Sie bedachte die ältere Frau mit einem eigenartigen Blick, wirbelte abrupt herum und ging.

Miss Seeton klappte nachdenklich den Zeichenrahmen zusammen, packte ihre Siebensachen und ging in Richtung Straße. Sie war ziemlich schweigsam auf der Rückfahrt mit Lady Colveden und schlug eine Einladung zum Tee aus. Meg Colveden war froh darüber, denn sie konnte sich kaum vorstellen, daß Miss Seeton und Tante Bray gut miteinander ausgekommen wären. Zudem schien Miss Seeton eine andere Verabredung zu haben. Dieser hünenhafte junge Sergeant von Scotland Yard verbrachte seine Ferien in Plummergen und wohnte im *George and Dragon,* und er und Anne Knight hatten Miss Seeton angerufen und sich zum Tee bei ihr angesagt.

Zu Beginn der Teeparty herrschte trotz des gemütlichen Kaminfeuers eine ziemlich gedrückte Stimmung. Miss Seeton war ein bißchen verlegen. Für sie hing Sir Hubert Everleighs Brief wie eine finstere Wolke über allem. Der Sergeant, der eine Kopie des Schreibens in der Tasche hatte, fühlte sich, als würde er ein Zentnergewicht mit sich herumschleppen. Das Orakel hatte leicht reden. Er hatte nur gesagt: Ich will ihr nicht selbst schreiben, Bob, oder mich da einmischen, wenn ich nicht muß – da sich der stellvertretende Commissioner persönlich mit ihr in Verbindung gesetzt hat, wäre das taktlos –, aber ich wette eins zu fünf, daß sie ablehnt. Sie versteht sicher nicht einmal, was man von ihr will, und ihr werden mindestens ein Dutzend Gründe einfallen, die dagegen sprechen. Es liegt an Ihnen, ihre Bedenken zu zerstreuen und sie zu einer Zustimmung zu bewegen ... Aber wie konnte man einen Menschen zu etwas überreden, was er gar nicht will? Besonders wenn dieses Etwas so absurd ist, daß man es niemals an die Person hätte herantragen dürfen? Wieso konnten sie die Dinge nicht einfach so lassen, wie sie waren? Außerdem hätten sie Miss Seeton doch jederzeit wie schon ein paarmal zuvor bitten können, ihre komischen Zeichnungen zu machen. Aber davon hatte der stellvertretende Commissioner nichts wissen wollen. Er meinte, sie hätten kein Recht, einen Außenstehenden zu bitten, Risiken auf sich zu nehmen, für die er nicht ordentlich bezahlt wurde. Aber kein Mensch verlangte von Miss Seeton, Risiken auf sich zu nehmen, oder? Sie ... na ja, sie ging sie ein, ohne es selbst zu wissen. Der stellvertretende Commissioner hatte auch noch gesagt, daß es, nach allem, was in den beiden anderen Fällen, in die sie involviert gewesen war, vorgefallen war, auf lange Sicht billiger wäre, Miss Seeton offiziell in den Dienst der Polizei zu nehmen. Und der alte Brinton aus Ashford war auch keine große Hilfe. Er hatte sofort angerufen, sobald er von der Ankunft des Sergeant erfahren hatte, und ihn zur Eile gedrängt, weil er die alte Dame zu dem Treffen von Nuscience schicken wollte, sie aber, so wie die Dinge im Moment standen, nicht darum bitten konnte, bevor sie diese Vereinbarungen unterschrieben hatte. Unterschrieben? Er hatte die Taschen voller Formulare, die sie unterschreiben sollte. Aber, wie zum Teufel, sollte man jemanden dazu bringen, etwas zu unterschreiben, was er nicht unterschreiben wollte? Besonders wenn dieses Etwas so ... Ach, zur Hölle!

Anne erkundigte sich, wie Miss Seeton in der Schule zurechtkam. Sie war neugierig, da sie gehört hatte, daß viele Kinder ein plötzliches und überraschendes Interesse an finanziellen Angelegenheiten und Steuern entwickelt hatten und auch noch zu Hause lange Berechnungen anstellten. Anne bemerkte, daß sich ihre Gastgeberin äußerst unbehaglich fühlte, und unterbrach ihren Redefluß. Sie sah erst Miss Seeton, dann Bob an, dann stellte sie kichernd ihren Teller ab.

»Hören Sie«, begann sie, »ich weiß, daß mich die Sache

nichts angeht, aber wäre es nicht besser, wenn Sie und Bob die Angelegenheit hinter sich bringen würden, damit wir uns endlich normal unterhalten können? Bob hat solche Angst vor einer abschlägigen Antwort, daß er es kaum wagt, den Mund aufzumachen, weil er fürchtet, er könnte aus Versehen das Thema anschneiden. Und so, wie's aussieht« – sie schenkte Miss Seeton ein mitfühlendes Lächeln –, »sind Sie auch nicht gerade glücklich mit der Situation. Aber wir können nicht hier herumsitzen und so tun, als würden stellvertretende Commissioner nicht existieren – es gibt sie nun mal.« Sie appellierte an beide, als sie fortfuhr: »Könnten wir uns nicht einigen, daß es entweder eine gute oder eine schlechte Idee ist, und die Sache dann ganz schnell vergessen?« Miss Seetons Gesicht bekam einen rosigen Hauch, Bob wurde knallrot. Eine ganze Weile herrschte Schweigen. Anne schüttelte in gespielter Verzweiflung den Kopf. »Also schön«, sagte sie, »könnte ich dann wenigstens noch eine Tasse Tee und ein Stück Kuchen haben?«

Miss Seeton lachte, entschuldigte sich und kam ihren Pflichten nach. »Sie haben recht, Anne«, gab Miss Seeton zu, als sie Bob ein Stück Kuchen reichte. »Ich verhalte mich töricht. Sie müssen verstehen – obwohl es wahrscheinlich ein Fehler von mir ist, konnte ich mir beim besten Willen nicht vorstellen, daß dieses Angebot ernst gemeint ist.« Das war Wasser auf Bobs Mühlen: geschah Sir Heavily ganz recht – sie hielt das Ganze für einen Witz.

»Das ist Majestätsbeleidigung«, belehrte Anne sie. »Sogar ich habe inzwischen gelernt, daß man einen stellvertretenden Commissioner ernst nehmen muß.«

»Selbstverständlich.« Miss Seeton konnte ihre Zweifel nicht verbergen. Es war ... es war so schwierig, das richtig auszudrücken. Obwohl sie überzeugt war, daß Zeichnen ihre Hauptaufgabe sein würde, wußte sie auch, daß alle, die bei der Polizei arbeiteten, allzeit bereit sein mußten, auch andere Pflichten zu erfüllen, wenn es nötig wurde. Wie zum Beispiel bei Unfällen helfen. Oder natürlich den Verkehr regeln. »Es ist nur so ... so ungewöhnlich. Immerhin, in meinem Alter ... nicht, daß ich mich an der Uniform stören würde, falls ich eine anziehen müßte, aber bei der Polizei arbeiten ...« Ihr bekümmerter, ernster Tonfall war beinahe zuviel für Anne. »... wenn man so gar keine Ahnung von Verkehrsregeln und solchen Dingen hat; Sie sehen doch sicher selbst ein, daß ich das nicht kann – das heißt, ohne Schulung. Deshalb dachte ich in gewisser Weise, daß es einer sein muß, ein Scherz, meine ich.«

Bob prustete los. Das Zentnergewicht war mit einemmal federleicht geworden. Verkehr! Er verschluckte sich an den Kuchenkrümeln. Miss Seeton, die in Uniform an der Hyde Park Corner oder am Marble Arch stand und mit ihrem Re genschirm den Verkehr regelte! »O bitte«, japste er. »Ich wünschte, Sie würden ...« Ein neuer Lachkrampf schüttelte ihn. Das wäre das Größte. Das würde alle Probleme der Großstädte lösen. In ganz London Verkehrsstaus bis in die Vorstädte hinein. Nie wieder würde sich etwas bewegen. Seit mindestens einem Jahr hatte er nicht mehr so gelacht.

Nach und nach, zwischen den Lachanfällen, gelang es ihm, die Dinge klarzustellen. Es sei vorgesehen, erklärte er, daß Miss Seeton ein kleines Honorar bekommen sollte und daß Scotland Yard dafür gelegentlich ihre Dienste in Anspruch nehmen würde; sie könnten sie zum Beispiel irgendwohin schicken – Spesen wurden natürlich vom Yard übernommen. Sie würde mit Leuten sprechen und, wenn nötig, Zeichnungen anfertigen müssen, und selbstverständlich würde sie jedesmal, wenn sie einen Auftrag bekam, je nach Aufwand eine extra Bezahlung erhalten. In Miss Seetons Kopf meldete sich eine kindliche Stimme: »Miss, Sie brauchen einen Job.«

Miss Seeton füllte die Formulare aus, las *In Anbetracht* und *Im Falle, daß* und *Dieser Vertrag wird jährlich erneuert und, falls nötig, in gegenseitigem Einvernehmen neu formuliert* und unterschrieb alle Papiere, die Bob ihr vorlegte.

Kapitel 5

»Heute, meine Freunde, möchte ich mit euch über die Freiheit sprechen.«

Die Halle in Maidstone war gerammelt voll. Miss Seeton beugte sich konzentriert vor. Bei ihrem ersten Auftrag als Mitarbeiterin der Polizei mußte sie wirklich ihr Bestes geben. Ein netter Bursche, der Junge, der sie hergebracht hatte. Und so farbenfroh in dem hellvioletten Pullover mit diesem großen Kragen – ein Rollkragen, vermutete sie – und der Jacke in Magentarot. Vielleicht nicht gerade die gelungenste Kombination, aber farbenprächtig. Man sollte meinen, Polizisten hätten alle einen Kurzhaarschnitt, aber nein – dieser junge Mr. Foxon hatte ziemlich lange Haare und Locken. Sie hatte einen Block mitgebracht, um sich Notizen zu machen und ihre Eindrücke festzuhalten. Und genau das tat sie auch. Sie schrieb *Freiheit* in die oberste Zeile.

»Freiheit«, fuhr der Redner fort, »das bedeutet Freiheit der Sinne ...«

»Dummes Zeug«, brummte Sir George in der ersten Reihe. Tante Bray sah ihn entrüstet an, und Lady Colveden forderte ihren Mann mit einer Geste auf, sich still zu verhalten.

»... Freiheit der Gedanken, Freiheit des Geistes und Freiheit, sich auszudrücken ...«

Die Mehrheit der Zuhörer war hingerissen, aber für Bob, der im letzten Moment mit Anna in die hintere Bank gerutscht war, war das alles nichts anderes als leeres Geschwätz.

»... frei sein«, verkündete der Vortragende mit Emphase, »von der Sünde; frei sein für die Liebe.«

»Quatsch«, grunzte Sir George.

Ziemlich viel Freiheit, kritzelte Miss Seeton.

Nigel, der auf die Bitte seines Vaters hin seine Eltern nur widerwillig begleitet hatte, drehte sich halb nach hinten. Dieses Mädchen – das goldene Haar mit dem rötlichen Schimmer – diese Augen – dieser Mund! Dieses... Mädchen. Er war auch hingerissen. Von all den sorgfältig gewählten Worten drangen nur fünf zu ihm durch: »Frei sein für die Liebe.«

»Hier, in der westlichen Welt«, ließ der Redner vernehmen, »sind wir wie Prometheus aus der Antike mit Ketten gefesselt, mit Ketten, deren Glieder fest aneinandergeschmiedet sind – aneinandergeschmiedet«, wiederholte er, »durch falsche Lebenseinstellung, durch materielle Abhängigkeit, durch Angst und fehlgeleitete Ansichten. Im Fernen Osten, in den Ashrams, in kleinen Zellen, in einsamen Klöstern leben Yogis, die seit Jahrhunderten die Wahrheit und die Antwort auf alle Fragen kennen. Diese, unsere Welt existiert nicht. Ah« – er machte eine Pause und überblickte die Zuhörerschaft –, »das überrascht euch. Aber ich sage euch, es ist wahr. Ihr denkt in materiellen Dimensionen und nehmt nur Grobstoffliches wahr, aber sobald ihr euren Geist von dieser trügerischen Illusion befreit und die reine Erkenntnis erlangt habt oder das Nirwana...«

Miss Seeton runzelte verunsichert die Stirn. Diese fremdartigen Ausdrücke, wirklich schwierig. Wie buchstabierte man das?

»...werdet ihr herausfinden, daß es nur eine Illusion gibt – die Große Illusion. Die Welt, wir selbst und alles, was uns umgibt – das alles ist nichts anderes als die Reflexion von Gott, dem allmächtigen Schöpfer. Maya, das Prinzip der Illusion, das die Realität leugnet, oder Om. Wenn ihr Maya erreicht habt, könnt ihr eure wahre Bestimmung verwirklichen und die Illusion als Reflexion Gottes verehren.« Für einen Moment stand er reglos da und starrte in die Ferne. Dann: »Ewiges Leben. Ewig...« wiederholte er langsam. »Niemals sterben. Der westliche Traum – die östliche Realität. Niemals zweifeln ist Realität, eine Realität, die all diejenigen verstehen, die Glauben und Ausdauer haben.

Ihr werdet fragen: Was hat das alles mit Freiheit zu tun? Meine Antwort lautet: Mukti.«

»Hört, hört«, brummte Sir George spöttisch – er hatte dieselben Schwierigkeiten mit dem Sanskrit wie Miss Seeton.

»Mukti«, erklärte der Redner, »bedeutet Befreiung aus dem Kreislauf von Geburt und Tod; eine Seele in Freiheit. Es ist ein Zustand, den jedes menschliche Wesen erreichen kann – ein Zustand, der von vielen in der östlichen Welt erreicht wurde. Ich selbst habe im Fernen Osten mit Mystikern zusammengearbeitet, die älter als die Jahrhunderte sind, mit Männern, die die Gedanken ihrer Mitmenschen kennen, ehe die Gedanken Form annehmen, und ihre Handlungen voraussagen können, bevor die Idee zu dieser Handlung im Geist entsteht. Manche von euch werden vielleicht darüber lächeln, aber das, was ich euch klarzumachen versuche, ist eine wissenschaftlich bewiesene Tatsache. Es gibt vieles, was ich euch nicht erzählen kann, weil ich nicht dazu befugt bin, aber zu einem hat man mich ermächtigt: Ich darf in der westlichen Welt die wichtigsten Lehren in verkürzter Form – in Nuscience – verbreiten. Man könnte sagen, ich bringe euch eine Kurzversion der ewigen Wahrheit. Auf meine ausdrückliche Bitte hin habe ich zudem die Erlaubnis erhalten, denen, deren Bewußtsein und höheres Selbst ich erkenne, die Geheimnisse des ewigen Lebens zu offenbaren. Einigen von uns« – er schüttelte tadelnd den Kopf – »verstellen fleischliche Gelüste den Blick auf Maya. Aber das ist nur eine andere Facette der Angst, von der ich gesprochen habe – und ich habe euch gesagt, daß ihr nichts zu fürchten braucht. Denkt daran, daß viele der großen Heiligen weit davon entfernt waren, ein tadelloses, reines Leben zu führen, ehe sie ihre wahre Bestimmung erkannt und erfüllt haben. Fürchtet euch nicht vor der Sünde. Die Sünde ist das Erbe der Menschheit, von dem sie Erlösung erlangen muß. Solange ihr nicht die wirkliche Natur der Sünde erkennt, ist Erlösung unmöglich. Fürchtet euch nicht vor sündigen Gedanken und Taten, denn ohne sie könnt ihr nicht geläutert werden. Ein altes, aber wahres Sprichwort sagt, daß es ohne Sünde keine Reue gibt. Wir schauen auf« – er hob den Blick, um zu zeigen, was er meinte – »und sehen die reife Frucht hoch oben, aber wir können diese Frucht nicht erreichen, weil wir mit schweren Ketten auf dem Boden gehalten werden. Meine lieben Freunde« – er breitete die Arme aus, ein goldener Ring glitzerte an seinem Finger –, »werft diese Ketten endlich ab. Erhebt euch als freie Menschen und pflückt diese süße Frucht, die euch von Geburt an zusteht... Habe ich gesagt, von Geburt an?« fragte er nach.

Ja, das hat er gesagt, dachte Miss Seeton.

»Habe ich gesagt, von Geburt an?« erkundigte er sich noch einmal.

Vielleicht sollte ich ihn in aller Freundlichkeit darauf hinweisen, daß genau dies seine Worte waren, überlegte Miss Seeton.

»Die Welt an sich ist ein einziges großes Mißverständnis. Wir werden nicht geboren«, machte er seinen Zuhörern klar. »Wir kehren nur immer wieder für eine bestimmte Zeitspanne, einen kurzen Augenblick, gemessen an der Ewigkeit, hierher zurück. Für einen Augenblick«, betonte er, »einen endlichen Moment, der schnell vergeht.« Die Leute waren ergriffen vor Ehrfurcht. »Deshalb«, verkündete er, »bringe ich euch die Botschaft aus dem Jenseits. Das Leben, so wie wir es in der westlichen Welt – mit unserem erbärmlichen Vorstellungsvermögen und unserer kindlichen Unfähigkeit, das Unendliche zu begreifen – verstehen, ist zu Ende.« Die Zuhörer durchfuhr ein Schauer der Angst, und der große Meister setzte noch eins drauf: »Es wird sehr bald nicht mehr existieren«, schwor der Prophet mit hocherhobener, drohender Hand – ein moderner Jupiter, der Blitze auf die Menschheit schleudert. »Diese Erde ist am Ende angelangt.« Die düstere Prophezeiung schien das Licht in der Halle zu dämpfen und drohende Schatten über die andächtige Gemeinde zu werfen. »Diejenigen, die mein Buch *Jenseits vom Jenseits* gelesen haben, erschienen im Offset Verlag und in allen einschlägigen Buchhandlungen sowie draußen vor dem Eingang für dreißig Shilling erhältlich ...«

Jenseits vom Jenseits/Offset für 30 Shilling, notierte sich Miss Seeton pflichtbewußt.

»... werden verstehen, was ich meine – werden die ungeheuerliche Bedeutung dessen, was auf uns zukommt, erfassen. Damit kein Mißverständnis aufkommt: Unsere Zeit, eure und meine, unser aller Zeit ist abgelaufen.« Einige Zartbesaitete, die schon früher vom Weltuntergang gehört hatten, brachen in Tränen aus. Miss Nuttel hielt den Atem an. Ihre Freundin schluchzte. Ein älterer Herr in der vierten Reihe putzte sich die Nase. »Aber verzweifelt nicht«, munterte der Meister sie auf, »ich bin heute abend hier, um euch Mut zu machen. Ich bin hier, um euch zu erretten. Wißt ihr, wie man atmet?« fragte er streng. Seine Zuhörer sahen ihn überrascht und verständnislos an. »Der Atem ist der Quell des Lebens«, belehrte er sie. Diese erleuchtende Wahrheit wirkte wie eine große Offenbarung. »Durch richtiges Atmen – durch Pranayama – bestimmen wir unser Schicksal und unser Tun; wir kontrollieren also nicht nur unseren Geist, sondern auch unseren Körper. Ihr denkt, ein Mensch kann nicht fliegen – ich sage euch, er kann. Die Regierungen verschleudern euer Geld, um Raumschiffe und Atomraketen zu bauen, um dem Mond einen kurzen Besuch abzustatten und so weiter und so fort. Damit zerstören sie nur die Stratosphäre. Unser Klima hat sich verändert, unsere Gesundheit ist ruiniert, und jetzt liegt unsere gesamte Erde im Sterben – zerstört von der Dummheit der Menschen. Aber ich habe Erkenntnisse, die all die unbedeutenden Wissenschaften der Menschheit übertreffen. Nuscience kann euch zu den Sternen bringen – jeden von euch – ohne Motor, nur mit Geisteskraft.«

In einem kleinen Raum hinter dem Rednerpodest saß ein junger Mann. Er hatte Kopfhörer auf den Ohren und betätigte die Schalter eines High-fidelity-Recorders. Am Mittelfinger seiner rechten Hand steckte ein blauer Plastikring. Die Tür öffnete sich, und zwei Männer kamen herein.

»Wie macht sich der alte Bock, Basil?« fragte der kleinere und kräftigere der beiden Männer. »Hält er sich ans Manuskript?«

»Nicht schlecht, Duke«, erwiderte Basil Trenthorne. »Ich hab' ihm vor der Veranstaltung sein Lebenselixier weggenommen« – er deutete auf die flache Brandyflasche, die neben dem Recorder lag – »und ihm versprochen, daß er es wiederbekommt, wenn er sein Sprüchlein da draußen brav aufgesagt hat.« Er horchte einen Moment. »Er ist gerade beim Atmen«, erzählte er den beiden anderen. »Im Moment schwirrt er zwischen den Sternen herum. Das Atmen gibt ihnen meistens den Rest, wenn sie sich richtig anstrengen. Manchen wird so schummrig, daß sie glauben, sie würden wirklich fliegen. Das ist immer für ein paar Neueinsteiger gut.«

Der Mund des Mannes, den Basil Duke genannt hatte, verzog sich zu einem erwartungsvollen Grinsen. »Und es hilft, die Stammkunden bei der Stange zu halten und großzügig zu machen.«

Der Redner auf dem Podium goß Wasser aus einem Krug in ein Glas. Er trank einen Schluck und überblickte einmal mehr seine andächtige Gefolgschaft. »Das erste, was wir lernen müssen, ist das Atmen.« Er preßte einen Finger gegen einen Nasenflügel. »Tief einatmen – Puraka. Und die Luft so lange wie irgend möglich anhalten. Dann« – er ließ den Arm sinken, hob den anderen und drückte das andere Nasenloch zu –, »auf der anderen Seite ausatmen – Rechaka. Ihr müßt spüren, wie jeder Atemzug den ganzen Körper durchströmt. Übt das«, ermahnte er, »so oft ihr könnt. Pranayama ist der erste Schritt – der erste elementare Schritt –, die Kontrolle zu vervollständigen. Durch alle Zeiten haben die großen Männer diese Technik angewandt. Die großen Weisen aus dem alten Testament taten es. Unser höchster Meister, der größte Yogi von allen, tat es. Ich kann es tun. Und«, versicherte er, »ihr könnt es auch tun.«

»Die Holländer in Amsterdam tun es, und die Finnen tun es«, flötete Anne leise in Bob Rangers Ohr.

Tatsächlich versuchten viele Zuhörer die Atemtechnik.

Röcheln, Zischen und Schnauben ertönte überall in der Halle. Einen ahnungslosen Beobachter hätte die Versammlung an eine ungezogene Klasse erinnert, die ihrem Lehrer eine lange Nase dreht. *Yoga-Übungen,* notierte sich Miss Seeton, *keine ausreichenden Kenntnisse. Äußerst unklug.* Einige der Atemschüler fühlten sich bereits ein wenig eigentümlich. Miss Nuttel, die ihren Atem besonders gründlich ausgestoßen hatte, bekam jetzt keine Luft mehr und kippte zur Seite. Mrs. Blaine zog ihr Riechsalz aus der Tasche.

Während die Versammlung Übungen für ihren ersten Phantasieflug machte, ließ Miss Seeton den Blick über die Reihen schweifen. Diese gedrehten Turbane. Sehr schwierig, sie zu tragen. Und selbst auf ganz weißem Haar war dieser Rotton mit den gelben und braunroten Streifen ausgesprochen unvorteilhaft. Diese Frau mußte die Verwandte der Colvedens sein, da sie neben ihnen saß. Nigel hatte den Platz neben seiner Mutter, wandte sich aber ab und schaute nach hinten. Es schien, als hätte etwas ganz anderes sein Interesse geweckt. Oh. Kein Wunder. Da saß dieses reizende Mädchen, das sie gestern am Strand angesprochen hatte.

Foxon saß neben Miss Seeton am Mittelgang und beobachtete seine Schutzbefohlene. Ein verdammt bescheuerter Job, ehrlich – die alte Schachtel zu dieser verrückten Versammlung bringen, auf sie aufpassen und ihre Reaktionen beobachten. Der Chief Inspector mußte eine Schraube locker haben. Klar, Brinton war alt, aber diese Sache ... wahrscheinlich wurde er senil und verlor allmählich die Übersicht. Was die Reaktionen betraf – sie hatte sich ein paar Notizen gemacht. Er beugte sich ein wenig zur Seite und las, was sie geschrieben hatte. Nichts von Bedeutung; das hätte er allein mindestens genauso gut machen können. Und jetzt war ihr langweilig, sie fing an zu kritzeln. Ein Porträt vom Redner? Könnte von Nutzen sein, fand er. Er sah zu, wie Miss Seeton mit kräftigen Strichen den Kopf eines Ziegenbocks aufs Papier zauberte. Also kein Porträt. Sie machte wohl nur Fingerübungen und zeichnete – wer konnte ihr's verdenken? – Haustiere. Der Ziegenbock im

Halbprofil hatte einen boshaften Blick; es sah aus, als würde er höhnisch grinsen. Ein, zwei kurze Stricheleien, und ein weißer Flügel wuchs aus dem dunklen Haar über dem Ohr. Danach zeichnete sie einen Finger, der ein Nasenloch zuhielt. Der Redner als Ziegenbock – keine schlechte Idee. Er war so verblüfft, daß er laut loskeckerte. Es dauerte nur wenige Sekunden, bis er spürte, daß ihm jemand auf die Schulter tippte. Ein junger Mann mit schwarzem Plastikring am Finger baute sich neben ihm auf.

»Entschuldigen Sie, Sir«, sagte der junge Mann, »aber so etwas mögen wir hier nicht. Es stört die Konzentration der Leute. Wenn es Ihnen nichts ausmacht, möchte ich Sie jetzt auffordern zu gehen, Sir ...«

»Es macht mir aber etwas aus«, gab Foxon zurück und rutschte auf seinem Sitz etwas tiefer.

Der junge Mann legte die Hand auf Foxons Arm, knapp über dem Ellbogen, und drückte direkt auf einen Nerv. Der Schmerz zwang den keuchenden Foxon auf die Füße. Ein zweiter junger Mann, auch mit schwarzem Ring, packte seinen anderen Arm. Sie nahmen ihn in die Mitte und führten ihn durch den Gang zwischen den Reihen. Foxon wehrte sich. Sie zerrten ihm die Jacke herunter, so daß er die Arme nicht mehr bewegen konnte, dabei fiel seine Brieftasche auf den Boden. Ein dritter Mann hob sie auf und besah sich den Inhalt, ehe er sie zurückgab und den anderen folgte. Bob war schon fast auf dem Sprung, besann sich aber anders und lehnte sich wieder zurück. Es war wohl besser, wenn er nicht eingriff. Das Orakel würde ihm das Fell über die Ohren ziehen, wenn er sich ohne offiziellen Auftrag einmischte. Das war Foxon vom Revier in Ashford; er kannte ihn. Was hatte der kleine Idiot angestellt, daß sie ihn regelrecht abführten? Und wieso wehrte er sich nicht? Foxon war doch sonst ein ziemlicher Raufbold, soweit sich Bob erinnern konnte. Und all diese Kerle, die sich plötzlich aus dem Nichts auf ihn gestürzt hatten... Geschickt gemacht; kaum eine Menschenseele hatte etwas bemerkt. Professionell. Der Mann, der die Brieftasche aufgehoben hatte, mußte ihn gefilzt haben – gute Arbeit. Foxon würde sein Fett abkriegen, wenn er aufs Revier zurückkam. Bob sah sich beiläufig, aber doch aufmerksam um. Ja – wenn man genauer hinschaute ... da standen ziemlich viele von diesen Burschen. Dieses Spektakel hier war totaler Irrsinn und ein Riesenschwindel. Gut für den alten Brimstone. Aber jetzt war Miss Seeton ganz auf sich allein gestellt. Sie würde schon zurechtkommen, vermutete er – trotzdem, es konnte nicht schaden, wenn er sie im Auge behielt.

In dem Raum hinter dem Podium erstattete ein Majordomus Bericht.

»Detective Constable Foxon aus Ashford, Sir«, erklärte er dem Mann, den alle Duke nannten. »Saß neben einer komischen Eule mit Notizblock. Der Cop hat für Unruhe gesorgt. Wir haben ihn hinausbegleitet, ein bißchen hart angefaßt und uns dann bei ihm entschuldigt. Wir konnten ihm klarmachen, daß er draußen auf seine Freundin warten müßte.«

»Auf die komische Eule mit dem Notizblock?«

»Älteres Semester, weiblich, Sir. Sieht ziemlich harmlos aus.«

»Gut«, sagte der Mann, den alle Duke nannten und sah seinen größeren Begleiter fragend an – der nickte. »Aber holt euch zur Sicherheit diesen Notizblock, wenn da draußen Schluß ist. Keine großen Aktionen, keine Grobheiten; es soll ganz normal aussehen. Aber holt euch den Block und findet heraus, wer sie ist.«

»Wird gemacht, Sir.« Der junge Mann salutierte und trollte sich.

Der arme Mr. Foxon. Miss Seetons Neugier war geweckt. Was war mit ihm geschehen? Er hatte ein seltsames Geräusch von sich gegeben, und dann war da ganz plötzlich dieser junge Mann bei ihm. Im nächsten Moment war er ohne ein Wort aufgesprungen und hatte sich auf den Weg nach draußen gemacht. Wahrscheinlich dringende Polizeiangelegenheiten. Aber wie, überlegte sie, sollte sie jetzt nach Hause kommen? Sie steckte ihren Notizblock weg und machte die Tasche zu. Wirklich, sie hatte ihr möglichstes getan und versucht, genau aufzupassen, was sich hier tat. Aber die ganze Sache erschien ihr, na ja, ein bißchen kindisch. Genaugenommen sogar ausgesprochen dumm. Natürlich konnte sie verstehen, daß es für die Polizei wichtig war, jede neue Bewegung oder Religion – wenn man das überhaupt so nennen konnte – unter die Lupe zu nehmen, für alle Fälle. Und es war sehr umsichtig von ihnen gewesen, jemanden wie sie zu schicken, eine Person, die in einer solchen Versammlung nicht auffiel und die ihre Auftraggeber nicht in Verlegenheit brachte. Jedenfalls war jetzt vollkommen klar, daß an dieser Nuscience nichts besorgniserregend war und sich die Behörden keine Gedanken um die Organisation machen mußten. Und was Mr. Brintons Vorschlag betraf, daß sie dabeibleiben und sagen sollte, sie würde gern Mitglied werden ... Jetzt wußte sie, daß das selbstverständlich nicht ernst gemeint sein konnte; es war nur ein weiterer Beweis für Mr. Brintons trockenen Humor. Miss Seeton lächelte bei der verspäteten Erkenntnis, daß sich der Chief Inspector einen Scherz mit ihr erlaubt hatte. Sie konzentrierte sich wieder auf den Redner auf dem Podium. Er war, wie sie fand, eindrucksvoll. Groß und mit markantem Profil, mit dem dunklen Haar und den weißen Schläfen – er erinnerte sie ein wenig an einen Schauspieler. Aber diese Yoga-Atemübung ... sie fürchtete, er hatte nicht ganz verstanden, wie so etwas wirklich ging, er machte das viel zu hastig. Das konnte Schaden anrichten. Natürlich würde sie niemals behaupten, Expertin auf diesem Gebiet zu sein – sie war absolute Anfängerin und noch nicht dazu gekommen, die letzten Kapitel über den Geist in diesem wunderbaren Buch *Jeden Tag jünger mit Yoga* zu lesen. Aber sie wußte zumindest so viel, daß jede Übung, die man ohne ausführliches Training am Anfang übertreibt, gesundheitsschädigend sein konnte. Jetzt redete der Mann von Astronomie, zumindest glaubte sie das, und sagte, daß jeder Mensch – eigentlich sprach er von »jeder Seele« und von »Lebensenergie«, was immer das in diesem Zusammenhang auch bedeuten mochte – von einem anderen Planeten käme. Er sprach von Saturn und Venus, aber wie ihr schien, erwähnte er auch noch andere

Planeten, die von verschiedenfarbigen Mönchen und Nonnen bewacht wurden. Und er meinte, daß jeder von dort käme und auch wieder dorthin zurückkönne, wenn er wollte. Er sagte, er selbst sei schon verschiedene Male an diesem fernen Ort gewesen. Und dieser bewußte Ort sei jeder Ort, an dem man sich am liebsten aufhalten würde. Diese Ausführungen erschienen Miss Seeton wirklich etwas verworren. Wenn das Leben auf diesen fremden Planeten tatsächlich so zufriedenstellend war, so gut organisiert, dann war schwer oder eher gar nicht zu begreifen, wieso die Menschen überhaupt von dort weggingen.

Ein junger Mann nahm auf dem Sitz neben ihr Platz. »Ihr Freund«, flüsterte er, »fühlte sich nicht gut. Er sagte, er würde draußen auf Sie warten.«

Miss Seeton bedankte sich. Armer Mr. Foxon. Dann hatten ihn also doch keine Polizisten aus der Versammlung geholt. Ob es ihm wohl gut genug ging, um sie nach Hause zu fahren? fragte sie sich. Wenn nicht, würde er bestimmt ein anderes Arrangement für sie treffen, davon war sie überzeugt. Sie lehnte sich zurück und konzentrierte sich wieder auf den Vortrag.

Einer von diesen Burschen hatte sich neben Miss Seeton gesetzt – das war nicht so gut. Bob wandte sich zu Anne und flüsterte ihr etwas zu.

Der Vortrag des Meisters neigte sich allmählich dem Ende zu.

»Ich fordere euch nicht auf«, verkündete er, »unserer Gemeinschaft beizutreten, ich bitte euch nicht darum; nein, ich beschwöre euch inständig, euch selbst zu retten, indem ihr zu uns kommt und euch befreit. Wie euch einst ein anderer Erlösung angeboten hat, so tue ich es jetzt. Wahrlich, ich sage euch: Jedem, der echten Glauben ans Christentum und Nuscience empfindet, wird Gnade zuteil, und er wird vom drohenden Untergang der Menschheit bewahrt. Er wird in die Freiheit und zum ewigen Leben geführt. Amen.«

Nach einem Moment der ergriffenen Stille brach tosender Applaus los. Miss Seeton wollte rasch und unauffällig hinausschlüpfen und nach Mr. Foxon Ausschau halten. Aber der junge Mann, der ihr den Weg zum Durchgang versperrte, klatschte so heftig und schien außer sich vor Begeisterung zu sein, daß sie ihn nicht bitten konnte, sie vorbeizulassen. Schon gar nicht hätte es sich geschickt, sich an ihm vorbeizudrängeln. Schließlich machte der Vortragende seine letzte Verbeugung und zog sich zurück. Die Leute erhoben sich und strömten den Ausgängen entgegen. Miss Seeton fädelte sich im Mittelgang in den Strom derer ein, die dem Hauptausgang im hinteren Teil der Halle zustrebten. Jemand hinter ihr stolperte und hielt sich im Fallen am Riemen ihrer Handtasche fest. Miss Seeton verlor das Gleichgewicht, wurde herumgerissen, und als sie die Hand ausstreckte, um sich abzufangen, traf der Griff ihres Regenschirms hart auf die Nase eines jungen Mannes. Er jaulte auf, die Tränen schossen ihm in die Augen, und er ließ Miss Seetons Tasche los.

»Liebe Güte«, keuchte Miss Seeton erschrocken. »Oh, um Himmels willen, es tut mir ja so leid. Bitte verzeihen Sie. Ich hoffe, ich habe Sie nicht verletzt.« Für mehr blieb ihr keine Zeit, die Masse riß sie mit sich. Ihr war gar nicht aufgefallen, daß soviel Jugend bei der Versammlung gewesen war. Sie war umringt von jungen Männern – mindestens drei oder vier drückten sich dicht an sie. Sie wurde wieder angerempelt, und auch diesmal zerrte jemand an ihrer Tasche. Es war wirklich unangenehm, dieses Gedränge. Sie würde ihre Tasche zur Sicherheit über den anderen Arm hängen und mit einer Hand festhalten. Sie faßte ihren Schirm gerade ein wenig weiter unten an, um das Tauschmanöver durchführen zu können, als sie von der anderen Richtung angerempelt wurde. Wie ein Speer bohrte sich der Schirm in den jungen Mann an ihrer Seite. Er stieß einen Schmerzensschrei aus, ließ ihre Tasche los und krümmte sich vor Pein.

»O bitte, es tut mir schrecklich leid. Ich wurde gestoßen«, rief Miss Seeton verzweifelt aus. Also wirklich, bei all diesem Geschiebe und den Drängeleien würde es noch zu einem ernsten Unfall kommen.

»Hallo, Tante Em«, dröhnte eine laute männliche Stimme hinter ihr.

Die restlichen drei jungen Männer, die sich noch immer dicht bei Miss Seeton hielten, drehten sich um und erstarrten. Ein grinsender Hüne blickte auf die alte Dame herab. Die jungen Männer wichen unwillkürlich zurück. Ein schlichtes, zierliches Mädchen mit fröhlichem Gesicht huschte herbei.

»Tante Em«, sprudelte Anne hervor. Sie schlang die Arme um Miss Seeton und küßte sie. »Nennen Sie ihn Bob«, flüsterte sie ihr dabei verstohlen ins Ohr. »Wie schön, dich zu sehen«, flötete sie. »Wir haben schon gerätselt, ob du es bist, als wir dich von hinten sahen. Wir wollten nur mal kurz vorbeischauen. Wir haben noch nie so eine Versammlung miterlebt – war es nicht wundervoll? Wir waren sehr überrascht, daß du auch hier bist, aber derlei Dinge haben dich eigentlich ja schon immer interessiert, nicht wahr? Der Redner ist ein großartiger Mann, findest du nicht auch?«

Bob kam näher, bückte sich und drückte Miss Seeton einen Kuß auf die Wange. Sie wurde rot. »Spielen Sie mit«, murmelte er leise.

Mitspielen? Ja, natürlich, sehr gern. Aber was wollten sie spielen? Sie überlegte fieberhaft. Sie nannten sie Tante, also ... Sie lächelte. »Liebe Güte, äh, Bob und Anne!« Sie tätschelte dem Mädchen die Hand. »Was für eine schöne Überraschung. Und wie geht's den Kindern?« erkundigte sie sich strahlend.

Jetzt wurde Bob rot. Anne lachte. Wie unanständig von Miss Seeton, ihnen mehrere Kinder anzudichten, und das, noch bevor sie verheiratet waren! Sir George Colveden gesellte sich zu ihnen.

»Hallo, Sir«, grüßte Bob schnell. »Ich glaube, Sie sind meiner Tante schon einmal begegnet, hab' ich recht? Tante Em«, setzte er erklärend hinzu. »Und Anne kennen Sie selbstverständlich auch.«

»Natürlich.« Sir George nickte und gab allen die Hand. »Schön, Sie zu sehen.« Seine Tante? Ihm schien, als würde hier einiges durcheinander gehen. Er konnte sich das nicht erklären – all diese verdammten Leute – und trotz des furchtbaren Gedränges waren offenbar alle verrückt danach herzukommen. Sir George wandte sich an Miss Seeton. »Hab' Sie schon gesehen, als wir herkamen. Kann ich Sie nach Hause fahren?«

»Sehr nett von Ihnen, Sir George, so zuvorkommend. Aber ich denke, das ist nicht nötig. Sie müssen wissen, ich bin hergekommen mit...«

»Uns«, schnitt Bob ihr ohne zu zögern das Wort ab. »War uns eine große Freude, Sie zu sehen, Sir, aber wir bringen Tante Em heim. Anne ist so klein, daß wir noch genügend Platz haben.« Er dachte daran, daß sie sich in Annes winzigem Auto wie die Sardinen zusammenquetschen mußten, und hoffte, daß er dieses Angebot nicht noch bereuen würde.

Die drei unverletzten jungen Männer hatten sich etwas abseits gehalten, alles beobachtet und mit angehört. Jetzt folgten sie der Gesellschaft zum Haupteingang, lauschten noch immer und behielten Foxon im Auge, der neben dem Tisch stand, auf dem Stapel von Informationsschriften und Formulare lagen. Ein Mädchen verkaufte Exemplare von *Jenseits vom Jenseits* und drückte den Leuten Luftballons in der Form von Raumfahrern in die Hand. Die drei merkten, daß Miss Seeton zögerte, als sie Foxon sah, und daß Bob sie entschlossen durch die Tür schob. Draußen sahen sie Annes davonfahrendem Wagen nach. Sir George brach zusammen mit seiner Frau, seinem Sohn und Mrs. Trenthorne auf, und später setzte sich der deprimierte Foxon hinter das Steuer eines riesigen dunklen Sedan mit doppeltem Rückspiegel und langer Antenne und fuhr mutterseelenallein weg.

Kapitel 6

In Chief Inspector Brintons Büro rekelte sich Superintendent Delphick; Sergeant Ranger saß auf einem harten Stuhl, und Detective Constable Foxon stand.

Brinton funkelte seinen Untergebenen an. »Also schön, Sie hatten lange genug Zeit, sich sechs gute Gründe auszudenken, warum Sie es vermasselt haben. Lassen Sie sie hören.«

Foxon erwiderte mit puterrotem Gesicht: »Es gibt keine Entschuldigung dafür, Sir.«

Brinton schnaubte. »Das ist mal was anderes. Dann erzählen Sie uns wenigstens mit Ihren eigenen Worten, was passiert ist. Und«, mahnte er, als Foxon den Mund aufmachte, »nicht im offiziellen Jargon. Nichts von ›Maßnahmen‹ und ›Vorgehensweisen‹ und solchem Unsinn, verstanden? Bemühen Sie Ihre Phantasie und stellen Sie sich vor, Sie wären ein menschliches Wesen und kein Polizist; dann erzählen Sie uns alles.«

Das tat Foxon. Nichts sei passiert, berichtete er, bis er gelacht habe. Selbst dann habe er nicht begriffen, was eigentlich los war, und erst draußen hätten sie es ihm erklärt: Sie hatten gesagt, daß sie den Vorfall bedauerten, aber in ihren Versammlungen zu lachen sei genauso schlimm, als würde man in einer Kirche lachen. Sie könnten das auf keinen Fall dulden, weil es die Gemeinschaft störe – so nannten sie die Zuhörer. Sie seien der Überzeugung gewesen, er könne kein rechtes Verständnis für die Bedeutung der Veranstaltung aufbringen, und sie hofften, er würde ihnen nichts nachtragen. Diese Männer hätten tadellose Manieren gehabt, erklärte Foxon weiter – nach dem kurzen Vorfall in der Halle, bei dem sie ihn zugegebenermaßen ziemlich hart angefaßt hatten. Dann hatten sie ihn gebeten, in der Lobby vor der Halle auf seine Bekannte zu warten. Und was alles andere betraf, erst habe der Kerl auf dem Podium dummes Gewäsch dahergeredet... Foxon geriet ins Stottern. »Das heißt, Sir, ich meine, es war...«

»Dummes Gewäsch«, bestätigte Brinton.

Foxon verlor ein wenig von seiner Unsicherheit. »Nun, Sir, er stand da oben und hat diesen Blödsinn von sich gegeben, und Miss Seeton machte sich diese eigenartigen Notizen. Ich hab' auf ihren Block geschielt, aber das, was sie geschrieben hatte, machte nicht viel Sinn. Und dann hat sie angefangen zu zeichnen. Und plötzlich kamen mir ihre Notizen auch sehr lustig vor.«

»Nicht nötig, das zu vertiefen«, sagte Brinton. »Wir haben ihren Notizblock hier.«

»Erzählen Sie weiter.« Delphick richtete sich auf. »Diese Zeichnung – ich habe sie natürlich gesehen, aber sagen Sie, was genau hat sie gemacht?«

Foxon drehte sich erstaunt um. »Komisch, daß Sie das erwähnen, Sir. Sie hat eigentlich gar nichts gemacht, wenn Sie verstehen, was ich meine.« Delphick nickte ermutigend. »Was ich sagen will, ist folgendes: Der alte Quatschkopf auf dem Podium hat die Leute dazu gebracht, dieses Atem-Zeug mitzumachen, und sie schien sich zu langweilen. Erst schaute sie nur herum, dann plötzlich, bevor man auch nur zwinkern konnte, kritzelte sie etwas auf das Papier – so, als würde sie gar nicht drauf achten, was sie da eigentlich macht, wenn Sie verstehen. Fast wie die Karikaturisten, die manchmal am Pier sitzen. Zuerst war es nichts von Bedeutung – nur eine Ziege. Aber dann« – er deutete in der Luft an, wie Miss Seeton die Striche gemacht hatte –, »urplötzlich sah die Ziege so aus wie der Quatschkopf auf dem Podium, und das, was sie vorher geschrieben hatte – ich fürchte, es war einfach zuviel für mich, Sir.«

Delphick nickte zufrieden. Brinton grunzte, sah sich Miss Seetons Zeichnung, die auf seinem Schreibtisch lag, noch einmal an und gab zu: »Wahrscheinlich wäre es auch für mich zuviel gewesen.«

»Dann«, schloß Foxon, »tippte mir einer von diesen

Typen auf die Schulter und sagte, daß ich abhauen solle. Ich meinte, ich würde auf jeden Fall bleiben. Er packte meinen Arm, genau hier« – er deutete auf die Stelle –, »und drückte zu. Ich weiß nicht genau, was er gemacht hat – es muß wohl ein Nerv gewesen sein, nehme ich an. Es tat höllisch weh, und ich brachte kein Wort mehr heraus. Dann brachten sie mich zu zweit hinaus. Ich hab' versucht, mich zur Wehr zu setzen, aber dann machten sie den alten Trick mit der Jacke; ich konnte gar nichts mehr tun. Ich hätte nur noch Zeter und Mordio schreien können, was« – er sah seinen Boß kleinlaut an –, »was, wie ich dachte, nicht in Ihrem Sinne gewesen wäre, Sir.«

»Stimmt«, bestätigte Brinton und fixierte Foxon einen Moment. »Also schön, um Himmels willen, setzen Sie sich, Junge. Wenn Sie weiterhin denken, Sie stünden vor einem Tribunal, und noch ein bißchen länger von einem Bein aufs andere treten, ist der verdammte Teppich bald durch.« Er beäugte mißbilligend das Gebilde, das den Zweck eines Teppich erfüllen mußte. Foxon ließ sich dankbar auf einem Stuhl nieder, der an der Wand stand.

Delphick beugte sich vor und nahm Miss Seetons Notizblock vom Schreibtisch. Er studierte die Zeichnung. »Ist das hier dem Redner sehr ähnlich?«

»Oh ... nein«, räumte Foxon ein. »Nicht ähnlich, Sir, aber trotzdem ist er es – die Art, wie er schaut, haargenau so sieht er aus ... nur sie hat ihn eben lustig gezeichnet«, setzte er nach kurzem Überlegen hinzu.

Delphick zog eine Fotografie aus der Tasche, einen Abzug eines Studioporträts, und verglich es mit Miss Seetons Werk. »Die Ähnlichkeit springt nicht gerade ins Auge. Ich frage mich, ob hinter dieser Ziegen-Geschichte noch eine andere Bedeutung stecken könnte.«

»Nein.« Davon war Brinton überzeugt. »Das alte Mädchen hat ihn eben als dummen Ziegenbock gesehen – nach allem, was wir bis jetzt gehört haben, liegt sie damit gar nicht so falsch –, und sie hat das gezeichnet, was sie gesehen hat.«

Gezeichnet, was sie gesehen hat ... Delphick geriet ins

Grübeln. Eine Zeitungsjournalistin, Mel Forby, hatte ihm einmal erklärt, daß Miss Seeton nach normalen Maßstäben gemessen sehr genau und akkurat zeichnete, aber nicht gut – nur manchmal, wenn sie unbewußt ihre Striche aufs Papier brachte, konnte sie brillant sein. Brillant, was die Intuition und die Technik betraf. Er stellte seine Überlegungen für den Moment zurück und wandte sich an den Sergeant.

»Was halten Sie von alledem, Bob, was konnten Sie beobachten?«

»Nicht viel, Sir; aber ich muß Foxon recht geben, sie sind professionell. So wie sie ihm die Jacke heruntergezerrt und seine Brieftasche herausgeschüttelt haben – das war schon geschickt. Dann hob der eine die Brieftasche auf und sah den Inhalt unauffällig durch, ehe er sie zurückgab – gute Arbeit, wenn man so sagen darf. Ich würde sagen, daß kaum jemand etwas bemerkt hat, wie Foxon ging, und ich könnte beschwören, keiner Menschenseele ist aufgefallen, daß es ein glatter Rausschmiß war. Aber es standen eine ganze Menge von diesen jungen Typen herum – sie waren überall in der Halle verteilt. O ja«, erinnerte er sich, »und sie hatten alle schwarze Ringe am dritten Finger der rechten Hand. Ja, das ist alles, Sir.«

»Alles?« echote Delphick in aller Unschuld. »Soweit ich gehört habe, hatten Sie zum Schluß einen großen Auftritt als Laienschauspieler.«

Bob schoß das Blut ins Gesicht. »Nun ja, Sir, es lief – äh – ein bißchen aus dem Ruder, Sir. Es hat mir schon nicht gefallen, daß sich einer der Ganoven neben Miss Seeton setzte, und nachher drängten sie sich zu mehreren um sie herum. Das sah gar nicht gut aus. Es war nicht leicht, über die Köpfe der anderen hinweg die Vorgänge im Auge zu behalten, aber soweit ich sehen konnte, drehte sie sich herum, schlug dem einen ihren Regenschirm ins Gesicht, dann versetzte sie einem anderen einen Schlag in die ... na ja, sie hat ihn ordentlich erwischt, Sir. Mit ihrem Schirm, natürlich«, betonte er hastig. »Und irgendwie hatte ich das drängende Gefühl, eingreifen zu müssen.«

Delphick, der die Geschichte schon von Sir George gehört hatte, bemühte sich, seine ernste Miene beizubehalten. »Und daher haben Sie sie gleich als Familienmitglied adoptiert, oder ist sie vielleicht tatsächlich Ihre liebe Tante Em, und Sie haben mir das die ganze Zeit verschwiegen?«

»Ja, Sir. Ich meine, nein, Sir. Das heißt ... ich meine ja, ich habe das getan, und nein, sie ist es nicht, Sir.«

»Es ist kristallklar, was sie meinen«, beruhigte ihn Delphick. »Und wie hat Miss Seeton auf diese Schmierenkomödie reagiert?«

»Oh, sehr gut, Sir.« Auf einmal fühlte er sich gar nicht mehr unbehaglich. Wenn man genauer darüber nachdachte, dann war da was dran. Immerhin hatte das Orakel selbst einmal gesagt, daß Miss Seeton so was wie eine Universal-Tante sei. Und auf der Rückfahrt in dem kleinen Auto nannte Anne sie nach wie vor Tante und lachte, und Miss Seeton schien nichts dabei zu finden. Eigenartigerweise dachte auch er als eine Art Tante an sie und kam plötzlich besser mit ihr zurecht. Das hieß nicht, daß er jetzt anderer Meinung war und sie nicht mehr für ziemlich überspannt hielt. Das war sie. Und die meisten Dinge, die sie tat, waren noch verdrehter als sie selbst. Aber viele Leute hatten exzentrische Tanten. Vielleicht wurde man leichter mit ihren Schrullen fertig, wenn man sie als Tante ansah. Er hielt es immer noch für unverantwortlich, daß sie jetzt für die Polizei arbeitete – das war das Allerverrückteste. Aber bei einer Tante erschien ihm das irgendwie anders, irgendwie liebenswerter. Ja, dachte er, sie war für ihn zur Tante geworden.

Der Superintendent riß ihn aus seinen Gedanken. »Waren diese jungen Männer in der Nähe, als sie ›glückliche Familie‹ spielten?«

»Ja, Sir. Und sie standen auch vor dem Gebäude, als wir wegfuhren.«

Delphick runzelte die Stirn. »Also ist Ihre Tarnung genauso aufgeflogen wie die von Foxon, aber was noch schlimmer ist, sie haben auch Miss Seeton durchschaut. Sie haben mir erzählt, daß die Männer eigentlich hinter ihrer Handtasche her waren.«

»Wahrscheinlich wollten sie ihre Notizen sehen.«

»Wäre ihnen recht geschehen, wenn sie sie gelesen hätten«, warf Brinton ein.

»Aber sie konnten nicht wissen, was sie geschrieben und gezeichnet hatte«, betonte Delphick.

»Wir werden das alte Mädchen ständig im Auge behalten müssen. Nach allem, was wir gehört haben, scheinen diese Burschen skrupellos zu sein – gute Manieren hin oder her.« Er legte Miss Seetons Block wieder auf den Schreibtisch.

Brinton schielte darauf. »Ach ja, was hat es übrigens mit diesem Yoga- und Atem-Zeug auf sich? Was weiß Miss Seeton darüber?«

Delphick erklärte, Miss Seeton habe schon früher selbst Yoga-Übungen gemacht, von denen sie gelesen hatte, um der Steifheit in ihren Gelenken entgegenzuwirken.

»Du meinst«, hakte Brinton nach, »sie macht einen Kopfstand und solche Sachen? Kein Wunder, daß sie sich dann so aufführt – solche Übungen erweichen das Gehirn.«

»Ich habe ein bißchen was über Nuscience in Erfahrung gebracht, aber viel ist es nicht.« Delphick warf das Foto auf den Tisch. »Das ist der Mann, den sie Meister nennen; ich habe ein paar Abzüge davon in Umlauf gegeben. Name: Hilary Evelyn; Alter: sechsundvierzig; unbekannter Schauspieler; hat in den letzten zwei Jahren in keinem Theater mehr gearbeitet; kein Privatvermögen, soweit wir es überprüfen konnten, aber er scheint immer flüssig zu sein, also bezahlt ihn Nuscience offenbar ziemlich gut. Seine früheren Kollegen hielten ihn für einen guten Schauspieler, aber er war unzuverlässig, weil er trank; kein großes Kirchenlicht, aber ein Weiberheld. Ich kann mir vorstellen, daß er nur als Galionsfigur engagiert wurde. Er könnte sich als das schwache Glied in der Kette erweisen. Es gibt keinerlei Hinweise darauf, wer letztlich hinter Nuscience steht. Alle schweigen sich aus. Der einzige Name, den wir aufschnappen konnten, war *Duke,* das heißt, sie sprechen von dem Duke. Aber wir wissen nicht, wer er ist. Vor zwei Jahren machte Nuscience in Schottland von sich reden, in den Trossachs nördlich von Glasgow. Es gab viele Gerüchte. Hauptsächlich ging's wohl um den Weltuntergang. Zwei- oder dreihundert Menschen pilgerten in eine Höhle, um dort auf das Ende der Welt zu warten. Als sie schließlich wieder auftauchten, erstattete jemand Anzeige, weil er ausgeraubt worden war. Die Anzeige wurde aber wieder zurückgezogen – vielmehr der Mann starb, und seine Frau sagte, daß alles nur ein Mißverständnis gewesen sei. Die Jungs aus Glasgow ermittelten in dem Todesfall, konnten aber nicht beweisen, daß es kein Selbstmord war. Er habe mehrmals gedroht, sich umzubringen, hatte seine Frau ausgesagt, und deshalb blieb es dabei. Doch die Sache stinkt wie ein toter Fisch. Ich habe in Glasgow angefragt, ob sie uns alle Akten zuschicken und uns mit allem, was man über die Vorfälle geredet hat, versorgen können. Ich hatte eine Unterhaltung mit Sir George Colveden; er macht sich Sorgen um eine entfernte Cousine, eine Mrs. Trenthorne – Tante Bray. Ihr Sohn Basil – Sir George will ihn nicht in seinem Haus haben – hat ihr Interesse für Nuscience geweckt: Sie spuckte Geld aus, damit ihr Jüngelchen als Neuling in die Organisation aufgenommen wurde, und dann kaufte sie sich selbst als ›Durchlaucht‹ ein, was laut Sir George die Bezeichnung für einen der höheren Ränge in der Organisation ist. Der Titel Durchlaucht hat die alte Dame schlappe fünftausend Pfund gekostet – es ist unglaublich, worauf die Leute hereinfallen, wenn es um die Errettung ihrer unsterblichen Seelen geht. Der Sohn wurde danach zum Trompeter oder so was ähnlichem befördert – lieber Gott, was die sich für Namen geben! –, wahrscheinlich zur Belohnung dafür, daß er seine Mum angeschleppt hat. Ich habe diesen Basil gecheckt – er ist kein Unbekannter für uns: gerade mal zwanzig, und schon hat er alle Betrügereien auf dem Kerbholz, die man sich nur vorstellen kann. Seine Ma hat ihn, seit er zehn war, immer wieder aus den Schwierigkeiten herausgekauft, und er mußte in eine staatlich geführte Schule. Sir George meint, der kleine Basil hilft Nuscience, seine Mutter zu melken, und er selbst nimmt auch, was er kann. Offenbar hat sie aus Versehen irgend etwas von einem geheimen Ort verlauten lassen, aber kein Wort mehr darüber gesagt – im Gegenteil, als sie danach gefragt wurde, hat sie behauptet, nie etwas dergleichen erwähnt zu haben. Die Colvedens und ihre Tante Bray gerieten sich nach der Versammlung in die Haare, und sie hat wutschnaubend ein Zimmer in einem Hotel in Rye bezogen. Ihr Sohn hält sich noch in Maidstone auf.«

Brinton überlegte. »Gut, das alles läuft auf eines hinaus«, sagte er nachdenklich. »Wir glauben, daß sie die Leute ausnehmen, aber wir haben keinen Beweis dafür – wie gewöhnlich. Andererseits wissen sie, daß wir auf sie aufmerksam geworden sind; das heißt, die wissen mehr über uns als wir über sie – wie gewöhnlich. Und uns bleibt – auch wie gewöhnlich – nichts anderes übrig, als zu warten, bis sie irgendwie aus der Reihe tanzen und auffällig werden. Miss Seeton können wir jetzt nicht mehr in Nuscience einschleusen – obwohl sie sicherlich einige Unruhe gestiftet und uns Aufschlüsse über die Bodyguards geliefert hat. Aber da ist noch etwas anderes« – er nahm ein Papier von seinem Schreibtisch –, »auf das sie möglicherweise einen Blick werfen sollte. Könnte genau ihre Kragenweite sein – Dinge, die sich des Nachts ereignen. Du hast mir mal gesagt, daß dein stellvertretender Commissioner denkt, sie wäre ein Katalysator für Verbrechen; ich bin da ganz seiner Meinung. Da sich Miss Seeton selbst aus Nuscience hinauskatapultiert hat, könnten wir sie bei diesem Hexenzauber einsetzen. Potter meldet« – er wedelte mit dem Papier durch die Luft –, »daß Plummergen zum Tollhaus geworden ist. Außerdem haben ein paar Halbstarke nachts Licht in der Kirche in Iverhurst gesehen. Das Gebäude wird nicht mehr genutzt und ist baufällig – die Jungs hatten ganz schön Schiß. Nach dem Horror mit dieser nächtlichen Messe in Malesbury wittern die Leute überall schwarze Magie. Könnte ja auch was dran sein – Potter fand immerhin auf dem Kirchhof von Iverhurst diese verkohlten Fleischstücke von der Kuh. Er hat sich noch mal umgesehen und ist auf Spuren von einem anderen Feuer gestoßen; er glaubt, daß auch in der Kirche selbst irgendwas vorgeht« – er warf einen Blick auf das Schreiben –, »er nennt das ›potentielle Vorkommnisse‹. Es könnte sich auch um Landstreicher, Camper oder ein Liebespärchen – was auch immer – handeln, aber Potter schlägt vor, daß wir den Wald durchkämmen sollen. Was denkt der eigentlich, was wir hier sind? Eine Privatarmee? Er meint den Wald hinter der Kirche«, erklärte er ausführlicher, »der an den Kirchhof grenzt. Ich könnte vermutlich zwei Männer abstellen, die die Kirche observieren, aber vielleicht stehen sie dort wochenlang herum, und nichts passiert. Ich hätte da eine andere Idee – das heißt, falls es überhaupt etwas zu observieren gibt. Ich dachte, wir postieren nachts Miss Seeton dort – sie hat doch außersinnliche Wahrnehmungen und so –, vielleicht macht sie eine Zeichnung, die uns einen Hinweis geben kann. Wenn sie schon auf der Gehaltsliste steht, kann sie doch auch etwas für uns tun, oder nicht? Schlimmstenfalls«, fuhr er fort, als er das Papier in die Akte zurücklegte, »macht sie selbst ein Feuer und brennt die verdammte Kirche nieder. Dann hat der Spuk sowieso ein Ende.«

Delphick hielt die Idee nicht für besonders gut. »Du verlangst ein bißchen viel von ihr, Chris; ich kann mir nicht vorstellen, daß sie viel über diesen Hexenzauber weiß.«

»Dann wird's höchste Zeit, daß sie was dazulernt«, gab Brinton ungerührt zurück. »Laut Potter« – er tippte mit dem Finger auf die Akte –, »hält halb Plummergen sie für die Hexe von Endor. Sie beschuldigen sogar den Kaufmann im Ort, daß er Hexenzubehör in seinem Laden führt, seit Miss Seeton im Dorf wohnt.«

Delphick gefiel das Ganze nicht. »Außersinnliche Wahrnehmungen hin oder her, Chris – und vergiß nicht, sie würde nicht einmal wissen, was das ist, selbst wenn sie hundertmal etwas wahrnehmen würde –, Miss Seeton ist kein Medium, sie versinkt nicht in Trance. Ich wüßte nicht, was für Zeichnungen wir von ihr kriegen sollten, wenn sie in der dunklen Kirche herumsitzt und sich eine Erkältung holt. Bring sie dazu, die Kirche und das Innere bei Tag zu zeichnen – das hilft uns vielleicht weiter.«

Brinton blieb stur. »Nein, Orakel, ich möchte sie in der Nacht dort haben, damit sie ein Gefühl für den Platz bekommt. Ich hab' die Kirche am Tag gesehen, als ich mir die verbrannten Fleischstücke angeschaut habe, und es war alles ganz normal, aber bei Nacht ist es vielleicht wirklich gespenstisch.« Delphick blieb skeptisch, gab sich aber geschlagen. Hexerei und Dorfintrigen gehörten nicht zu seinem Fachgebiet. Der Chief Inspector sah Foxon an. »Sie fahren nach Plummergen und sorgen dafür, daß Miss Seeton nachts zur Kirche kommt – das sollte noch Anfang der Woche geschehen.«

Foxon stand auf. »Ja, Sir.«

»Und passen Sie auf«, gab man ihm noch mit auf den Weg, »daß Sie diesmal nicht über Ihre eigenen Füße stolpern; reißen Sie nicht gleich das ganze Gebäude ein ... und keine hysterischen Anfälle, wenn ich bitten darf.«

Nach Foxons Abgang blieb Delphick nachdenklich sitzen. Er hatte, wie er es versprochen hatte, ziemlich viel über Hexenkult nachgelesen; zudem war er sich sehr wohl bewußt, daß er der Hauptverantwortliche für Miss Seetons neue Karriere bei der Polizei war und daß sie dazu neigte, ohne jede Absicht Unruhe zu stiften. Etwas ließ ihn nicht los. Miss Seetons Zeichnung. Ein Ziegenbock? Wieso hatte sie einen Ziegenbock gezeichnet? Diese mit schnellen, kräftigen Strichen gezeichneten Karikaturen bargen oft eine Bedeutung, die ihr selbst nicht bewußt war. Was war nur mit Ziegen... Oh, natürlich – sie hatten etwas mit diesem Hexenkult zu tun. In der Vergangenheit, das hatte er gelesen, war der Ziegenbock oft das Symbol für den Leibhaftigen. Aber das war, soweit er sich erinnerte, hauptsächlich in Frankreich so – in England fand man diese Symbolik nicht. Doch das hieß noch lange nicht, daß sich die moderneren Kulte diese verschleierte Darstellung nicht zunutze machten. Viele bekannte Künstler haben in ihren Sabbat-Darstellungen auch eine Ziege gemalt. Nein ... vielleicht ist das ein wenig weit hergeholt. Jedenfalls bestand keine Verbindung zu Nuscience. Delphick stand auf und begann, in dem Büro hin und her zu laufen. »Was wir brauchen, Chris, ist jemand, der die Hintergründe von Nuscience beleuchten kann. Ich dachte schon daran, diese Mrs. Trenthorne für unsere Zwekke einzuspannen, aber nach allem, was mir Sir George über sie erzählt hat, ist sie eine Närrin und ausgesprochen bigott, und das bedeutet, sie hält zu denen. Sie würde alles bei den Nuscience-Leuten ausplappern, und der Schuß würde für uns nach hinten abgehen. Ihr Sohn wird ganz bestimmt keine vertraulichen Informationen preisgeben. Hinter Nuscience steht das ganz große Geld, das heißt, wir müssen sehr vorsichtig vorgehen. In Glasgow kursierten Gerüchte von Hexenzauber und einer Versammlung am Hexensabbat – das war ungefähr zur selben Zeit, als diese Anzeige wegen Diebstahls von einem der Nuscience-Mitglieder einging. Könnte da ein Zusammenhang bestehen? Und wenn ja, was für einer? Sicherlich sind die beiden Bewegungen krasse Gegensätze. Es hat keinen Sinn, einen Mann mit dem Auftrag, sich dort umzuhören, nach Glasgow zu schicken. Die Ereignisse liegen zu lange zurück, und alle Spuren sind kalt. Die Jungs dort können das besser, und jetzt, da sie einen Grund haben, ein bißchen herumzustochern, halte ich es für möglich, daß sie auf etwas stoßen, auch wenn's eine alte Geschichte ist. Genau das läßt mich nicht los: Hintergründe und historische Geschichte. Die Vergangenheit. Ich habe das Gefühl, daß wir dort eine Antwort finden. Ich weiß nicht, wieso, aber« – er wirbelte zu Brinton herum –, »lach nicht – es wäre möglich, daß Miss Seetons Zeichnung von dem Ziegenbock auf ein historisches Symbol zurückzuführen ist, das mit Hexenkult in Zusammenhang steht.«

»Ziemlich an den Haaren herbeigezogen«, bemerkte Brinton gelassen.

»Ganz recht.« Delphick wurde ungeduldig. »Ich sagte, es wäre möglich. Nur eines darfst du nicht vergessen, ich habe mehr Erfahrung mit den verdrehten Hinweisen in ihren Machwerken als du. Ich spüre ... ich spüre es einfach, daß da irgendwo die Antwort liegt. Wenn wir eine Verbindung finden könnten ... Vielleicht hat es in der Vergangenheit etwas gegeben, was ein Bindeglied zwischen Nuscience und dem Hexenkult darstellen könnte ...«

Kapitel 7

Das Bindeglied, nach dem der Superintendent suchte, war vor etwa zwei Jahren in Schottland geschmiedet worden, als zwei Geschäftsmänner aufeinandertrafen. Beide waren Sektengründer, und beide hatten die christliche Lehre zur Basis ihrer jeweiligen Kulte gewählt. Sie machten sich zunutze, daß sich das Christentum als einigermaßen erfolgreich und beständig erwiesen hatte, und bauten auf diesem sicheren Fundament auf, um Zuhörer an sich zu binden und ihre eigenen Lehren zu verbreiten.

Einer der Männer verkehrte die christliche Doktrin ins Gegenteil, verhöhnte Gott, verehrte die bösen Mächte und beharrte auf dem Standpunkt, daß der wahre Glaube aus den finsteren Tiefen entsprang. Der andere entschied sich, den christlichen Glauben zu akzeptieren, ihn jedoch auszubauen und zu verfeinern, indem er predigte, der wahre Glaube habe seinen Ursprung in den lichten Höhen – in den Sternen.

Der eine glorifizierte die Sünde als den großen Lebensweg, als Mittel, nach dem Tod das Paradies in der Verdammnis zu finden. Der andere setzte – etwas subtiler – die Sünde als unvermeidlichen Weg der Läuterung voraus, machte seinen Anhängern klar, daß es ohne Sünde keine Reue oder Erlösung geben könne, und versprach himmlische Glückseligkeit für alle Menschen auf einem Planeten eigener Wahl.

Einer widerlegte das Christentum, verkündete die pervertierte Form einer alten, einst glückverheißenden Religion, die wegen Mißbrauchs und durch die Verunglimpfung der frühen Christen als Satanismus bekannt geworden war. Der andere machte sich das Christentum zu eigen und pfropfte ihm eine neue Religion auf: Nuscience.

Diese beiden Männer hatten, trotz der verschiedenen

Ansätze, zwei Dinge gemeinsam: die Methode und das Ziel. Beide wollten die Einfältigen hinters Licht führen und Geld scheffeln.

Zufällig oder, um genau zu sein, wegen ihrer dubiosen Profession waren beide Männer namenlos. Jeder hatte im Laufe der Jahre viele Decknamen benutzt, die längst keine Bedeutung mehr hatten. Der eine war mittelgroß, kräftig gebaut und unauffällig. Er ließ sich, vielleicht weil er fürchtete, in dieser wandelbaren Welt ohne eine gewisse Stabilität seine Identität zu verlieren, Duke nennen. Der andere – groß, dunkel, finster – hatte keinen gleichbleibenden Titel in seiner starren, unveränderlichen Welt. Bei einer Gelegenheit, als er einem Hinweis, den er im anglikanischen Gebetbuch gefunden hatte, nachging, bestand ein Kollege darauf, daß er sich namentlich in das Kirchenregister eintrug. Der große Mann hatte sich für N. entschieden. Und N. war er geblieben.

Duke hatte die Hölle und die Düsternis als Jagdrevier erwählt. Nachdem er sich über das Thema kundig gemacht hatte, veranstaltete er hin und wieder einen Hexensabbat in den verschiedensten Winkeln der britischen Inseln und weckte die Neugier derjenigen, die Vergnügen und Sensationen suchten, indem er unheimliche Rituale abhielt und erotische Details miteinbezog. Menschenopfer hielt er jedoch für nicht lohnenswert. Ein Mord sollte, falls eine drastische Maßnahme angeraten war, nur begangen werden, wenn er persönlichen Vorteil versprach. Er bestand darauf, daß alle Teilnehmer einer solchen Zeremonie maskiert waren: Die Männer trugen Tierköpfe nach eigener Wahl, die Frauen versteckten ihre Gesichter hinter schwarzen Masken. Oberste Regel war, daß niemand, was auch immer während der Zeremonie geschah, beim Sabbat-Festmahl, dem anschließenden Tanz und der Orgie, bei der sie sich oft nackt auszogen, seine Maske abnehmen durfte. Er erklärte den Teilnehmern, daß diese Regel nur zu ihrem eigenen Schutz bestand. Auf diese Weise konnte später, falls es jemals zu Schwierigkeiten kommen sollte, niemand identifiziert und demzufolge auch nicht erpreßt werden.

Duke hatte von Anfang an beschlossen, daß Nebeneinkünfte durch Erpressung allein ihm vorbehalten bleiben sollten. Sein Äußeres war zu unspektakulär für die Rolle des Satanjüngers bei den orgiastischen Feiern, deshalb korrigierte er die physischen Unzulänglichkeiten mit einem langen schwarzen Kaftan und einem Ziegenkopf, der auf dem Kontinent eine lange Tradition hatte. Er gelangte mit seinem Unternehmen zu bescheidenem Erfolg. Während seiner Abwesenheit vertrat ihn einer seiner Helfershelfer, ein untergebener Teufel. Die Beiträge für die Mitgliedschaft hielten sich in vernünftigem Rahmen, und die Ausbeute durch Erpressung der Mitglieder seiner Gemeinschaft, die sich als finanzkräftig erwiesen, war nicht gerade groß. Duke bevorzugte die Sicherheit, die ihm ein Einkommen in kleinen Beträgen bot, und scheute vor der Gefahr zurück, die ihm drohen würde, wenn er astronomische Beträge von den wenigen Opfern, bei denen es sich lohnen würde, forderte. Jeder Hexensabbat hatte die Dreizehn als Kernpunkt. Die Rituale, die von den untergebenen Teufeln durchgeführt wurden, hatten zum Ziel, so viele Anhänger wie möglich zu werben, aber es mußten äußerste Vorsichtsmaßnahmen eingehalten werden. Es gab nur wenige Regeln, die jedoch strikt befolgt wurden. Ein Bekehrter schwor ehemaligen Glaubensirrtümern ab und übergab Körper und Seele dem Satan, dem unter allen Umständen Gehorsam geleistet werden mußte. Der Schwur war schlicht: Eine Hand wurde auf den Kopf des Bekehrten, die andere an seine Fußsohle gelegt, und alles, was zwischen den beiden Händen lag, wurde dem Bösen und dem neuen Meister geweiht und in seine Dienste gestellt. Danach wurde das frisch geschlossene Bündnis mit einer Unterschrift auf einer Urkunde besiegelt. Dukes beinahe einzige Ausgabe bei diesen Unternehmungen stellten die Urkunden dar – mit Ornamenten verzierte Pergamente, auf denen in altem, mit Schreibfehlern gespicktem Englisch versichert wurde, daß der Unterzeichnete der Gemeinschaft aus freiem Willen beitrat war. Duke war der Ansicht, daß es in diesen ohnehin so blutleeren modernen Zeiten unangebracht war, dem Konvertiten, wie es die Tradition eigentlich vorschrieb, in den Finger zu schneiden und ihn den Pakt mit seinem eigenen Blut besiegeln zu lassen. Deshalb mischte er rote Tinte mit ein bißchen blauer, dickte sie mit Stärkemehl an, füllte sie in Phiolen und nannte die Mixtur Ochsenblut. Unkosten verursachten hauptsächlich Dukes Reisen. Gehälter mußte er nicht bezahlen. Die Helfer bei den Hexensabbaten arbeiteten aus reinem Vergnügen. Sie und manche Gemeindemitglieder brachten die schwarzen Kerzen, schwarzen Altartücher, umgekehrten Kreuze und andere Utensilien, die die Phantasie beflügelten, selbst mit. Sie kauften ihre eigenen Bücher, stellten selbst Recherchen über traditionelle Rituale an, besorgten auf eigene Rechnung die Speisen und Getränke für das Festmahl, probierten ihre persönlichen Flüche und Zaubersprüche aus und lernten die Gesänge. Falls ihre Phantasie zu sehr ausuferte, mußten sie damit rechnen, daß Duke sie bei seinem nächsten Besuch scharf zurechtwies und sie rasch wieder zu der gewünschten Ordnung zurückrief. Die ersten Hexensabbate hatte er in Schottland abgehalten, das als die traditionelle Spielwiese für Hexen angesehen wurde, und während eines Besuchs in Glasgow lernte er N. kennen.

Wie Duke hatte auch N. Bücher gelesen und Studien über sein Fachgebiet angestellt. Er hatte die Schwachstellen, die sich in die eine oder andere Religion im Laufe der Jahre eingeschlichen hatten, ausfindig gemacht und erkannt, daß der Hauptursprung jeden Glaubens der Gedanke war, sich mit Geld die Erlösung erkaufen zu können. Als Prototyp hatte er sich eine religiöse Lehre herausgepickt, die ein Mann vor etwa dreißig Jahren im Londoner West End verbreitet hatte. Dieser Mann war in kürzester Zeit mit Predigten und Vorträgen reich geworden, und seine Bücher verkauften sich in Amerika noch immer sehr gut. Auch in Großbritannien wurden sie alle paar Jahre neu aufgelegt. Das dumme Geschwätz, das der Prediger von sich gegeben hatte, spornte N.s zynischen Geist an. Er las die Reden und Predigten durch, verfeinerte sie für seine

Zwecke, indem er mehr Emphase hineinlegte, und ging mit dem Versprechen, daß wahre Erlösung nur durch die Sünde erlangt werden konnte, auf Kundenfang. Er hatte auf Anhieb Erfolg. Es gab nichts, was die Menschen einem geneigter machte, als ein Freibrief, ungestraft Sünden begehen zu dürfen – das begriff N. sehr schnell. Seine Recherchen hatten ihn in der Überzeugung bestärkt, daß die Menschen einen selbstbewußten Mann brauchten, der ihnen genau sagte, was sie tun mußten – je unsinniger, desto besser –, und ihnen klare Anweisungen und Regeln gab sowie Strafen androhte. Hilfreich waren Orden und Rangabzeichen, das vermittelte ihnen das Gefühl, einer verschworenen Bruderschaft anzugehören. Zudem mußte man ihnen glaubhaft versichern, daß es ihnen in Zukunft blendend gehen würde und daß sie sich um den Rest der Menschheit nicht zu kümmern brauchten. Vorausgesetzt, man mischte diese Ingredienzen gut und legte das Ergebnis in ansprechender Form vor, gab es fast nichts, was man die Menschen nicht glauben machen konnte; noch wichtiger war jedoch, daß man ihnen Geld ohne Ende aus den Taschen ziehen konnte. Nuscience war geboren.

Für jeden, der einen Hexensabbat in Glasgow inszenieren wollte, waren die Trossachs als Schauplatz allererste Wahl. All die traditionellen Elemente waren vorhanden: Wasser, Bäume und Felsen. Duke wußte zwei der drei Voraussetzungen sehr zu schätzen: Die Bäume boten Gelegenheit, sich vor den Blicken der anderen zu verbergen, und ein schöner, gut plazierter Felsen bildete einen günstigen Mittelpunkt, um den die Teilnehmer herumtanzen konnten, und eine Plattform für ihn selbst. Allerdings war ihm nie klar geworden, welchen Nutzen die Nähe von Wasser bringen sollte, da es in seinen Zeremonien nie eine Rolle spielte. Obwohl er die einschlägige Literatur studiert hatte, war ihm entgangen, daß die alten Fruchtbarkeitsrituale zum Wohle der Mutter Erde und nicht zum erotischen Vergnügen der Menschen abgehalten worden waren. Wie auch immer – die Trossachs waren jedenfalls günstig gelegen: weit genug von der Stadt entfernt, um ein Eingreifen der Behörden zu vermeiden, und nah genug, daß die Teilnehmer den Ort des Geschehens bequem mit dem Wagen erreichen konnten.

N. hingegen hatte die Stadtmitte als Operationsbasis gewählt. Er mußte eine große Halle mieten und für Publicity sorgen. Von Anfang an hatte er sich den Titel »Meister« gegeben und den Namen »Nuscience« für seine Lehren gewählt, obwohl er sich bewußt war, daß dieser Name leicht zu verwechseln war mit »Nonsens« – Unsinn – und »Nuiscance« – Plage. Aber wollte er nicht Unsinn verbreiten und eine Plage für die Geldbeutel der Menschen sein? Bei dieser speziellen Gelegenheit in Glasgow wollte er eine ganz neue Idee ausprobieren. Alle Religionen, die moderner als das Christentum waren, prophezeiten in mehr oder weniger regelmäßigen Abständen den Weltuntergang, und er sah nicht ein, warum gerade seine in diesem Punkt zurückstehen sein sollte. Er hatte nichts dagegen, das Ende der Welt zu inszenieren, vorausgesetzt, es diente seinen eigenen Zielen. Auf der Suche nach einem geeigneten Ort für seine Vorstellung – eine große Höhle – durchstreifte er das Land um Glasgow und fand genau das richtige in den Trossachs. Er hatte seinen Anhängern verkündet, daß das Ende der Welt nahe sei, aber wie nahe es genau war, wollte er ihnen erst bei seinem nächsten Vortrag eröffnen. Er war selbst überrascht über den Enthusiasmus, mit dem diese Prophezeiung aufgenommen worden war. Die Menschen schienen sich immer für den Gedanken der totalen Zerstörung begeistern zu können, und sie begrüßten derartige Ereignisse noch leidenschaftlicher, wenn jemand auftrat und einzelnen Auserwählten einen Ausweg versprach. N. stattete die Höhle mit einer eindrucksvollen Menge an Lebensmitteln aus, dann hielt er seinen Vortrag und gab seiner Gemeinde bekannt, daß er nun, nach ausführlichen Berechnungen, in der Lage sei, ihnen den exakten Zeitpunkt des Armageddon bekanntzugeben. Der Weltuntergang, warnte er sie, würde in einer Woche stattfinden. Er forderte die am besten betuchten und glühendsten seiner Anhänger auf, sich an einen geheimen Ort zurückzuziehen, all die Wertsachen, die sie tragen konnten, mitzunehmen und den Lauf der Ereignisse abzuwarten. Wie er es erwartet hatte, rückten die meisten mit Geld und Juwelen an. Von Kindesbeinen an hatten sie gelernt, Geld wie einen Gott anzubeten, und er hatte vorausgesehen, daß es ihnen nicht in den Sinn kommen würde, wie sinnlos ihr Geld und ihre Edelsteine nach der totalen Zerstörung sein würden.

N. erschrak, als ihm eine zerknirschte Anhängerin gestand, daß sie dem örtlichen Hexenkreis angehöre und am folgenden Freitag ein Hexensabbat in den Trossachs abgehalten würde. Er horchte die Frau aus, dann kaufte er sich eine Tiermaske und nahm an dem Hexensabbat teil. Später folgte er dem Mann, der die Rolle des Satans gespielt hatte, bis zu einem Hotel in der Stadt. Am nächsten Morgen betrat N. dieses Hotel.

Die beiden Männer kamen auf Anhieb sehr gut miteinander aus. Sie waren verwandte Seelen, nutzten dieselben Geschäftspraktiken und hatten dasselbe Ziel. Es bestand kein Grund für Rivalitäten, genaugenommen waren sich beide nach einer ausführlichen Unterhaltung im klaren, daß sie nur davon profitieren konnten, wenn sie ihre Aktionen abstimmen und zusammenarbeiten würden. Da beide bis jetzt Alleinkämpfer gewesen waren und auf niemanden Rücksicht nehmen mußten, gab es keinerlei Probleme. Die Fusion war besiegelt: Dukes Organisation würde jedem Mitglied von Nuscience, das auf der Suche nach der Sünde war, die Möglichkeit bieten, sich bei den Orgien der Hexen und Teufelsanbeter zu läutern; während alle verlorenen Schäfchen, die Skrupel entwickelt hatten und aus der Herde des Satans ausgebrochen waren, bei Nuscience Trost finden konnten, ehe sie zu einem Auffrischungskurs zum Satan zurückgeschickt wurden. Sobald ihre noch getrennten Unternehmungen in Glasgow beendet waren, wollten sie sich zusammensetzen, alle Details klären und einen Zeitplan erstellen. Unglücklicherweise kam es jedoch zunächst zu Schwierigkeiten.

Als die vorgeschriebene Zeit verstrichen war, kroch der

harte Kern der Nuscience-Gläubigen aus der Höhle und stellte fest, daß die Erde ihr Sterbedatum verpaßt hatte und sich wie vorher noch drehte. Die gutgläubigen Leute hatten Unbequemlichkeiten auf sich genommen, zwei Wochen in einer Höhle verschwendet und noch dazu all ihre Wertsachen und Barschaft verloren. Ein starrköpfiger Glasgower Kaufmann, dem es nichts ausmachte, als Dummkopf dazustehen, wenn er nur seine Habe wiederbekam und der Missetäter gefaßt wurde, erstattete Anzeige. Die Polizei begann unverzüglich mit den Ermittlungen. Es war ein Glück für N., daß die Frau des Kaufmanns dem Hexenzirkel angehörte. N. gab ihr die Schmuckstücke zurück, aber nicht das Geld, und Duke, der nie ohne Mini-Kamera zu einem Hexensabbat ging, stattete ihr einen Besuch ab. Er zeigte ihr einige Aufnahmen, die sie in freizügigem Aufzug und eindeutigen Posen zeigte, und sicherte sich so ihre volle Kooperation. Am selben Abend wurde ihr Mann tot in seinem Auto aufgefunden. Die Garagentüren waren geschlossen, und der Motor lief. Seine Frau sagte aus, daß er kürzlich all ihren Schmuck aus dem Banksafe geholt hatte – was der Polizei bestätigt wurde – und daß er mit einer Anzeige wegen Diebstahls hatte versuchen wollte, die Versicherungsgesellschaft zu betrügen. Sie selbst sei so schockiert gewesen, als sie von seinen Absichten hörte, daß sie ihm gedroht habe, ihn zu verraten. Der Tod des Kaufmanns wurde offiziell zum Selbstmord erklärt, und obwohl die Polizei skeptisch blieb, hatten sie keine Handhabe, weitere Nachforschungen anzustellen. Die Frau hatte ihre Aussage gemacht, und das – volle – Schmuckkästchen war schließlich in einem Schrank im Haus der Kaufmanns gefunden worden.

Die Episode bewies Duke und N., welche Vorteile ein Zusammenschluß bieten konnte; aber diesmal waren sie nur mit knapper Not einer Katastrophe entgangen. Das führte ihnen vor Augen, daß der Weltuntergang sehr viel sorgfältiger vorbereitet und geplant werden mußte. Sowohl N. als auch Duke hielten es für klüger, sich in Zukunft im Hintergrund zu halten und einen Frontmann anzuheuern, der den Kopf hinhalten müßte, falls es noch einmal Ärger geben sollte.

Da der Satan bei seinen Auftritten immer maskiert war, konnte ein und derselbe Mann die Rollen beider übernehmen. Sie sahen sich um und entschieden sich für Hilary Evelyn, einen Schauspieler, der seine Karriereaussichten im Alkohol ertränkt hatte. Die Unternehmen von N. und Duke florierten. Und sie feilten an ihren Methoden und sannen auf immer neue Möglichkeiten, sich Vorteile zu verschaffen. Da es keine schriftliche Anleitung für ihre Glaubensrichtung gab, heckten sie gemeinsam ein Werk aus, dem sie den Titel *Jenseits* gaben, bis N., der sein Publikum kannte, Bedenken anmeldete. Er fand, das Jenseits sei nicht weit genug entfernt, und man müßte das fiktive Paradies *Jenseits vom Jenseits* ansiedeln. Das Buch wurde die Bibel von Nuscience, für das bei jeder Versammlung geworben wurde. Eine wichtige Voraussetzung ließen die beiden Unternehmer nicht mehr außer acht: Jede Höhle, die sie als Schauplatz benutzten, mußte einen zweiten Ausgang haben. Die Wertsachen der Weltuntergangsgläubigen wurden in eine Kiste gelegt, die vor ihren Augen versiegelt wurde und während des ganzen Aufenthalts im »Untergrund« gut sichtbar für alle dastand. Mit Geschick und einem Trick wurde dann die Kiste entfernt und durch eine leere ersetzt. Es blieb den Gläubigen überlassen, ob sie nach dem Kataklysmus und ihrer Wiederauferstehung auf dieser Erde bleiben und sie neu bevölkern oder in elysische Gefilde auf andere Planeten entschweben wollten. Nach der vorher festgesetzten Zeitspanne wurde die Kiste offiziell geöffnet, und alle standen vor einem unerklärbaren Rätsel. Materielles hatte sich auf die große Reise gemacht, und die Gläubigen mußten entscheiden, ob sie ihre religiösen Bemühungen verstärken und noch inbrünstiger atmen sollten, um denselben Weg zu gehen, den ihre Wertsachen bereits genommen hatten. N. und Duke heuerten eine ganze Reihe von jungen Männern an, nannten sie Majordomus, bildeten sie aus und bezahlten sie gut dafür, daß sie alle Vorbereitungen trafen, die mit echter Arbeit verbunden waren, als Bodyguards fungierten und für Frieden in beiden Lagern sorgten.

N. und Duke richteten es so ein, daß eine möglichst große Entfernung zwischen den Orten lag, an denen sie ihre Raubzüge durchführten, und da ihre letzte Kampagne in Wales stattgefunden hatte, wählten sie Kent, wo bereits ein Hexensabbat mit großem Erfolg gefeiert worden war, als Schauplatz für den nächsten Weltuntergang.

Kapitel 8

Nigel Colveden fand, daß er Fortschritte machte. Zum erstenmal in seinem neunzehnjährigen Leben hatte er Verwendung für seinen Cousin gehabt. Am Ende der Versammlung in Maidstone hatte er beim allgemeinen Aufbruch der Zuhörer das Mädchen aus den Augen verloren, nur um sie kurze Zeit später am Haupteingang im Gespräch mit Basil Trenthorne wiederzuentdecken. Nigel war zu ihnen geflitzt, hatte Basil taktlos gefragt: »Was macht das Verbrechen?« und auf diese zweifelhafte Art erzwungen, daß ihm die Schöne vorgestellt wurde. Er war ein echter Glückspilz. Merilee Paynel wohnte tatsächlich in Plummergen im George and Dragon. Nigel hatte darauf bestanden, daß es seine Pflicht als Bewohner des Dorfes sei, ihr die Umgebung zu zeigen, und jetzt hatten sie es sich beim Lunch in Brettendens teuerstem Restaurant gemütlich gemacht – er schien ein gutes Stück vorangekommen zu sein. Merilee – die Fröhliche ... Ihre Eltern mußten prophetische Fähigkeiten gehabt haben. Sie war die lustigste und amüsanteste Person, die er je kennengelernt hatte. Und genau das sagte er ihr auch.

Sie verzog das Gesicht. »Versuch du mal, mit so einem Namen zu leben. Und als lustige Witwe hat man doppelte Verpflichtungen. Es ist vielleicht noch tragbar, wenn man bei Freunden versagt, aber es ist unverzeihlich, Feinde zu enttäuschen.«

Nigel war wie vor den Kopf geschlagen. »Basil sagte nur deinen Namen – Merilee Paynel; tut mir leid, aber ich wußte nicht, daß du Mrs. Paynel bist, daß du verheiratet warst.«

»Woher auch? Du weißt überhaupt nichts von mir. Und eine Ehe hinterläßt nicht notwendigerweise ein sichtbares Stigma.« Nigel stellte Fragen, um mehr zu erfahren, aber sie wich ihm aus. Nichts, so erklärte sie, sei so ermüdend wie der Bericht über das langweilige Leben anderer. Die Serviererin räumte ihre Teller ab, und Nigel bestellte Kaffee. Mrs. Paynel lehnte sich zurück und nahm eine Zigarette aus ihrem Etui, Nigel zündete eilfertig ein Streichholz an und beugte sich vor, um ihr Feuer zu geben. »Du und langweilig?«

Sie inhalierte, blies einen Rauchring aus und lächelte. »Du wirst auch noch lernen, daß die einzigen interessanten Leute die sind, die du nie richtig kennst.«

»Das könnte auch in einem Buch stehen.«

»Ja und? Ich habe Augen, um zu lesen.« Sie übernahm seine Rolle und stellte ihm Fragen.

»Mein Leben?« Er grinste. »Einfach ... langweilig.«

»Ach, komm schon«, spottete sie, »du bist noch jung und hast genügend Zeit vor dir. Ich glaube nicht, daß das Muster schon feststeht, wenn man noch keine zwanzig ist – du befindest dich sozusagen noch im Schmelztiegel. Du könntest forschen – ich weiß nicht, auf welchem Gebiet, aber es muß noch Dinge geben, die darauf warten, entdeckt zu werden. Du könntest einen Diplomatenkoffer und einen Bowler tragen.«

»Oder Farmer bleiben, was wohl am ehesten der Fall sein wird.«

»Ja, das könntest du tun – oder ein Wissenschaftler werden oder ein Religionsführer.«

»Gehörst du wirklich zu diesen Nuscience-Leuten?« wollte er wissen.

»Ich gehöre ... mir selbst.« Sie drückte ihre Zigarette aus und nahm sich eine andere. Nigel gab ihr wieder Feuer. »›Ohne Motor, nur mit Geisteskraft‹«, äffte sie den Redner von Nuscience nach. »Ich bin immer für billiges Reisen, aber ich habe den Verdacht, daß mein Geist nicht dafür gerüstet ist.«

»Aber du warst bei dieser Versammlung«, gab Nigel zu bedenken.

»Du doch auch, aber ich bin nicht davon ausgegangen, daß du dazugehörst.«

»Was...« Ihre Schlagfertigkeit brachte ihn ein bißchen durcheinander. »Was bringt jemanden wie dich in ein so kleines Nest wie Plummergen?«

»Mein Auto.«

Er blieb hartnäckig. »Ja, aber ich meine...«

»Meinen?« unterbrach sie ihn. »Wieso muß man immer etwas Bestimmtes meinen?« Sie füllte die Tassen neu. »Erzähl mir lieber, wie es ist, in einem so winzigen Dorf zu wohnen?«

Nigel zuckte mit den Achseln. »So und so. Jeder weiß, was alle tun, und wenn du die Marke deiner Zahnpasta wechselst, ist das eine Sensation.«

»Wer ist eure lokale Künstlerin?« erkundigte sie sich so beiläufig wie möglich.

»Lokale...?« Er schüttelte den Kopf. »So was haben wir nicht.«

»Doch, das habt ihr. Ich hab' sie an der Küste gesehen; sie hat gemalt.«

»Oh.« Er kicherte. »Das war bestimmt Miss Seeton; sie ist Zeichenlehrerin. Sie macht heute mit den Schulkindern einen Ausflug an die Küste.«

»Aber ich bin ihr nicht heute begegnet. Und sie war ganz allein.«

»Es kann nur Miss Seeton gewesen sein. Ihretwegen gibt es einen Riesenstreit im Dorf. Einige der Eltern sind der Ansicht, daß sie keine gute Aufsicht für ihre kleinen Ungeheuer ist, weil die Hälfte der Bevölkerung in Aufruhr ist und sich in den Kopf gesetzt hat, daß sie eine Hexe ist.«

»Wirklich?« Er stellte seine Tasse ab und sah sie an, ihr scharfer Tonfall überraschte ihn. »Und ist sie eine?« fragte sie weiter.

Er grinste. »Ich würde es ihr ohne weiteres zutrauen, so wie sie von Fettnäpfchen zu Fettnäpfchen hüpft und trotzdem immer mit heiler Haut davonkommt. Ich denke, sie hat sich am Strand ein bißchen umgesehen und ein Bild gemalt, um den Kindern zu zeigen, wie es geht.«

»Aber das hat sie gar nicht getan«, erwiderte Merilee Paynel langsam. »Sie hat die Kirche gezeichnet.«

»Was für eine Kirche?«

»Die Kirche am Wald natürlich«, gab sie ungehalten zurück.

»Das kann nicht sein«, widersprach Nigel. »Die steht in der Nähe von Iverhurst – mindestens eine Meile landeinwärts.«

Sie steckte das Zigarettenetui in ihre Handtasche und stand unvermittelt auf. »Kirchen langweilen mich, sie sind so selbstgerecht und rechtwinklig.«

Nigel gab der Serviererin ein Zeichen und verlangte die Rechnung. »Hast du morgen abend etwas vor?«

»Ja, ich habe eine Verabredung.«

Nigel, der sie vor seinem geistigen Auge mit Basil zusammen sah, redete ohne nachzudenken drauflos. »Mit wem? Könntest du nicht absagen?«

Sie wurde ärgerlich. »Ich soupiere mit dem Teufel persönlich – und ich sage einmal getroffene Verabredungen niemals ab.« Dann setzte sie etwas sanfter hinzu: »Vielleicht ein andermal.«

»Tanzt du gern?« fragte er eifrig.

»Es geht. Wenn es einen Grund dafür gibt.«

Am nächsten Samstag fand ein Jägerball ganz in der Nähe, in Maidstone, statt. Ob sie wohl mit ihm dort hingehen würde? Ja, das wollte sie. Nigel bezahlte im Rausch der Glückseligkeit die Rechnung und fuhr sie mit dem kleinen MG, den er von seiner Mutter übernommen hatte, zum George and Dragon.

Das Mädchen brach schließlich das lange Schweigen. »Wieso eine Hexe?«

»Eine Hexe?« Er mußte erst seine Gedanken sammeln. »Oh, du meinst Miss Seeton. Weiß der Himmel, ich jedenfalls hab' keine Ahnung, wie sie darauf kommen. Ich weiß nur eines: Wenn sie eine Hexe wäre und ich der Teufel, dann würde ich lieber in der Hölle bleiben – dort wäre ich sicherer.«

Äußerst beunruhigend. Miss Seeton suchte fieberhaft. Die Mappe war der einzig mögliche Platz, und sie war so gut wie sicher, daß sie sie dort hineingelegt hatte. Aber augenscheinlich irrte sie sich. All die anderen Zeichnungen waren da und außerdem ein Bild, das ihr, wenn sie genauer hinschaute, ganz unbekannt vorkam. Sie musterte es eingehend. Sehr schlampig, leider. Nur eine hingeworfene Skizze von einer bedauerlich desolaten Kirche mit Bäumen dahinter. Natürlich war es nicht ordentlich gemalt – nur hingeschmiert. Es sah aus wie ein ziemlich großer Wald. Ja, das mußte es sein. Ein kurzer Eindruck von etwas, was sie irgendwo gesehen hatte, irgendwann – und sie hatte es nur schnell gemalt, um den Anblick nicht zu vergessen. Wahrscheinlich hatte sie sich vorgenommen, später genauer daran zu arbeiten. Und hatte es vergessen. Ein ordentliches Bild zu malen, meinte sie.

Miss Seeton schloß die Mappe, kniete sich hin und legte sie in die unterste Schublade ihres Schreibtischs. Dann erhob sie sich.

Sie konnte es nun nicht mehr ändern, sie würde ohne dieses Bild auskommen müssen. Vielleicht hatte sie ja ein bißchen Zeit, eine andere Zeichnung von der Küstenlandschaft zu machen, während sie die Kinder beaufsichtigte. Wenn es einen Wettbewerb geben sollte, müßten die Schüler ihrer Meinung nach eine gute Vorstellung von dem haben, worauf es ankam. Man mußte ihnen etwas zeigen, wonach sie sich richten konnten. Hatte sie alles, was sie brauchte? Ihren Zeichenrahmen, Stifte, Pinsel, Farben, Schere, einige Blökke mit Buntpapier und Klebstoff. Und – irgendwas hatte sie vergessen, das wußte sie genau – o ja, das Notizbuch, in das sie immer verschiedene Materialien zwischen die Seiten legte. Ja, das war alles. Ach, nein, doch nicht. Sie hätte fast ihr Lunchpaket liegenlassen. Miss Seeton huschte in die Küche, schnappte sich die Thermoskanne und die Sandwiches, die Martha für sie vorbereitet hatte. Ja, jetzt hatte sie aber wirklich alles beisammen, und sie konnte mit Fug und Recht behaupten, daß sie fertig und gerüstet war.

»Miss.« – »Bitte, Miss.« – »Könnten Sie bitte mal herkommen?«

Miss Seeton schlenderte von einem Kind zum anderen, diskutierte, gab Ratschläge, diskutierte wieder und besserte, wenn sie darum gebeten wurde, auch mal etwas aus. Eine Zehnjährige saß vor einem schneeweißen Blatt und starrte übers Meer. Miss Seeton hockte sich neben sie ins Gras und folgte dem Blick der Kleinen.

»Ich kann nicht malen, und ich will auch nicht«, sagte das Kind nach einer Weile.

»Nein?« Miss Seeton lächelte. »Sagt dir diese Aussicht denn gar nichts?«

»O doch«, entgegnete das Mädchen voller Inbrunst. »Für mich ...« Sie hatte offenbar Mühe, sich richtig auszudrücken. »Ich habe Worte im Kopf, keine Bilder; ich male nicht gern.«

»Dann brauchst du es auch nicht zu tun. Malen ist nur eine Möglichkeit, einen Eindruck festzuhalten und zu versuchen, anderen mitzuteilen, was man gesehen hat. Aber es gibt noch viele andere Methoden, das zu machen. Man kann etwas bauen oder modellieren oder mit Worten beschreiben; man kann sich sogar nur erinnern, aber das wäre vielleicht ein bißchen selbstsüchtig, weil dann kein anderer etwas davon hätte. Und man vergißt ja auch so manches wieder.«

»Sie meinen«, fragte das Mädchen eifrig, »Sie meinen, ich könnte es auch beschreiben?«

»Warum nicht?« Miss Seeton stand auf. »Es ist ein genauso gutes Mittel wie jedes andere.«

Ein kleiner Junge schien rebellieren zu wollen. Auch sein Papier war noch weiß. Miss Seeton stellte sich hinter ihn; er wurde unruhig und fing an zu zappeln.

»Bilder malen ist blöd«, erklärte er. »Ich« – er verschränkte die Hände fest ineinander – »ich bastle lieber.«

»Schön, dann mach das«, sagte Miss Seeton. Sie brachte ihm das glänzende Buntpapier, ihr Notizbuch mit den anderen Materialien, die Schere und den Klebstoff.

»Aber man kann das nicht alles basteln.« Er deutete mit einer umfassenden Geste auf die ganze Aussicht. «'s ist viel zu groß.«

»Dann mach ein Fenster mit deinen Fingern und sieh hindurch. Such dir die Stelle aus, die dir am besten gefällt, und wenn das Bild kleiner sein soll, dann streck die Arme weiter aus.«

Er versuchte es mißmutig, aber bald war sein Interesse geweckt. »Wenn man die Finger so aneinanderlegt«, machte er Miss Seeton klar, »sieht man ein richtiges Bild mit Rahmen.«

»Gut«, sagte Miss Seeton. »Dann such dir das farbige Papier aus, das in dein Bild paßt, schneid es in die richtige Form und klebe es auf dein Blatt. Dann kannst du von diesem Punkt aus weiterarbeiten.«

Der Junge warf einen argwöhnischen Blick auf die bunten Papiere. »Und woher soll ich wissen, ob ich die richtige Form ausschneide?«

»Eine Möglichkeit ist«, schlug sie ihm vor, »erst die Umrisse aufzuzeichnen.« Sie malte ein paar leichte Striche aufs Papier. »Sagen wir mal, das ist ein Grasstreifen – jetzt kannst du das Stück ausschneiden. Oder du nimmst Pauspapier.« Sie gab ihm eines.

Schon nach wenigen Minuten war der Junge eifrig bei der Arbeit. Ein paar andere wurden neugierig und neidisch. Durften sie auch Sachen auf ihr Bild kleben? Miss Seeton ermutigte sie dazu. Sie ging zu der kleinen Schriftstellerin und spähte ihr über die Schulter.

Der Himmel und die See,
das Wasser und die Luft,
soweit ich seh',
auch in der Höh'.

Das Gras und die Steine
große und kleine,
wo ich sie nicht mehr seh'.
umspült sie die See.

Die Wellen mahlen sie zu Sand.
Fische schwimmen durch die Flut
zu den Vögeln am fernen Strand -
sie treffen sich nie.

»Das«, bemerkte Miss Seeton, »ist eines der besten Bilder, das ich je gesehen habe.«

Alle schienen im Moment beschäftigt zu sein, und Miss Seeton hatte ihre eigene Skizze auch schon gezeichnet und in die Mappe gelegt. Sie nahm ihre Handtasche und den Regenschirm und schaute sich um. Ob die Kinder ihre Bilder wohl fertig hatten, bevor der Bus sie abholte, und etwas Neues anfangen wollten? Dann mußte sie eine andere lohnende Aussicht finden. Da oben auf dem Hügel, das könnte ein guter Standpunkt sein. Als sie näherkam, sah sie, daß der Abhang steiler war, als sie vermutet hatte. Sie benutzte ihren Schirm als Spazierstock, um auf dem abschüssigen Untergrund besser vorwärts zu kommen. Der Schirm versank tief im Boden. Liebe Güte, war das Erdreich weich, bröckelig sogar. Sie wollte ja nicht, daß sich die Kinder die Knöchel verstauchten. Probeweise stocherte sie mit dem Schirm in eine andere Stelle. Ja, sie hatte recht gehabt, die Erde gab nach. Sie spürte, wie unter ihren Füßen etwas in Bewegung geriet. Na, erst wollte sie sich überzeugen, ob die Aussicht von dem Hügel aus lohnend war, dann konnte sie vielleicht einen sichereren Weg da hinauf finden. Sie hob einen Fuß und stützte sich auf den Regenschirm. Aber statt ihr Halt zu bieten, sank er noch tiefer ein und lockerte den Boden – Steine und Erde sanken ein, ein klaffendes Loch tat sich auf. Miss Seeton schnappte erschrocken nach Luft, und sie stieß einen kleinen Entsetzensschrei aus, bevor sie von der Bildfläche verschwand.

Kapitel 9

Miss Seeton schlug die Augen auf und schloß sie rasch wieder; das Licht war viel zu grell. Sie wartete, bis ihr bewußt wurde, daß sie äußerst unbequem lag, dann öffnete sie die Augen wieder und sah den Himmel. Den Himmel? Sie blinzelte ein paarmal. Der Himmel war immer noch da. Sie kämpfte sich in eine sitzende Position und sah sich um. Allmählich kehrte die Erinnerung zurück. Also wirklich. Wie unachtsam. Sie hätte das voraussehen müssen ... Sie spannte die Muskeln an und tastete sich ab. Ja, es schien alles noch dran zu sein. Nur der Verstand fehlte ihr offensichtlich. Sie fühlte ihren Hinterkopf ab. Auch hier fand sie keine argen Verletzungen. Eine kleine Beule, aber der Schmerz war nicht allzu groß – ihr Hut hatte sie vor Schlimmerem bewahrt. Und das war mehr, als sie verdiente. Wie töricht von ihr, sich Sorgen zu machen, daß sich die Kinder die Knöchel verstauchen könnten, und dabei ganz zu vergessen, daß sie selbst keineswegs immun gegen Unfälle war. Sie rappelte sich auf und klopfte den Schmutz aus ihren Kleidern. Der Staub reizte ihre Nase – sie nieste. Da sie in dieses Loch gefallen war, mußte sie jetzt wieder herausklettern. Sie sammelte Handtasche und Schirm ein und warf einen Blick nach oben. Es war ziemlich hoch. Am besten, sie häufte ein bißchen Geröll auf und stieg dann auf den Haufen. Ja, jetzt konnte sie mit dem Regenschirm den oberen Rand des Lochs erreichen. Wenn es ihr gelang, den Griff oben einzuhaken und sich dann hinaufzuziehen ... Sie zog. Noch mehr Steine prasselten in die Tiefe, das Loch wurde größer. Als der Hustenreiz nachließ und sich der Staub gelegt hatte, schaute sie auf ihre Uhr. Sie schien nicht zerbrochen zu sein. Viertel vor vier? Sie hielt sie an ihr Ohr. Ja, sie ging noch. Gütiger Himmel, der Bus kam in einer halben Stunde. Und die Kinder fragten sich bestimmt schon, wo sie abgeblieben war. Sie mußte sofort hier raus. Sie begutachtete ihre Umgebung. Dies war gar kein Loch, zumindest nicht im eigentlichen Sinne. Das Loch mündete in einen Gang, aber es war so dunkel, daß man nicht sehen konnte, wie weit der Gang führte. Na ja, dieser Tunnel war vielleicht die letzte Zuflucht Aber erst mußte sie es anders versuchen. Es müßte doch möglich sein, auf demselben Weg hinauszukommen, wie sie hereingekommen war. Sie stand vor einer Geröllwand. Sie stellte ihren Fuß auf einen vorragenden Stein. Die Wand gab nach, und eine Staubwolke wirbelte auf. Miss Seeton trat zurück und dachte angestrengt nach. Gab es eine sicherere Stelle? Ja. Hier lag ein großer Stein, der vielversprechend aussah. Er hielt ihrem Gewicht stand. Sie stellte sich drauf und kroch ein Stück weiter, rutschte aber plötzlich aus und landete plumpsend auf dem Boden.

»Verflixt«, murmelte Miss Seeton.

In einer unterirdischen Kammer waren zwei junge Männer an der Arbeit. Ihr Ziel war, andere Menschen in die Irre zu führen. Sie räumten Konservendosen – die billigsten – in ein Regal, das die ganze Wand des riesigen Kellers einnahm. Sobald die Kartons leer waren, klebten sie sie wieder zu und stellten sie hinter die Dosen in das Regal. Das sollte den Betrachtern vorgaukeln, daß der Vorrat doppelt so groß wie in Wirklichkeit war.

Einer der Männer zerrte eine schwere Kiste mit Flaschen heran. Er reihte die Flaschen auf dem Steinboden auf und warf seinem Kollegen die leere Kiste zu. Das Bücken hatte ihm das Blut in den Kopf getrieben, und er tastete vorsichtig mit einem Finger die schmerzende Schwellung auf seinem Nasenrücken ab. Er trug einen schwarzen Plastikring.

»James?«

»Hmm?«

»Wozu sollte das Theater mit dieser Alten auf der Versammlung eigentlich gut sein?«

»Das alte Mädchen war mit dem Bullen da, den wir rausgeschmissen haben«, erklärte James, »und sie hat sich Notizen gemacht. Duke wollte sich die Notizen mal genauer ansehen.«

»Das nächste Mal, wenn er sich die Großmutter von irgendwem genauer ansehen will, soll er das gefälligst selbst übernehmen. Alte Weiber mit Schirmen sind nicht meine Kragenweite. ›Keine großen Aktionen, keine Grobheiten‹, hat Duke gesagt. Warum, zum Teufel, hat ihr das niemand verklickert? Sah aus wie ein sanftes Lämmchen, aber ich hatte ihre Tasche noch nicht mal richtig in der Hand – wumm! –, drischt sie mir mitten ins Gesicht und schlägt wie eine Verrückte um sich.«

James hatte die Jammerei satt. »Halt den Mund, Ted, und hol die leeren Flaschen.«

Ted ging in eine Ecke des Kellers, nahm einen Armvoll leerer Flaschen und brachte sie zu James. »Soll ich die füllen?«

»Nein.« James stellte sie in die Kiste. »Wenn sie verschraubt sind, sehen sie aus, als wären sie voll. Wer langt schon so weit nach hinten, um sich eine zu holen, wenn die vollen Flaschen viel leichter zu erreichen sind? Und wir müßten hinaufgehen zum Brunnen und alles wieder runterschleppen.«

»Warum haben sie keine Wasserleitung hier runter gelegt?« brummte Ted. »Ich dachte immer, Schmuggler wären so gut organisiert.«

»Damals hat man noch keine Wasserleitungen verlegt. Und wozu hätten die Schmuggler Wasser gebraucht? Sie kamen durch den Tunnel, verstauten ihre Fracht, und wenn die Zöllner in der Nähe waren und sie sich hier verstecken mußten, konnten sie immer eine oder mehrere Flaschen Brandy köpfen, wenn sie Durst hatten. Wir müssen sowieso aufpassen, daß wir nicht zu schweres Zeug in das Regal stellen, sonst kracht das Ding noch zusammen.«

Das Glöckchen, das in einem Winkel unter der Decke hing, schlug an. Sie hielten inne und starrten in die Ecke. Es gab drei Glocken, die übereinander an der Wand angebracht waren. Als die oberste zwei weitere Male klingelte, atmeten die beiden jungen Männer erleichtert auf. Eine Tür öffnete sich, und Basil Trenthorne kam mit einem Koffer in den Keller.

»Tut mir leid, daß ich zu spät komme.« Er erntete bitterböse Blicke. »Ich mußte noch ein paar Sachen für eine Idee besorgen, die sich Duke für morgen ausgedacht hat.«

»Wo hast du das Auto abgestellt?« fragte James.

»Gar nicht. Duke hat mich in der Nähe abgesetzt. Er will im Moment hier kein Risiko eingehen. Ich mußte durch den verdammten Wald gehen – überall Brombeeren. Du siehst nicht mal die Kirche vom Weg aus, du weißt erst Bescheid, wenn du über ein paar Grabsteine gestolpert bist. Er holt uns ab, sobald es dunkel wird.« Er grinste Ted an. »Er hat einen Job für dich.«

»Für mich? Warum ich? Immer bin ich dran.« Ted knallte die letzten Flaschen in die Kiste. »Ich hab' genug damit zu tun, diesen Schuppen hier so herzurichten, daß er wie ein Lebensmittelladen aussieht. Wenn's neue Jobs gibt, kannst du sie übernehmen. Würde dir auch nicht schaden, wenn du dir mal deine Fingerchen schmutzig machen würdest.«

»Ist nicht mein Gebiet.« Basil grinste höhnisch. »Es geht um einen hübschen Einbruch. Duke sagt, du sollst dich heute abend erst mal gründlich umsehen und morgen dann den Job erledigen.«

»Was für einen Job? Wo?«

Basils Grinsen wurde noch boshafter. »In Plummergen. Du solltest dankbar sein«, kicherte er. »Duke bietet dir die Gelegenheit, dich bei der alten Schachtel zu revanchieren, die dir die Schnauze poliert hat. Du hast zwar nicht ihre Klasse ...« Er machte einen Satz nach hinten, als Ted ausholte.

James fing Teds Arm auf und hielt ihn fest. »Hört auf mit dem Quatsch, alle beide. Was hat das alte Mädchen eigentlich verbrochen, daß Duke so hinter ihr her ist? Es hat sich doch herausgestellt, daß sie nur die Tante von dem Gorilla ist, der sie an dem Abend auch nach Hause gefahren hat.«

»Tante? Das war alles nur Theater. Und der Gorilla ist zufällig ein Mann vom Yard.«

James ließ Ted los. »Vom Yard?«

Basil war äußerst zufrieden mit sich selbst. »Ich hab' mich ein bißchen umgehört. Sie hat schon öfter mit dem Yard zusammengearbeitet und ist ziemlich bekannt. In den Zeitungen nannte man sie die Kämpferin mit dem Regenschirm.«

»Woher weißt du das alles?«

»Meine Mutter wohnt bei irgendwelchen Verwandten von uns im Dorf. Sie sind mit dieser Miss Seeton bekannt und wissen alles über sie.«

»Aber wenn sie bei der Polizei ist«, warf James ein, »dann haben sie diesen Notizblock sicher schon längst. Worum geht's dann noch?«

Basil sah ihn herablassend an. »Es geht darum, mein lieber James, daß dieser Notizblock nicht das einzige Interessante ist. Sieht so aus, als hätte sie sich auch hier in dieser Gegend herumgetrieben.« Er beobachtete mit Genuß die Reaktion der beiden. »Merilee ist der alten Zicke an der Küste begegnet, als sie hier ankam. Miss Seeton tat so, als würde sie das Meer malen, aber Merilee hat das Bild gesehen, und es war diese Kirche – und der Wald dahinter. Dabei war die Kirche von ihrem Standpunkt aus überhaupt nicht zu sehen. Wetten, daß sie den Tunnel aufstöbern wollte? Duke ist im Viereck gesprungen, als er davon hörte. Er sagt, du mußt dieses Bild finden und ihm bringen. Bei der Gelegenheit zeigst du der Alten gleich, wo's langgeht.« Er lachte. »Keine allzu brutalen Gewalttaten, selbstverständlich. Nur so viel, daß sie ein paar Tage im Krankenhaus verbringt – und falls sie auf dem Transport dorthin das Zeitliche segnet, würde das unserem Duke auch keine schlaflosen Nächte bereiten. Wir können's uns nicht leisten, daß sie in den nächsten Wochen überall herumschnüffelt, vor allem, solange wir hier noch nicht fertig sind.«

Teds Gesicht nahm einen störrischen Ausdruck an. »Und was ist das für ein neuer Schwindel, den Duke für morgen geplant hat? Noch mehr Arbeit für uns?«

»Nicht viel«, beteuerte Basil. »Diese Plattform, die die Schmuggler früher benutzt haben, um die Fässer hochzuheben, ihr wißt schon, die unter der Falltür – Duke will, daß sie lautlos funktioniert. Ich hab' ein paar Stricke mitgebracht. Wir sollen den Meister im entscheidenden Moment da hinaufhieven. Sein Zeug habe ich schon hier.« Er klopfte auf den Koffer und lachte. »Und ich habe einen ganz guten Einfall, wie wir noch ein bißchen Pep in diese Teufelsanbeterei bringen können.«

»Was ist das für ein ganz guter Einfall?« wollte James wissen.

Basil sah sie verschlagen an. »Nicht so wichtig. Es geht nur um eine Spur Realität, die den alten Hilary in die richtige Stimmung bringt und ihn bei der Stange hält... Duke will, daß farbiges Licht durch diese Luke schimmert, wenn der Satan erscheint.«

Ted wurde immer mürrischer. »Wieso?«

»Weil er denkt, daß das den Leuten einen richtigen Schauer über den Rücken jagt. Wenn wir den alten Ziegenbock da hinaufhieven, wird es aussehen, als stiege der Fürst der Finsternis persönlich aus seinem Höllenreich.«

»Wieso?« wiederholte Ted. »Es war doch alles gut so, wie es immer war, oder nicht?«

»Duke will die Dinge beschleunigen, damit wir hier bald Schluß machen können.«

Ted zeigte sich wenig begeistert. »Zu blöd, daß sie aus Malesbury verjagt worden sind. Jetzt haben wir hier die beiden Vorstellungen gleichzeitig – eine über der anderen. Mir ist egal, wie faul der Schwindel ist, schwarze Magie ist nichts, womit man seine Scherze treibt. Eines Tages wird der echte Teufel aus der Hölle fahren, und was wird dann aus uns?«

»Ach, hör schon auf«, sagte James. »Machen wir lieber weiter.«

Sie trugen eine Butangas-Laterne über zwei Stufen in einen kleineren Keller und machten sich dort an die Arbeit. Sie befestigten zwei neue Seile an einem Flaschenzug, mit dessen Hilfe man die Plattform heben und senken konnte, und ölten die Winden. James stand auf einer Kiste und schmierte den rostigen Eisenriegel an der Falltür, bis er sich ganz leicht und lautlos bewegen ließ. Dann zog er ihn auf. Eine schwere Steinplatte, die von einem Gegengewicht ausbalanciert wurde, schwang langsam um eine Eisenachse. Der Rand dieses Steins berührte einen dünnen Draht – eine der Glocken schlug an. Basil und James zuckten erschrocken zusammen, Ted rannte in den großen Keller.

»Schon gut«, beruhigte James seine Kollegen. »Das war meine Schuld. Wir müssen den Draht ein Stück weiter oben befestigen. Kein Mensch hat mir vorher gesagt, daß wir diese verdammte Falltür brauchen.«

Ted und James verlegten den Draht, Basil reichte ihnen das Werkzeug. Es dauerte seine Zeit, bis alle Haken in die Felsenwand getrieben waren und der Draht wieder so gespannt war, daß die Glocke bei Berührung des Drahts klingelte. Sie hatten dieses Alarmsystem an allen drei Ausgängen des ehemaligen Schmugglerunterschlupfs angebracht. Die oberste Glocke klingelte, wenn jemand durch die Krypta außerhalb der alten Kirche von Iverhurst kam. Der Draht der zweiten führte durch den etwa eine Meile langen Tunnel bis zum Zugang an der Küste auf der anderen Seite des Hügels. Dort mündete der Tunnel in eine Höhle, deren Eingang mit Felsen und Steinen verstellt war, die aber dennoch gelegentlich von Springfluten überschwemmt wurde. Der dritte Zugang war hinter Steinbrokken und Gestrüpp versteckt und lag hinter den Dünen auf halbem Weg zwischen Küste und Kirche. Von dort führte ein kleinerer Tunnel zu dem großen. Als der Draht angebracht war, testete Basil die Glocke. Er nahm seine Taschenlampe, ging durch einen kurzen Flur, der vor einer Steinwand endete. Dann drückte er auf einen der rauhen Steine und schob ihn beiseite. Den dahinter liegenden Riegel zog er auf und lehnte sich mit all seinem Gewicht an die Wand. Eine Platte schwang nach demselben Prinzip wie die Falltür auf. Die Glocke schlug an. Basil schnippte gegen den Draht, um den anderen das übliche Signal zu geben, dann schloß er die Tür und den Riegel und gesellte sich wieder zu den anderen. James hangelte sich durch die Falltür nach oben und blieb einen Augenblick hinter dem Gitter, das den Altar vom Rest des Raumes abteilte. Ja – das würde funktionieren. Und es war ein effektiver Auftritt, da die Kirche lediglich von wenigen schwarzen Kerzen beleuchtet sein sollte, und wenn der Satan sich langsam und in geisterhaftes Licht getaucht vor dem Altar erhob ... vorausgesetzt, der alte Ziegenbock war nicht wieder betrunken und fiel zurück in die Grube.

»Okay«, rief er hinunter. »Versuchen wir's.«

Ted betätigte den Flaschenzug. Die Plattform hob sich, bis sie die Luke im Boden vor dem Allerheiligsten bis auf etwa einen Zentimeter ausfüllte. James stellte sich drauf und wurde langsam in die Tiefe gelassen. Kurz bevor er den Boden erreichte, machten Ted und Basil halt, um die Sperrbremse zu testen und James die Gelegenheit zu geben, die Falltür zu schließen und zu verriegeln. Sie deponierten Basils Koffer neben der Plattform und gingen zurück in den großen Keller, um den restlichen Proviant zu verstauen.

Eine Glocke läutete. Alle drei erstarrten und beobachteten, wie sie am Ende des Drahts eifrig hin und her schwang. James stürmte los und löschte das helle Licht. Gleichzeitig flammten drei Taschenlampen auf.

Basil zitterte. »Was, zum Teufel ...«

»Sei still«, fauchte James.

Er beleuchtete den Draht neben der Glocke. Eine gute Minute später zuckte der Draht erneut, und das Glöckchen bimmelte. Sie warteten. Aber alles blieb ruhig, es klingelt kein drittes Mal. Sie huschten lautlos durch den Keller und betraten die letzte und kleinste der drei unterirdischen Kammern. Dort preßten sie sich an die Wand und lauschten. Nichts.

»Macht eure Lampen aus. Ted, du schleichst dich an.«

»Warum ich?«

»Keine Widerrede. Geh runter und versuch herauszufinden, was los ist. Wir lassen die Steinplatte einen Spalt offen, damit du schnell zurück kannst, wenn du mußt.« James drückte auf einen vorstehenden Stein, lehnte sich gegen die Wand, und eine Platte schwang auf – genau wie in der Krypta und in der anderen Kammer. »Und mach lieber kein Licht, wenn es nicht unbedingt sein muß«, setzte er hinzu.

Nach seinem dritten Sturz in der Finsternis beschloß Ted, nach eigenem Ermessen zu handeln; er knipste die Taschenlampe an und verfolgte unwillig den ihm gewiesenen Weg. Er konnte den Lichtstrahl ja immer noch mit der Hand abdecken, wenn es einen Grund dafür gab. Er kam an die Stelle, an der die beiden Tunnels aufeinandertrafen – alles war ruhig. Ab hier war der Boden nicht mehr so uneben, und er war überwiegend mit Sand bedeckt. Ted war schon ganz außer Atem. Er verlangsamte seine Schritte – schließlich war er kein Mittelstreckenläufer. Endlich sah er einen schwachen Lichtschimmer. Er schaltete die Taschenlampe aus und schlich vorsichtig weiter. Ein Luftzug blies ihm eine Staubwolke entgegen. Ted hatte das Gefühl, ersticken zu müssen, seine Augen tränten. Plötzlich schnitt ihm Geröll den Weg ab. Durch einen Spalt oberhalb des Steinhaufens sah er den Himmel. Das war es also. Die Decke war eingestürzt. Das bedeutete Arbeit. Wahrscheinlich würden sie die halbe Nacht schuften müssen, bis der Ausgang wieder offen war. Er hörte ein Geräusch hinter der Blockade und preßte sich an die Tunnelwand, um zu horchen. Der Staub kitzelte in seiner Nase – er war kurz davor zu niesen. Da war es wieder, ein Scharren. Er seufzte vor Erleichterung. Ein Schaf – gestern hatte schon mal eins den Draht berührt. Wahrscheinlich war es auf eine schwache Stelle getreten, hatte die Steine ins Rutschen gebracht und war in das Loch gefallen. Sie mußten das alte Schaf da so schnell wie möglich rausholen. Wenn es vermißt wurde und sich der Farmer auf die Suche machte, könnte er den Tunnel entdecken, bevor sie den Zugang in Ordnung bringen konnten. Warum ließ man die blöden Viecher frei herumlaufen? Sie verursachten ständig Ärger. Vielleicht hatte es sich ein Bein gebrochen – es rührte sich nichts mehr da draußen. Er lauschte wieder auf ein Lebenszeichen. War es schlimm gestürzt und verendet? Wie zur Antwort scharrte wieder etwas, dann ertönte ein Poltern und ein lauter Plumps.

»Verflixt«, sagte das alte Schaf auf der anderen Seite.

Das war's dann, dachte Miss Seeton. Sie mußte es doch durch den Gang versuchen. Während der zu Tode erschrockene Ted in die eine Richtung rannte, um die anderen zu warnen und sie zu Hilfe zu holen, schlug Miss Seeton die entgegengesetzte ein.

Als sie sich von dem Loch entfernte, empfing sie Dunkelheit. Miss Seeton blieb stehen. Sie brauchte ... Oh, wie vorteilhaft. Seit sie auf dem Land lebte, hatte sie es sich zur Gewohnheit gemacht, wie alle anderen immer eine kleine Taschenlampe bei sich zu tragen. Sie fand sie und knipste sie an. Sie stand in einem schmalen, etwas abschüssigen Tunnel. Es kam ihr vor, als wäre er ein Teil einer Höhle, vielleicht mündete dieser Gang in einen anderen, und wenn sie Glück hatte, führte er hinunter zum Meer. Na ja, nicht buchstäblich zum Meer, sondern an den Strand. Die Küste in dieser Gegend war durchsetzt mit Höhlen und unterirdischen Gängen, soviel sie wußte. Von hier bis Dover fand man so was, und natürlich war Romney Marsh in alten Tagen berüchtigt gewesen wegen der vielen Schmuggler. Sie marschierte zuversichtlich drauflos. Nach einigen Metern spürte sie Sand unter den Füßen. Ihre Zuversicht war gerechtfertigt: Der Gang weitete sich zu einer kleinen Höhle mit einer Öffnung, durch die das Tageslicht hereindrang. Miss Seeton durchquerte die steinige Höhle, steckte die kleine Lampe in ihre Handtasche und zwängte sich an Felsbrocken und Gestrüpp vorbei. Dann stand sie unter freiem Himmel. Und jetzt? Sie mußte zu den Kindern zurück! Sie ging ein paar Schritte weiter und drehte sich zu den Dünen um. Der Weg dürfte nicht allzu schwer zu finden sein. Wenn sie da so gerade wie möglich hinaufkletterte, würde sie sicherlich in der Nähe der Kinder herauskommen. Sie warf noch einen Blick zurück, um sich die Stelle einzuprägen, wo sie die Höhle verlassen hatte. Da war keine Höhle mehr zu sehen, nur Sand, Felsen, Gestrüpp und dürres Gras. Egal, das spielte jetzt keine Rolle mehr, sie hatte ohnehin nicht vor, noch einmal dorthin zurückzukehren. Miss Seeton machte sich daran, die Dünen zu bezwingen.

»Bitte, Miss.« – »Können Sie mal schauen, Miss?« – »Miss, darf ich ...« – *»Miss ...?«*

Die Kinder wurden unruhig. Alle waren einer Meinung – es war bestimmt nicht richtig, daß man sie hier ganz allein ließ, schließlich könnte ihnen etwas passieren. Die kleine Dichterin erinnerte sich, daß Miss Seeton in diese Richtung gegangen war. Alle legten ihre Stifte und Pinsel weg und machten sich auf die Suche nach ihrer Lehrerin. Sie kamen zu dem Hügel.

»Paß auf, wohin du deine Füße setzt, Emmie, es ist gefährlich hier.«

»Da ist was eingebrochen.«

»Seht mal, da ist ein großes Loch.«

Sie standen in respektvollem Abstand vor der Grube.

»Ist sie da unten?«

»Sie muß wohl.«

»Glaubt ihr, sie hat's erwischt?«

»Ich denk' schon, sonst würde sie schreien.«

Ein kleines Mädchen fing an zu weinen.

»Hör auf zu heulen, Liz, wahrscheinlich ist sie nur bewußtlos.«

Der Junge, der Buntpapier ausgeschnitten und aufgeklebt hatte, kroch auf allen Vieren bis zum Rand der Grube und spähte in die Tiefe. Seine Freunde hielten seine Beine fest.

»Sie ist nicht da«, berichtete er, »aber vielleicht liegt sie unter den vielen Steinen.«

Liz heulte wieder los.

»Besser, wir holen den Busfahrer«, schlug eins der Kinder vor.

»Kinder, der Bus ist da.«

Sie drehten sich verblüfft um. Miss Seeton stand direkt

hinter ihnen, mit ihrer Handtasche am Arm und dem Regenschirm in der Hand. Ihr Hut war ramponiert, ihr Kleid hatte einen Riß, Sand quoll aus ihren Schuhen – sie war schmutzig und zerzaust, aber sie lächelte. Die Kinder starrten sie ehrfürchtig an.

»Kommt jetzt. Wir dürfen den Chauffeur nicht warten lassen.«

Sie ging voran, die Kinder folgten ihr. Keines stellte eine Frage. Es war offensichtlich, was geschehen war. Das war die richtige Lehrerin für sie – ganz bestimmt. Sie konnte im Erdboden versinken, wenn ihr danach war, das erledigen, was sie da unten zu tun hatte, sich in die Lüfte erheben, übers Meer wieder zurückfliegen und hinter ihnen auftauchen, obwohl alle ganz genau wußten, daß sie eigentlich dort gar nicht sein konnte. Bei der mußte man nicht so genau aufpassen, daß einem nichts passierte. Die befreite einen aus jeder Klemme. Sie trabten schweigend hinter ihr her, durchdrungen von neuem Respekt. Zumindest bei einer Generation der Bewohner von Plummergen hatte sich Miss Seeton hohes Ansehen erworben.

Kapitel 10

Mrs. Blaine nahm ihre selbstauferlegten Pflichten sehr ernst, und nach der Versammlung in Maidstone fühlte sie sich ganz besonders inspiriert. Sie und Miss Nuttel hatten nach langen Diskussionen beschlossen, finanzielle Überlegungen hintanzustellen und der Erlösung den Vorzug zu geben. Sie waren Mitglieder von Nuscience geworden. Sie hatten sogar – aber darüber mußten sie »absolutes Stillschweigen bewahren« – Hinweise auf den geheimen Ort erhalten. Jetzt hatten sie sich mit zwei Freundinnen, die ihnen moralischen Beistand leisten sollten, zusammengetan, um nach dem Abendessen eine Séance mit Tischrükken abzuhalten.

Der Raum wurde nur schwach von einer kleinen, mit einem Tuch abgedeckten Lampe erhellt. Die vier Teilnehmerinnen legten die gespreizten Hände auf die polierte Tischplatte. Die Daumen und die kleinen Finger mußten sich berühren, damit ein geschlossener Kreis entstand. Die Damen warteten in atemlosen Schweigen. Und warteten. Schließlich wollte Mrs. Blaine, deren Geduld immer ziemlich schnell erschöpft war, wissen, ob ein Geist anwesend war. Der Tisch schien überrascht von diesem Frontalangriff zu sein, hüpfte in die Höhe und schwankte. Aufgeregt bestätigten die Frauen den Code: dreimal Wackeln für »ja«, einmal für »nein«, und die Buchstaben des Alphabets waren durchnumeriert.

Sobald die Regeln festgelegt waren, hatte der Tisch den Sinn des Spiels erfaßt. Er übermittelte rüttelnd und wakkelnd Botschaften, obwohl er offenbar Schwierigkeiten mit dem Buchstabieren hatte und des öfteren mitten im Satz abbrach, als hätte er vergessen, was er sagen wollte. Die schnellste und sicherste Methode schien zu sein, nur eindeutige Ja-oder-Nein-Fragen zu stellen. War Miss Seeton eine Hexe? Ja, sagte der Tisch. Drohte ihnen allen Gefahr? Dessen war sich der Tisch ganz sicher. War die Kirche von Iverhurst von teuflischen Gespenstern bevölkert? Ja – das Rütteln war besonders heftig. War es nicht ihre Pflicht, darauf zu drängen, daß etwas dagegen unternommen wurde? Der Tisch brach sich beinahe ein Bein, als er sie zu entschlossenem Handeln ermutigte.

Die Gesellschaft löste sich sehr spät auf, man wünschte sich gegenseitig eine gute Nacht, und die Ladys zogen sich zurück, um am nächsten Morgen erfrischt ihre neue Mission in Angriff zu nehmen. Sie würden die ganze Gegend erretten, und Mrs. Blaine war wild darauf, die Wohltäter anzuführen.

Sie stattete der Leihbibliothek in Brettenden einen Besuch ab; las ein Buch. Wenn dieser Landstrich von unheimlichen Lichtern, die um Mitternacht in leeren Kirchen aufleuchteten, Gespenstern und Hexen heimgesucht wurde, mußte die Gegend, wie es der Meister schon ganz richtig gesagt hatte, gesäubert und geläutert werden. Dieses Buch, *Geister und Grenzgänger*, erklärte haargenau, was zu tun war. Man mußte das Böse entschlossen vertreiben. Doch nur ein geweihter Pfarrer konnte den Exorzismus durchführen.

Mrs. Blaine und Miss Nuttel sondierten zunächst einmal die Lage im Dorf; sie warnten die Leute vor drohendem Unheil, debattierten, begründeten, erklärten und forderten Unterstützung. Schließlich, als sie ausreichende Zustimmung erhalten hatten, führten sie eine kleine Abordnung zum Pfarrhaus. Dort stießen sie allerdings auf heftigen Widerstand.

Miss Treeves war ein harter Brocken und stellte sich eisern gegen das Anliegen. Niemals, so behauptete sie, habe sie so einen Unsinn gehört. Und sie würde nicht im Traum daran denken, zuzulassen, daß Arthur sich auf derartige Hirngespinste einließ. Und Tischrücken ... Also wirklich, das war doch der Gipfel. Wie konnten sie nur so dumm sein? Und was den Vorschlag betraf, daß Arthur nach Iverhurst gehen – nachts – und eine Teufelsaustreibung vornehmen solle ... Das war wohl die dämlichste Idee, von der sie je gehört hatte. Und wenn tatsächlich Lichter in der Kirche von Iverhurst gesehen wurden, dann war das Sache der Polizei.

»Sie verstehen nicht«, protestierte Norah Blaine. »Selbst wenn die Polizei das alles ernst nehmen würde – was sie natürlich nicht tut, weil dort nur Banausen beschäftigt sind –, könnte sie nichts gegen die bösen Geister unternehmen. Es ist eindeutig die Pflicht der Kirche einzuschreiten; so steht es hier drin.« Sie holte das Buch aus der Bibliothek aus der Tasche. Da sie Miss Treeves Sympathien nur zu gut kannte, brachte sie die Sprache vorsichtshalber nicht auf Miss Seeton.

Der Vikar hörte sich niedergeschlagen die aufgeregten Frauen an. Molly hatte natürlich recht. Wie immer. Das alles klang unglaublich und sehr weit hergeholt. Geister ... Um ehrlich zu sein, er wußte nicht das geringste über Geister. Und Exorzismus ... Selbstverständlich hatte er schon davon gehört. Ja, ja, natürlich; er hatte Bücher darüber gelesen, und in der Bibel wurde Teufelsaustreibung an vielen Stellen erwähnt. Aber soweit er sich erinnerte, war nirgendwo von dem Vorgang an sich die Rede. Es war anzunehmen, daß es da ein vorgeschriebenes Zeremoniell gab. Doch er wußte wirklich nicht, wie ... Aber andererseits standen hier hilfesuchende Schäfchen seiner Gemeinde vor ihm, und er war verantwortlich für ihr Wohlergehen und ihr Seelenheil. Und die Kirche von Iverhurst gehörte, auch wenn er sie nie benutzte, zu seiner Gemeinde. Aber trotzdem, er sah nicht, wie ... es war eine äußerst schwierige Situation.

Mrs. Blaine spürte seine Schwäche und startete die nächste Attacke, um sein Gewissen wachzurütteln. »Es ist glasklar, daß es Ihre Pflicht ist, Vikar. Sie sind der einzige, der uns retten kann. In solchen Fällen muß die Kirche immer einschreiten – sie segnet ja auch Spukhäuser und dergleichen. Geister und Gespenster hören nicht auf normale Menschen, aber wenn die Kirche befiehlt, müssen sie gehorchen. Das steht alles hier drin.« Sie wedelte mit dem

Buch durch die Luft. »Da heißt es: ›Böse Geister fliehen, wenn der Exorzist es ihnen befiehlt« – auf Seite vierundneunzig. Sie können die Dinge nicht einfach so lassen, wie sie sind, und tatenlos zusehen, wenn Fürchterliches geschieht.«

»Nein, das geht auf gar keinen Fall«, bekräftigte Miss Nuttel.

Arthur Treeves wirkte noch bedrückter. »Ich ... äh«, stammelte er.

»Arthur«, warnte seine Schwester.

»Die Sache ist die – ich weiß nichts über solche Dinge«, gestand er. »Ich weiß nicht, wie ein Exorzismus abläuft. Ich ... ich glaube, es gibt eine spezielle kirchliche Einrichtung, die sich mit solchen Vorkommnissen befaßt. Ich werde mich erkundigen müssen.«

»Es ist wirklich nicht nötig, Außenstehende einzubeziehen«, fand Miss Nuttel. »Damit verschwenden wir nur wertvolle Zeit.«

»Es steht alles haarklein hier drin.« Mrs. Blaine drückte ihm *Geister und Grenzgänger* in die Hand. »In Kapitel zwölf. Es ist ganz einfach. Sie halten eine Art Gottesdienst und versprühen Weihwasser, um den Ort zu weihen, dann machen Sie ein Kreuzzeichen und solche Sachen eben. Zum Schluß befehlen Sie den Geistern zu verschwinden und sagen ...«

»Hebt euch hinweg. Hinweg von hier«, ergänzte Miss Nuttel hilfsbereit.

Die Abordnung hatte gewonnen. Miss Treeves versuchte nachträglich, etwas Terrain zurückzugewinnen. Da sich Arthur schon zu diesem Unsinn bereit erklärt hatte, mußte sie wenigstens dafür sorgen, daß die Aktion bei Tage stattfand. Doch davon wollten die anderen nichts hören. In *Geister und Grenzgänger* stand ausdrücklich, daß der Exorzismus am wirksamsten war, wenn man ihn zu der Stunde abhielt, in der die Geister in Erscheinung traten. Vermutlich ging der Autor des Buches von der Annahme aus, daß die Geister die Botschaft nicht erhielten, wenn sie nicht anwesend waren.

Nachdem alles abgesprochen und beschlossen war, trat die Abordnung den Rückzug an. Sobald sie auf dem Weg waren, schwand ihre Begeisterung. Der harte Kern des Grüppchens entschied, daß der unentschlossene Vikar dringend Unterstützung brauchte; sie würden ihn begleiten und überprüfen, ob er auch alles richtig machte. Die Idee schlug ein wie eine Bombe, und die Neuigkeit verbreitete sich wie ein Lauffeuer im ganzen Dorf. Fast alle wollten dabeisein – so etwas durfte man einfach nicht verpassen. Das war mit Sicherheit besser als das Erntedankfest. Man sprach sich mit denen, die ein Auto besaßen, ab und entschied, wer mit wem fahren sollte; einige würden ihre Fahrräder benutzen, andere wollten frühzeitig aufbrechen und zu Fuß gehen. Thermoskannen wurden mit Tee gefüllt und Sandwiches belegt. Die Mütter der Kinder, die im Kirchenchor sangen, wurden instruiert, ihren Kleinen früh ein Abendessen zu machen und sie ins Bett zu schicken, damit man sie vor Mitternacht mit Kakao und süßen Brötchen – der Bäcker war restlos ausverkauft – wecken konnte. So waren die Kinder rechtzeitig an Ort und Stelle, um in entscheidendem Moment eine Hymne zu singen, die den Geistern eisige Schauer über den Rücken jagen sollte. Das Dorf freute sich auf das größte Ereignis seit Monaten. Selbst Sir George, den Molly Treeves informiert hatte, daß sich etwas zusammenbraute, beschloß, hinzugehen und dem Pfarrer den Rücken zu stärken. Und außerdem, wie Nigel so schön sagte, wenn schon so bescheuerte Dinge vor sich gingen, wieso sollten sie sich dann den Spaß entgehen lassen?

Foxon überlegte, ob er sich versetzen lassen konnte. Noch mehr von diesem Blödsinn, und er quittierte den Dienst. Er hatte die Nase voll. Erst diese Versammlung, und jetzt sollte er die arme alte Frau in einer kalten Septembernacht in eine verlassene Kirche zerren und sich dort einen Schnupfen holen, während er darauf wartete, daß sie »einen Eindruck« oder »eine Eingebung« bekam. Eine Lungenentzündung würde sie bekommen, nichts anderes. Ihm war es egal, ob Miss Seeton dafür bezahlt wurde oder nicht, sie hatten kein Recht, so was von ihr zu verlangen. Und sie beschwerte sich mit keinem Wort – sie schien zu denken, daß sie alles tun mußte, was man ihr sagte. Aber es war nicht richtig, wirklich nicht. Der alte Brinton sollte sich mal sein Gehirn untersuchen lassen. Die betagte Dame war – wie hieß das treffende Wort? – heldenhaft, das war's. Foxon kochte innerlich. Na, er hatte sein Bestes getan. Er hatte sich ihre Aufmachung für den nächtlichen Ausflug angesehen und befunden, daß es so nicht ging. Deshalb hatte er einen alten blauen Dufflecoat von Potters Frau ausgeliehen und darauf bestanden, daß Miss Seeton ihn anzog. Er war ihr viel zu groß, und wenn sie die Kapuze aufsetzte, war überhaupt nichts mehr von ihr zu sehen, aber wenigstens hielt er sie warm. Ihm war noch eingefallen, ein Lederpolster zu organisieren, damit sie es bequemer hatte. Aber ansonsten konnte er nicht viel tun, außer das Ganze so schnell wie möglich hinter sich bringen. Er hielt sich auf dem Pfad zum Kirchenportal ganz am Rand, um mit seiner Taschenlampe den Boden für seine Begleiterin zu beleuchten. Miss Seeton folgte ihm in dem viel zu langen blauen Mantel. Der Weg machte einen unerwarteten Knick, Foxon geriet auf den Grasrand, stieß mit dem Fuß an einen Grabstein, versuchte, sich mit einem wilden Tanz auf den Beinen zu halten, stolperte erst recht und schlug der Länge nach hin. Die Taschenlampe rutschte ihm aus der Hand und zerbrach klirrend auf einem Grabstein. Heroisch unterdrückte er seine Gefühle und die harschen Worte, die ihm auf der Zunge lagen. »Passen Sie auf, daß Sie diesmal nicht über Ihre eigenen Füße stolpern«, hatte der erste Befehl gelautet. Schön, dagegen hatte er verstoßen. Das nächste auf der Liste war: »Reißen Sie nicht gleich das ganze Gebäude ein.«

Miss Seeton war außer sich vor Sorge. »Oh, Sie Ärmster, haben Sie sich weh getan, Mr. Foxon?«

»Nein, kein bißchen«, log er. »Ich habe mir nur das Kreuz ein paarmal gebrochen. Schade um die Taschenlampe – jetzt werden wir wohl im Dunkeln auf allen vieren weiterkriechen müssen.«

Miss Seeton kramte unter ihrem dunkelblauen Mantel und öffnete ihre Handtasche. Wirklich – die Gewohnheit der Landbewohner war ausgesprochen zweckmäßig... Sie beförderte ihre kleine Taschenlampe zutage. Ein bleistiftdünner Lichtstrahl durchstach die Dunkelheit, und, auf diese Weise erleuchtet, setzten Foxon und Miss Seeton ihren Weg fort.

Als sie im Inneren der Kirche angelangt waren, stellte sich Miss Seetons Taschenlampe als weniger hilfreich heraus. Sie wies ihnen zwar den Weg zum Mittelgang und zeigte die Schnitzereien an den Bänken, aber sie warnte nicht vor morschen Bodenbrettern. Miss Seeton und Foxon tasteten sich vorwärts und stolperten einige Male, ehe sie die Mitte des Raumes erreicht hatten. Foxon probierte, ob die Bänke bequem genug waren. Sie bestanden den Test nicht. Die harte, viel zu schmale Sitzfläche, die gerade Lehne – nein, so etwas wurde schon nach kürzester Zeit zum Folterinstrument, und die alte Dame würde gar keine Eindrücke bekommen, sondern nur ein taubes Hinterteil. Er ließ Miss Seeton zurück, als er das Terrain weiter sondierte. Die Kanzel war unbrauchbar, da die Stufen verrottet waren. Auf dem Weg durchs Hauptschiff kam er am Chorstuhl vorbei und entdeckte in dem dünnen Lichtstrahl eine Lücke in dem Altargitter. Dahinter mußte der Hochaltar sein, der nützte ihnen nichts, deshalb wandte sich Foxon nach rechts. Er leuchtete nach oben und sah eine Messingstange – der Wandteppich war seitlich ein Stückchen heruntergerutscht –, die in einem bizarren Winkel an einer schief an der Wand lehnenden Säule hing. Offenbar war das Allerheiligste früher von diesen Wandteppichen eingerahmt gewesen, die so weltliche Dinge wie eine Tür, eine Reihe von Kleiderhaken und zwei Stühle verdeckt hatten. Einem dieser Stühle fehlte ein Bein, der andere war intakt und belastbar. Foxon holte Miss Seeton und fragte sie, wo sie sitzen wollte; an der Wand? Oder lieber in der Mitte? Miss Seeton war unsicher; sie wußte nicht, wo sie sich postieren sollte, und genausowenig wußte sie, was man eigentlich von ihr erwartete. Foxon erklärte ihr noch einmal, daß der Chief

Inspector sie bat, sich eine Weile hier aufzuhalten und die Atmosphäre der Kirche bei Nacht zu ergründen – einen Eindruck zu gewinnen. Miss Seeton war skeptisch. Es sei, so machte sie deutlich, in gewisser Weise ein wenig schwierig, einen exakten Eindruck von einer Kirche zu erhalten, die man nicht sehen konnte. Aber andererseits, wenn sie Glück hatten, kam der Mond heraus, dann könnte man natürlich das Gebäude als Ganzes in seinem Licht sehen. Daher wäre es in diesem Fall wohl klüger, ein wenig weiter vorn und seitlich zu sitzen, wo man einen besseren Überblick hatte – vorausgesetzt, sie hatten Glück.

Foxon holte den ganzen Stuhl, staubte ihn mit seinem Ärmel ab und stellte ihn hinter den herunterhängenden Wandteppich, weil er hoffte, daß hier der Luftzug nicht ganz so scharf und kalt war. Er legte das Lederpolster zurecht, und Miss Seeton nahm Platz. Dann suchte er ein wenig herum, fand das fehlende Bein des anderen Stuhls, und nachdem er es notdürftig in das eingestanzte Loch unter der Sitzfläche gepaßt hatte, klemmte er den Stuhl so in den Winkel zwischen Säule und Wand, daß er nicht umkippen konnte. Er setzte sich und übte sich in Geduld.

Der Tod und die Herz-Dame – und sehr bald. Miss Wicks zog die Wollstola fester um ihre Schultern. Wen konnten die Karten meinen? Es wäre töricht, sich zu ängstigen, weil Kartenlegen eigentlich nur die Abwandlung einer Patience war, aber dies war die sechste Konstellation dieser Art in Folge – die Botschaft war immer dieselbe. Das Pik-As lag jedesmal direkt neben der Herz-Dame. Und das Ereignis mußte bald eintreffen. Unheimlich. Sollte sie aufhören?

Die alte Lady sammelte die Karten ein und mischte sie neu. Sie war, wie so oft, allein. Die Leute gingen einer privaten Unterhaltung mit Miss Wicks wenn möglich aus dem Weg. Wie viele Menschen mit Sprachfehler schien sie unter dem Zwang zu stehen, sich ständig verbal äußern zu müssen, und der Strom von schneidenden Zischlauten, der durch ihre weit vorstehenden Zähne pfiff, übte offenbar eine hypnotische Wirkung auf andere aus. Auch wenn sie sich noch so sehr anstrengten, spürten diejenigen, die ihr zuhörten, unwillkürlich, wie ihre eigene Oberlippe zu zukken anfing und sich nach oben zog. Wenn sie Miss Wicks dann eine Antwort gaben, zischten und pfiffen sie fast ebenso heftig wie sie. Selbst wenn sie schwieg, gab Miss Wicks ein subtiles Geräusch von sich, das wie ein langgezogenes »Sssss« klang.

Vorsichtig und voller Sorge legte die alte Lady die Karten noch einmal aus. Die Kreuz-Dame. Das war eine Spur besser. Sie deckte mit neuem Mut die nächste Karte auf und schlug in ihrem Buch *Meister der Metaphysik in 30 Minuten* die Bedeutung nach. Die Karte für den Ort – hier stand es: Haus. Also die Kreuz-Dame in ihrem Haus. Die nächste Karte symbolisierte laut Buch das Gesetz. Die Kreuz-Dame hatte in ihrem Haus mit dem Gesetz zu tun? Dann konnte es sich nur um Miss Seeton handeln. Außer Miss Seeton stand niemand von Miss Wicks' Bekannten in Verbindung mit dem Gesetz – der Polizei. Wie aufregend! Sie nahm schnell die nächste Karte vom Stapel, warf einen verstohlenen Blick darauf und fing an zu zittern. Das Pik-As. Widerstrebend legte sie es auf den Tisch und brütete eine Weile über dieser Konstellation. Halt, da war etwas anders als bei der vorherigen. Das As war auf den Kopf gestellt. Dann symbolisierte es sicherlich auch etwas ganz anderes. Wieder konsultierte sie das Buch: Das umgekehrte Pik-As wies auf einen Unfall hin. Es sei denn … war es möglich, daß sie selbst es aus Versehen beim Aufdecken umgedreht hatte? In diesem Fall würde es den Tod bedeuten. Von bösen Vorahnungen gepeinigt, drehte sie die letzte Karte um, die Zeit-Karte. Das hieß … nein, sie mußte das Buch befragen. Das Buch antwortete: sofort, in diesem Augenblick.

Die alte Miss Wicks schob den Tisch weg und stand auf. Eine äußerst beunruhigende Situation – kein Mensch war da. Das ganze Dorf half bei der Teufelsaustreibung in Iverhurst. Und wenn Miss Seeton tatsächlich in ihrem eigenen Haus bedroht war und etwas passieren sollte, dann wäre sie verantwortlich dafür, weil sie nichts unternommen hatte.

Miss Seeton, eine gescheite und vernünftige Person, war sicherlich nicht zu dieser Exorzismus-Zeremonie gegangen, und es konnte kein Zweifel daran bestehen, daß sich seltsame Dinge auf ihrem Anwesen taten. Die Uhr auf dem Kaminsims schlug einmal. Viertel nach elf. Es war ziemlich spät für einen Besuch, aber ohne Telefon gab es keine andere Möglichkeit, sich Gewißheit zu verschaffen. Und falls alles in Ordnung war, würde die nette Miss Seeton sie ganz bestimmt nicht verspotten oder sich lustig über sie machen.

Während dieser Überlegungen knöpfte die alte Lady ihren falschen Nerzmantel zu, setzte ihren Gänseblümchen-Hut auf – ein selbstgestricktes Kunstwerk aus gelber und weißer Wolle, das an einen Kaffeewärmer mit Bommel erinnerte. Eigentlich ähnelte das Gebilde eher einer überdimensionalen Chrysantheme, aber für Miss Wicks war es ein Gänseblümchen, und sie war stolz darauf. Weil sie damit gerechnet hatte, daß die Wolle eingehen würde, hatte sie den Hut ein wenig zu groß gestrickt. Damit er ihr nicht verlorenging, legte sie zur Sicherheit einen Schal darüber und band ihn unter dem Kinn fest. Sie zog ihre Handschuhe an, nahm ihre Tasche und versperrte die Haustür von außen, dann trat sie – eine watschelnde Gestalt, von der man unter dem Mantel nicht mehr sah als ein paar Zentimeter streichholzdünner Beine und Schuhe, deren eindrucksvolle Spitzen nach außen deuteten – mit der Taschenlampe in der einen, ihrem Spazierstock in der anderen Hand ihre Expedition zum etwa dreißig Meter entfernten Straßenende an.

Bei ihrer Ankunft vor Sweetbriars lag Miss Seetons Cottage vollkommen im Dunkeln, die Vordertür stand einen Spalt offen. Miss Wicks spürte, wie ihr ein Angstschauer über den Rücken lief. Sie wich zurück und sah sich nach Hilfe um. In keinem der anderen Häuser brannte Licht, und alles war still – jetzt fiel es ihr wieder ein, sie waren ja alle nach Iverhurst gegangen. Ängstlich stieß sie die Tür ein Stück weiter auf und leuchtete mit der Taschenlampe in den Flur. Er war leer; kein Laut, kein Anzeichen von irgend jemandem. Sie schlich weiter und trat über die Schwelle zur Rechten in Miss Seetons Wohnzimmer, ließ den Lichtstrahl über die Wände wandern, fand den Lichtschalter und streckte die Hand danach aus, doch plötzlich flammte eine viel stärkere Lampe als ihre hinter ihr auf. Sie schnappte erschrocken nach Luft und wollte sich umdrehen, als ein Zischen in der Luft ertönte und sie ein Schlag auf den Kopf ins Reich der Finsternis beförderte.

Kapitel 11

Ted, unkenntlich in seiner Motorradkluft, schob seine Maschine von der Straße zwischen die Dünen und stellte sie hinter ein paar Büschen ab. Seine starke Taschenlampe wies ihm den Weg durch die geparkten Autos. Sah aus, als ob schon fast alle hier wären. Er verzog ärgerlich den Mund. Weshalb pfuschten N. und Duke überhaupt noch mit diesem Hexen- und Teufelskram herum? Sie machten doch genug Kohle mit Nuscience, oder nicht? Und dieser neue Quatsch, daß der Satan aus der Höhle aufsteigen sollte – total übergeschnappt. Wenn sie nicht wollten, daß Autos in der Nähe der Kirche abgestellt wurden, wieso benutzten sie dann das baufällige Ding überhaupt? »Fahrt eine oder zwei Meilen weiter und kommt zu Fuß durch den Wald zurück.« Alles Blödsinn, aber Duke liebte diese Vorstellungen in der Kirche, wenn eine verfügbar war; er meinte, das würde der Zeremonie das gewisse Etwas geben. Wenn er nicht aufpaßte, machte ihm dieser Spleen noch mal den Garaus. Und der geheime Ort der Nuscientisten war auch zum Teufel, wenn halb Kent durch den Tunnel und wieder zurück trampelte. Und, dachte Ted bitter, das bedeutete noch mehr Arbeit. Sie hatten überall schwarze Tücher aufgehängt, damit die Hexen und Hexenmeister nichts sahen, was nicht für ihre Augen bestimmt war. Nuscience an sich war eine korrekte Sache: Ködere die Trottel und nimm sie nach Strich und Faden aus, dann erzählst du den reichsten Idioten vom geheimen Ort, schnappst dir ihr Zeug und haust ab. Aber Teufelsanbetung? Nein. Wenn man sich auf diese eigenartigen Mächte einläßt und mit ihnen Schindluder treibt, dann könnten sie eines Tages noch eigenartiger werden, als man es für möglich gehalten hätte. Unwillkürlich zog er die Schultern zusammen. Irgendwie hatte er das Gefühl, daß Ärger in der Luft lag.

Man brauchte sich nur diesen alten versoffenen Hilary Evelyn anzusehen – der glaubt schon fast selbst an den Schwachsinn, den er bei diesen Versammlungen herunterleiert. Wenn sie ihn noch länger den Satan spielen lassen, dann wachsen ihm wirklich bald Hörner – und ein Schwanz. Ted zwängte sich durchs Gestrüpp zu der Stelle, wo man den Felsbrocken vom Zugang zu dem Tunnel weggerollt hatte.

In dem kleineren Keller unter dem Altar zog Ted den schwarzen Stoff ein Stück zur Seite. Ein Licht brannte, und James und ein anderer Majordomus knieten auf dem Boden und würfelten, während Hilary Evelyn in schwarzem Gewand auf und ab stolzierte und die Worte, die er von einem Papier ablas, deklamierte: *»Deum nostrum hoc ad...«* Er war nur zum Teil bei der Sache, als er die lateinischen Sprüche rückwärts wiederholte, der andere Teil konzentrierte sich auf seine Macht. Indem man die Macht von oben verspottete, strömte einem mehr Macht von unten zu. Welche Macht war stärker? Konnten die finsteren Mächte die reinen, guten verleugnen und besiegen? Er zupfte nervös an seinem Gewand und tastete seine Seite ab, aber als er seine Jacke ausgezogen hatte, hatte er auch die Brandyflasche mit abgelegt. Die Antwort auf spirituelle Fragen waren für ihn Spirituosen.

Ted kauerte sich zu den anderen. James sah ihn an. »Alles okay?«

»Okay.« Ted zog den Reißverschluß seiner Jacke auf und beförderte ein zusammengefaltetes Blatt Papier und einen schweren, mit Leder bezogenen Schlagstock zutage. Er reichte James das Papier. »Das ist das Bild von der Kirche, das Duke wollte; gib's ihm nachher.«

James nahm das Bild an sich. »Keine Probleme?«

»Nein. Ein gottverlassenes Nest, nirgendwo brannte Licht, alle waren schon im Bett. Das heißt, alle, bis auf die alte Nebelkrähe – sie war weg und kam heim, als ich im Haus war.« Ted grinste. »Ich hab' ihr eins auf die Birne gegeben, als sie das Licht anmachen wollte.« Er fuchtelte mit dem Schlagstock durch die Luft. »Wird 'ne schöne Beule geben. Sie hatte nur einen Schal um den Kopf gewickelt. Ich hab' sie so hart erwischt, daß sie sich, falls sie überhaupt wieder zu sich kommt, ein oder zwei Monate um gar nichts mehr kümmert.« Er deutete mit dem Daumen nach oben. »Alle da?«

James nickte. Evelyn blieb stehen und starrte auf sie und die Würfel hinunter.

»Sie haben meine Kleider unter sich aufgeteilt und noch mehr Kleider daraus gemacht.«

Der dritte junge Mann hockte sich auf die Fersen. »Was ist denn in dich gefahren, Opa?«

Der Schauspieler wandte sich schnaubend ab. »Bah, ignorante Schnösel. Ihr wißt nicht, über was ihr euch lustig macht.«

James stand auf. »Ich weiß nur eines: Es wird Zeit, daß wir dich da hinaufschicken. Komm.« Er hob die Ziegenkopfmaske auf und warf sie Hilary zu. »Zieh dir dein Gesicht an und stell dich auf die Plattform.«

Ted zerrte eine Kiste unter die Falltür und stieg drauf, um den Riegel zurückzuziehen. Der andere junge Mann stellte sich an die Winde für den Flaschenzug. Er grinste die schwarzgewandete Gestalt mit dem Ziegenkopf spöttisch an.

»Ist mir ein Vergnügen, dich jeder Zeit hochzuschießen, Opa. Macht gar keine Mühe.«

Ich muß schon sagen! Polizeiarbeit. Sehr sonderbar. Sie hatte natürlich gewußt, daß Polizisten sehr viel Geduld brauchten, aber bis jetzt war ihr nicht bewußt gewesen, wieviel Zeit sie mit Warten zubrachten. Und an so eigentümlichen Orten. Miss Seeton strengte ihre Augen an, um die beinahe pechschwarze Finsternis in der Kirche zu durchdringen. Sie hatte so gehofft, daß sie alles, was auch immer man von ihr verlangte, zur Zufriedenheit ihrer Auftraggeber erledigen könnte, aber, um ehrlich zu sein, ihr war immer noch nicht klar – na ja, nicht vollständig klar –, was man von ihr erwartete. Zugegeben, dieser nette Mr. Foxon – ein ausnehmend sympathischer junger Mann – hatte ihr alles noch einmal erklärt, aber selbst er schien nicht in vollem Umfang zu begreifen, daß man sich bei Dunkelheit unmöglich einen Eindruck verschaffen und schon gar keine Zeichnung von einer Kirche anfertigen kann, die man nie gesehen hatte. Und obwohl dieser Mantel, den Mr. Foxon umsichtigerweise für sie geborgt hatte, sehr komfortabel war, bedeckte er trotz seiner Größe nicht ihre Knöchel. Dieser kalte Luftzug! Miss Seeton zog verstohlen ihre Beine unter den blauen Wollstoff. Wenn sie schon hier herumsitzen mußte, konnte sie die Zeit auch nutzen. Sie legte ihren rechten Fuß auf den linken Schenkel, dann faßte sie nach unten, ergriff ihren linken Fuß und plazierte ihn auf dem rechten Schenkel. So. Das war schon besser. Wirklich außerordentlich. Als sie zum erstenmal in *Jeden Tag jünger mit Yoga* eine Fotografie von einem Gentleman im Lotussitz gesehen hatte, wäre ihr nie in den Sinn gekommen, daß sie selbst einmal so beweglich sein würde. Aber inzwischen fand sie diese Position äußerst bequem. Und unter diesen Umständen, natürlich, konnte sie sich gleichzeitig die Füße wärmen. Miss Seeton stieß den Atem aus, zog die Bauchmuskeln zusammen und atmete langsam ein: Bis fünf zählen, das Zwerchfell und die Brust weiten, dann die Schultern anheben und den ganzen Oberkörper ausdehnen. Bei dem Manöver neigte sie den Kopf zurück, und die Kapuze rutschte ihr bis zu den Augenbrauen. War da nicht...? Ja, ganz sicher, da war ein Licht im Kirchenschiff. Miss Seeton spähte unter ihrer Kapuze hervor und sah ganz deutlich ein Licht durch den Wandteppich schimmern. Es war so gelb. Gar nicht wie Mondlicht. Vielleicht lag das an den Buntglasscheiben. Und, wenn man seine Einbildungskraft bemühte, könnte man fast eine Bewegung, ein Flüstern erahnen.

Auf die Andächtigen, die durch die Krypta heraufkamen und leise ihre Plätze rechts und links des Mittelgangs einnahmen, übte Dukes neuer Einfall eine wahrlich magische Wirkung aus. Sie saßen im Schein von vier flackernden schwarzen Kerzen auf den Bänken und starrten gebannt auf den trüben, unheimlichen Lichtschimmer vor dem

Altar, wahrend sich der Fürst der Unterwelt langsam aus den Tiefen erhob. Betört von ihrer eigenen Leichtgläubigkeit sanken einige ehrfürchtig auf die Knie. Sie beobachteten, wie das Licht verblaßte und das schemenhafte Objekt ihrer Verehrung sich umdrehte und die Altarstufen hinaufstieg. Eine Flamme wurde entzündet, und gegen das Licht einer schwarzen Kerze, die auf dem Altar stand, zeichnete sich die Silhouette der Gestalt deutlicher ab. Groß, dunkel, die bedrohlichen, gebogenen Hörner, die aus dem zottigen Kopf ragten... der Satan gebärdete sich majestätisch.

Miss Seeton nahm eindeutig eine Bewegung zu ihrer Linken wahr, dann ein schwaches Klicken, ein Flackern und noch mehr Licht in ihrem Rücken. Sie versuchte, sich trotz der hinderlichen Kapuze umzudrehen. Mit einem Auge sah sie... Grundgütiger Himmel. Ein Gentleman in Maskierung zündete eine Kerze auf dem Altar an.

Vor dem umgekehrten glänzenden Messingkreuz warf Seine satanische Majestät die Arme hoch und machte unvermittelt einen Satz zurück.

Das Polizeirevier in Ashford war chronisch unterbesetzt, und Foxon hatte in den letzten drei Nächten fast bis in die Morgenstunden Dienst gehabt. Jetzt hatte er sich auf dem dreibeinigen, notdürftig reparierten Stuhl in seinen Mantel gekuschelt – sein Geist war zwar willig gewesen, aber das Fleisch hatte ihn im Stich gelassen. Er schreckte aus süßem Schlaf und erfaßte mit einem Blick, daß sich die Szene verändert hatte. Wo vorher alles stockfinster gewesen war, brannte jetzt eine Kerze. Über dem Stuhl, auf dem Miss Seeton gesessen hatte, schwebte ein Kobold mit Kapuze in der Luft, und dahinter stand ein Ziegenbock in schwarzem Gewand, den der Kobold offenbar so sehr erschreckte, daß er entsetzt die menschlichen Hände hochriß. War das ein Traum? Ein Traum, in dem sich diese Nuscience-Versammlung mit der dunklen Kirche zu einem Geflecht verwoben hatte? Wo war er? Und vor allem: Wo war sie? Er sollte sie beschützen... Seine Pflicht war es... er wollte aufspringen. Es blieb beim Wollen. Das lockere Stuhlbein war nicht geeignet, ruckhafte Erschütterungen auszuhalten, und knickte ein. Foxon kippte nach vorn und streckte die Arme aus, um sich abzufangen. Dabei erwischte er versehentlich den Wandteppich.

Der in trägen Pantomimen agierende König der Dämonen hielt auf den Stufen zum Altar inne – Evelyn spürte, daß er die Gläubigen in seinen Bann gezogen hatte. Mit perfektem Timing schritt er auf den Altar zu und streckte mit einer königlichen Geste die Hand aus. Eine Kerze flammte auf und illuminierte seine glänzende Vorstellung ... und die Szene eines vorgetäuschten Menschenopfers. Auf dem Altar lag eine kleine Puppe – ein Mädchen: Der türkisfarbene Umhang war unter der Puppe ausgebreitet, das laubgrüne Kleid hatte man vorne aufgeschlitzt, so daß der Körper bloßlag. Auf der Brust leuchtete ein umgekehrtes Kreuz in Rot, und der Kopf, umgeben von einem schimmernden rotgoldenen Haarkranz, war zurückgerollt – die Kehle der Puppe war durchschnitten. Der dämonische Satan blieb stehen, warf den Ziegenkopf zurück und stieß ein erstickten Meckern aus. Zum erstenmal in seiner gesamten Bühnenlaufbahn spielte Hilary Evelyn eine Szene, die nicht im Rollenbuch stand und daher nicht geprobt war. Er hob die Hände, um eine böse Erscheinung abzuwehren – wie Macbeth vor Banquos Geist –, er wich voller Entsetzen über die Altarstufen zurück, und gerade in diesem Augenblick fiel der staubige Wandteppich mit einem Seufzen zu Boden. Der Satan sah erschrocken auf. Über ihm in einer vom Licht vergoldeten Staubwolke schwebte eine Gestalt mit gekreuzten Beinen und Kapuze. In seinem abergläubischen, vom Alkohol benebelten Geist wirbelte alles durcheinander: alles, was er kürzlich über Mythologie gelesen hatte, Gestalten verschiedener Religionen und die Rollen, die er in seinem Schauspielerdasein studiert hatte. Erschien ihm Pan, oder war es Puck? Puck – Pan? Beide begannen mit einem P, und beide hatten in ihrer Zeit die Schallmauer durchbrochen.

»Pan!« kreischte er durch die Ziegenmaske. »Pan – der große, erhabene Gott Pan.« Unterwürfig beugte er den

Kopf und schlug ihn sich dabei so heftig auf einer der oberen Stufen an, daß ihm hinter seiner Maske ganz mulmig zumute wurde.

»Pan.« – »Es ist Pan.« – »Der Gott.« – »Pan persönlich.« Die Gemeinde griff den Schrei auf, einige warfen sich überwältigt auf den Boden, andere, die ängstlicheren Naturen, wichen zurück.

Foxon erkannte an den Geräuschen, daß ihm die Gegner zahlenmäßig weit überlegen waren, und sann fieberhaft nach einer Möglichkeit, wie er sich und Miss Seeton, die er auf so sträfliche Weise den Blicken aller preisgegeben hatte, aus dieser prekären Situation befreien konnte. Für den Moment waren die Teufelsanbeter vor atemloser Ehrfurcht wie erstarrt, also blieb er erst mal hinter der Säule hocken. Aber sobald sie die alte Dame in der verhüllten Gestalt erkannten, würde sich die empörte Menge auf sie stürzen und sie lynchen; auf keinen Fall würden sie es wagen, sie ungeschoren davonkommen zu lassen. Foxon war bereit, sein Leben zu geben, um sie zu verteidigen, aber konnte ein einzelner Mann sie vor diesen Wahnsinnigen retten? Jag ihnen noch mehr Angst ein, altes Mädchen, beschwor er Miss Seeton im stillen. Sag etwas – irgend etwas Magisches, flehte er. Etwas, was sie so erschreckt, daß sie die Beine in die Hand nehmen und sich aus dem Staub machen. Sein Gebet wurde erhört. Die Kapuze hob sich.

»Pan ho megas tethnéke«, bemerkte Miss Seeton. Also, das waren ungewöhnliche Worte, wirklich – wie war sie nur darauf gekommen? Verwirrt wiederholte sie: *»Pan ho megas tethnéke.«* Oh, natürlich. Jetzt erinnerte sie sich. Die Stimme aus dem Osten im Traum der Gemahlin von Pilatus. Das war wie bei den Spielen in der Schule, in denen die Kinder Wörter assoziieren mußten. Sie wußte nicht einmal, was dieser Satz bedeutete – er war lateinisch oder vielleicht hebräisch –, aber sie erinnerte sich, daß die Stimme aus dem Osten genau das gesagt hatte. Und die Frau von Pontius Pilatus hatte sich ungeheuerlich darüber aufgeregt.

Genau wie die Teufelsanbeter. Die in der Luft verharrende Gottheit hatte ihren Namen preisgegeben und in einer fremden Sprache zu ihnen gesprochen! Ein Wunder! Ungeheuerlich!

Miss Seeton spähte angestrengt in die schwach beleuchtete Kirche. Die Ladys, die dort saßen, trugen Masken, und all die Herren waren verkleidet – als Tiere. Also darauf hatten sie die ganze Zeit gewartet. Nein, nein, Mr. Foxon hatte kein Wort über eine Maskerade verlauten lassen. Wie unpassend... und falls sie tatsächlich nach ihrem Eindruck gefragt werden sollte... nun, eine derartige Versammlung in einer Kirche, das war, um ehrlich zu sein, schon ein wenig ungehobelt und primitiv. Und hier so vor diesen maskierten Leuten zu sitzen... ein ausgesprochen peinliches, unangenehmes Erlebnis. Sie machte sich bereit aufzustehen und entwirrte ihre verschlungenen Beine, dabei plusterte sich ihr weiter dunkelblauer Mantel an den Seiten auf.

Aus der Ferne drang eine rhythmische Lautenfolge bis ins Innere der Kirche. Das Geräusch wurde allmählich immer lauter – es waren Stimmen, die eine Art Kampfparole skandierten.

Vor den weitaufgerissenen Augen der Satansgläubigen blähte sich der Umhang der Gottheit auf, als sie sich sammelte, um sich rachsüchtig auf sie zu stürzen. Eine Frau stieß einen schrillen Schrei aus und flüchtete zum Portal. Der große Pan war angerufen worden, und obwohl Miss Seeton – in schlecht ausgesprochenem Griechisch – zweimal versichert hatte: »Der große Pan ist tot«, erhob sich der Gott aus der Antike, um dem Anruf der Normalsterblichen zu folgen, und löste Panik aus. Die kreischende Frau erreichte die Tür, riß sie auf und rannte in die finstere Nacht. Der rhythmische Singsang wurde deutlicher; die Worte waren klar zu verstehen, und die Sänger kamen immer näher.

»Christliche Soldaten,
ziehen in den Krieg...«

Die Teufelsanbeter waren gefangen zwischen der Bedrohung aus dem Jenseits und den anrückenden Truppen –

das so geschickt inszenierte Teufelsritual endete in einem Tumult, als alle gleichzeitig die Flucht ergriffen. Die verängstigten Hexen und Hexenmeister drängten durch das Portal und liefen wie aufgescheuchte Hühner in Richtung Wald. Zusätzlich zu Miss Seetons ungewolltem Auftritt hatte Basil Trenthornes Idee, die Puppe zu präparieren und auf den Opferaltar zu legen, um den Meister ein wenig zu erschrecken, eine größere Wirkung ausgeübt, als Basil voraussehen konnte. Der alte Ziegenbock raffte die Röcke, so daß seine Hosenbeine sichtbar waren. Er vergaß seine majestätische Würde und rannte mit langen Sätzen hinter seinen ehemaligen Anbetern her.

»... rücken vor ...«

Der Vikar hat die Führung übernommen, Miss Treeves hielt mit ihm Schritt, und hinter ihnen marschierte Mr. Welsted, der Textilhändler und Chorleiter, gefolgt von den Mitgliedern des Kirchenchors in Soutanen und Chorhemden. Die nächste Abteilung bildeten einige Dorfbewohner, während Mrs. Blaine, Miss Nuttle und ihre Abordnung, jetzt, da der kritische Augenblick nahte, dem Vikar umsichtigerweise lieber den Rücken deckten. Alle rissen die Münder auf, um den Sprechchor zu unterstützen, und hielten die Blicke gesenkt, aus Angst, sie könnten sonst über ein Hindernis stolpern. Noch hatten sie die Wegbiegung, die Foxon zum Verhängnis geworden war, nicht erreicht, aber sie konnten die Kirche von der Seite sehen – und die Fenster ...

»Joe, schau, Joe! Da ist Licht, oder?«

Ein bebendes Raunen ging durch die Reihen der tapferen christlichen Krieger. Sie blieben schwankend stehen und verstummten. Nach einer Weile erholten sie sich von dem Schock. Schließlich waren sie ja hier, um die Gespenster und bösen Geister aus der Kirche von Iverhurst zu vertreiben, und sie waren nicht allein, Gemeinsamkeit macht stark! Der Chor stimmte sein Lied wieder an und war lauter als zuvor. Die älteren Herrschaften, ermutigt durch die entschlossenen Kinderstimmen, folgten bereitwillig ihrem Anführer.

»Das Kreuz«, brüllten sie, »schlägt die Legionen des Satans in die Flucht.«

»Verflucht, seht euch das an – sie laufen tatsächlich davon.«

Das schrille, aufgeregte Stimmchen des Chorjungen brachte alle anderen zum Schweigen, und die Dorfbewohner beobachteten fassungslos, wie in dem gelben flackernden Licht auf den Stufen vor der Kirche – was? – Menschen oder Wesen sichtbar wurden, sich hastig bewegten und in den Wald rannten. Und nur einen atemlosen Moment später huschte eine Ziege in Menschengestalt mit gerafftem schwarzen Gewand über die Treppe und hetzte der wilden Horde nach. Einige der mutigeren Dorfbewohner sprinteten los, um die Jagd aufzunehmen.

»Halt!« bellte Sir George. Er konnte nicht zulassen, daß ungeübte Truppen den Feind auf unbekanntem Gelände verfolgten.

Die Draufgänger blieben beschämt, aber auch erleichtert stehen. Nicht so die Hunde. Der hündische Verstand setzt alles, was davonläuft, mit Spaß und Spiel gleich. Wie ein Mann brachen die Dorfhunde durch die Reihen. Diejenigen, die angeleint waren, rissen sich los. Mutter Dawkins' Pekinese führte die Meute an. All das Flehen »Dozey, komm zurück« und die Befehle »Platz, Harro – sitz!« nützten nichts. Kläffend und jaulend stürmten die Hunde in den Wald.

Das Kreischen der Frau hatte die jungen Männer in der unterirdischen Höhle alarmiert, und die anschließenden tumultartigen Geräusche verhießen nichts Gutes. James und Ted ließen ihren Kumpel an der Winde allein, hasteten durch die Krypta und linsten vorsichtig durch den Türspalt. Die Kirchenbänke waren leer, aber die vier Kerzen brannten noch. Sie wagten sich noch ein paar Schritte vor und sahen im Altarraum vor der Flamme einer einzelnen Kerze die Umrisse einer schwarzen Gestalt in Mönchskutte. Teds Kopfhaut kribbelte. Er hatte es gewußt: die anderen

Mächte. James knipste seine Taschenlampe an. Die Kutte lüftete sich, und Miss Seeton lächelte ihn verlegen und unsicher an. Das *konnte* nicht sein – er hatte ihr doch eins auf die Rübe gegeben. Ein Gespenst. Teds Magen fing an zu flattern. James, der sich weniger leicht ins Bockshorn jagen ließ und praktischer veranlagt war, spitzte die Ohren. Die Schreie der fliehenden Teufelsanbeter und die Stimmen der christlichen Soldaten, die über ihre nächsten Schritte debattierten, lenkten seine Aufmerksamkeit auf das offenstehende Portal. Er flitzte los und verriegelte den Zugang, dann kam er zurück, packte Ted und schüttelte ihn.

»Schnapp sie dir«, flüsterte er. »Schnell. Da draußen sind eine Menge Leute. Ich fahre die Plattform runter und verschließe die Krypta. Komm nach unten, so schnell du kannst.«

Ted gewann allmählich die Fassung wieder. Es konnte sich nur um eine Verwechslung gehandelt haben. Er schlang den Strick seines Schlagstocks fester um sein Handgelenk. Diesmal würde er es richtig machen, dachte er und bog den Schlagstock in den Händen, dann wirbelte er herum. Die Kerze brannte noch, aber die dunkle Gestalt in der Kutte war verschwunden.

Foxon, der heilfroh über die Flucht seiner potentiellen Gegner war und den Gesang vor der Kirche freudig begrüßte, entschied, daß es Zeit zum Aufbruch war. Er wollte zur Tat schreiten, doch gerade in diesem Augenblick krochen die beiden Figuren aus dem Schatten. Der Strahl der Taschenlampe auf Miss Seetons Gesicht und die Tatsache, daß eine dieser Figuren die Tür verriegelte, bekräftigten ihn in seinem Entschluß. Er packte Miss Seetons Arm, zwängte sie durch die Tür in der Wand hinter ihm und benutzte ihre kleine Lampe, um nach einem Weg nach draußen zu suchen. Es gab keinen. Ein kleiner, quadratischer Turm. Vor ihm eine riesige Glocke auf dem Boden, daneben eine kleine – wie Mutter und Kind. Neben der kleineren Glocke stand eine Leiter. Er richtete den Lichtschein nach oben: Die Leiter verschwand in der Dunkelheit, die der dünne Lichtstrahl nicht durchdringen konnte. Der ehemalige Glockenturm. Hier unten war gerade genug Platz für die Glocken – das war weder ein geeignetes Versteck noch ein Ort, an dem sie sich im Ernstfall ausreichend verteidigen konnten. Wo könnte er...? Er schob Miss Seeton zu der Leiter.

»Können Sie da hinaufklettern?« flüsterte er.

Erst in der Dunkelheit im kalten Luftzug sitzen, dann all diese eigenartigen Menschen in ihren Kostümierungen, und jetzt auch noch eine Leiter hinaufklettern? »Aber warum, Mr. Foxon?« erkundigte sie sich sachlich. »Ich bin sicher, wir haben genug gesehen.«

»Zuviel«, versetzte er grimmig. »Wir hatten den Verdacht, daß etwas wie das hier vor sich ginge, hätten aber nie damit gerechnet, daß sie wiederkommen. Deshalb wollten wir Sie hier haben, nur für den Fall, daß Sie eine Reaktion zeigen, die uns Hinweise auf frühere Vorgänge geben könnte.«

»Eine Reaktion?« wiederholte Miss Seeton verwirrt. »Ich? Aber wie könnte ich...?«

»Das erkläre ich Ihnen später – jetzt ist dafür keine Zeit. Diese zwei Männer, die vorhin in der Kirche waren, werden uns hier finden, und sie werden uns ganz sicher nicht mit heiler Haut von hier weglassen; das können sie nicht riskieren, weil sie nicht wissen, wieviel wir erfahren und gesehen haben. So ein verdammtes Pech, daß sie ausgerechnet heute nacht diese Messe feiern wollten. Die Leute, die da draußen singen«, setzte er hastig hinzu, als sie etwas einwerfen wollte. »Ich weiß nicht, wer sie sind, aber sie müssen von der Konkurrenz kommen, weil sie christliche Lieder singen. Vielleicht stürmen sie die Kirche, aber wir können uns nicht darauf verlassen, und es hätte keinen Zweck, um Hilfe zu schreien – sie würden uns nicht hören.« Er legte eine Hand auf die Leiter. »Wenn sie die bis hinauf schaffen, müßten Sie auf eine Plattform kommen, wo früher die Glocken gehangen haben, dann sind da Schallbretter – so etwas wie hölzerne Jalousien, vielleicht auch offene Luken – in jeder Außenmauer. Sie könnten sich da hinauslehnen und die Leute auf sich aufmerksam machen – das ist unsere einzige Chance. Ich bleibe hier und kümmere mich um die beiden Kerle, aber ich kann mich nicht auf einen Kampf einlassen, solange Sie in Reichweite sind.«

»Ich weiß nicht so recht.« Miss Seeton schob die Kapuze zurück und versuchte, ihren Hut zurechtzurücken. »Ich kann mich nicht erinnern, jemals eine Leiter hinaufgestiegen zu sein.« Sie hängte sich die Handtasche über den einen Arm, den Regenschirm über den anderen und stellte sich auf die erste Sprosse. Sie trat wieder herunter, befreite ihren Fuß, der sich im Mantel verhakt hatte, dann versuchte sie es noch einmal und hielt dabei den schweren Stoff hoch, so gut es ging.

Foxon faßte nach ihrem Arm. »Braves Mädchen«, flüsterte er. »Und viel Glück. Ich fürchte, Sie können ihre Taschenlampe nicht benutzen, sonst sehen die, was Sie vorhaben.« Er huschte zur Seite, machte die kleine Taschenlampe aus, steckte sie in die Tasche und kauerte sich neben die Tür.

Als Ted hereinstürmte, stand er für einen Augenblick im Licht. Foxon sprang ihn an. Ted, der den Altarraum abgesucht und die einzige Tür von innen verschlossen vorgefunden hatte, war auf diesen Angriff gefaßt. Er drehte sich im Fallen auf den Rücken, und die beiden jungen Männer rangen schweigend miteinander. Ted krallte seine Hand in Foxons Haar, drückte mit dem Daumen auf sein Auge. Ein glücklicher Treffer auf Teds geschundene Nase rettete Foxon das Augenlicht. Der Schmerz war so groß, daß Ted unfreiwillig seinen Griff lockerte. Foxon sprang auf – das war sein Verhängnis. Sein Fuß rutschte vom schrägen Seitenrand der Glocke ab, er knallte mit dem Kopf auf das Eisen und blieb halb betäubt liegen. Ted tastete um sich, fand das Gesicht seines Angreifers, holte mit der anderen Hand, die den Schlagstock festhielt, aus und schlug zu. Dann rappelte er sich auf und schaltete seine Taschenlampe an. Er leuchtete den kleinen Raum ab, entdeckte die Leiter. Er richtete die Taschenlampe nach oben, und da – etwa sechs Meter über ihm hing Miss Seeton wie eine Fledermaus an den Sprossen. Er steckte die brennende Taschenlampe in seine Brusttasche, sprang auf die erste Sprosse und machte sich an die Verfolgung.

Kapitel 12

Sergeant Ranger hatte ein ungutes Gefühl. Beim Abendessen mit seinen Schwiegereltern in spe hatte er von der neuesten Marotte der Dorfbewohner erfahren, von der Teufelsaustreibung in der Kirche von Iverhurst. Nach dem Essen hatte er sich deswegen telefonisch mit dem Revier in Ashford in Verbindung gesetzt. Brinton war zu Hause, und der diensthabende Inspector sah keinen Grund, seinen Boß abends zu stören. Ohnehin, erklärte er, könne Miss Seeton gar kein Leid geschehen. Foxon sei bei ihr, um auf sie aufzupassen. Nach all dem Theater, das die Polizei bei der Suche nach Spuren in den Feuerresten auf dem Kirchhof von Iverhurst gemacht habe, würde sich jeder, der dort sein Unwesen getrieben hatte, bestimmt für eine Weile fernhalten. Und wenn Miss Seeton und Foxon dem Kreuzzug aus dem Dorf begegneten, was sollte da schon Schlimmes passieren? Der Sergeant mußte eingestehen, daß das alles ganz logisch klang, aber der Inspector kannte Miss Seeton nicht. Sie war imstande, einen ganzen Hornissenschwarm aus einem ihrer verrückten Hüte zu zaubern, wenn sie nur ein einziges Mal ihren Regenschirm schwang. Die ganze Idee war sowieso total irrsinnig. Miss Seeton nachts in eine Kirche zu setzen – mit oder ohne Foxon –, so was konnte nur in einem heillosen Durcheinander enden. Das Orakel hätte ein solches Vorhaben von Anfang an strikt untersagen sollen.

Bob verabschiedete sich widerstrebend um halb zwölf von Anne und machte sich auf den Weg zum George and Dragon. Das Dorf kam ihm düsterer als sonst vor – kein Licht war zu sehen, kein Laut war zu hören. Vor Sweetbriars blieb er, noch immer beunruhigt, stehen. Einer Eingebung folgend stieß er das Gartentor auf und ging auf das Cottage zu. Die Tür stand auf. Bob nahm all seinen Mut zusammen, machte Licht im Flur, sah sich kurz um und steuerte das Wohnzimmer an. Er wäre beinahe über das Bündel auf dem Boden gefallen. Tante Em. Er kniete sich nieder, drehte sie sanft um – und seufzte vor Erleichterung. Es war dieses komische alte Mädchen, das so schrecklich lispelte – wie hieß sie noch? Miss Hicks? Irgendwie so. Jedenfalls fühlte er einen Pulsschlag, und sie atmete noch. Er zog seinen Mantel aus und deckte sie damit zu, dann durchquerte er das Zimmer, nahm den Telefonhörer ab und rief Dr. Knight an, der sofort aufbrach. Danach machte Bob Meldung im Polizeirevier in Ashford und erzählte, daß der Inhalt der Schreibtischschubladen auf dem Boden im Wohnzimmer verstreut war. Der Diensthabende versprach, einen Streifenwagen zu schicken, und erklärte sich endlich bereit, auch einen nach Iverhurst auf den Weg zu bringen – nur für alle Fälle.

Als Dr. Knight ankam, entfernte er erst einmal den Schal und den Gänseblümchenhut vom Kopf seiner Patientin, dann untersuchte er ihren Schädel. Nein, urteilte er, das sei keine ernsthafte Verletzung, aber er wollte sie trotzdem zur Beobachtung in seine Pflegestation bringen. Er deutete auf den Bommel an Miss Wicks Hut – wenn der nicht gewesen wäre, meinte er, hätte er sie wohl ins Leichenschauhaus transportieren müssen. Bob hob Miss Wicks behutsam hoch, um sie hinauszutragen. Ihre Lider flatterten, und sie sah ihn benommen an.

»Sie haben mich brutal niedergeschlagen«, beschuldigte sie ihn.

Während sie Miss Wicks im Auto verstauten, stellte Police Constable Potter, der per Funk alarmiert worden war, sein Moped ab. Er würde vor dem Cottage Wache stehen, bis der Streifenwagen kam. Anne, die erraten hatte, was Bob durch den Kopf ging, war ihrem Vater mit ihrem eigenen Wagen gefolgt und erwartete ihn bereits auf der Straße. Bob stieg mit einem anerkennenden Grinsen ein, und die beiden brausten los in Richtung Iverhurst.

Die Leiter ruckte und schwankte. Miss Seeton klammerte sich an einer Sprosse fest. Mr. Foxon hätte unbedingt warten müssen, bis sie oben angekommen war. Zwei Menschen auf dieser Leiter – das war viel zu gefährlich. Und Mr. Foxon war so... Oh. Das hieß, falls das überhaupt Mr. Foxon war! Er hätte doch sicherlich etwas zu ihr gesagt. Sie versuchte, einen Blick nach unten zu werfen, erkannte aber nur, daß ein Licht auf sie zukam und heller wurde. Wenigstens sah sie jetzt, daß sie nicht mehr weit von ihrem Ziel entfernt war. Da war die Plattform, von der Mr. Foxon gesprochen hatte. Sie versuchte, die nächste Sprosse zu umfassen, ohne Erfolg. So sehr sie sich auch anstrengte, sie konnte ihre Arme nicht heben. Mrs. Potters Mantel hing fest. Oh, dieses verflixte Ding – ein ganz und gar unpraktisches Kleidungsstück! Sie nahm die linke Hand von der Sprosse und fummelte an den Schlingen herum, die die länglichen Knöpfe festhielten. Sie schaffte es irgendwie, den Mantel aufzuknöpfen, und befreite ihren rechten Arm. Leider entglitt ihr dabei der Schirm.

»Oh – Obacht!« rief Miss Seeton.

Wie ein Speer schoß die Spitze auf Teds Kopf zu und traf auf. Der Schirm neigte sich ein wenig, verhakte sich an einer Leitersprosse und wartete auf seine nächste Chance. Das unerwartete Geschoß brachte Ted aus dem Gleichgewicht, er ruderte mit den Armen durch die Luft und warf sich gegen die Leiter. Der Griff des Schirms, der inzwischen trainiert in derartigen Manövern war, erwischte ihn an der Nase. Ted fluchte.

»Oh.« Das war ganz bestimmt nicht der nette Mr. Foxon. Sie mußte sich beeilen.

Sir George ordnete seine Truppen. Er wählte die vertrauenswürdigsten Männer aus und postierte sie an beiden Türen der Kirche. Die größte Abteilung der Dorfbewohner beobachtete neugierig, welche Maßnahmen Sir George ergriff, kritisierte sie und gab mehr oder weniger nützliche Ratschläge. Sie wurden ein Stück zurückgeschickt: Greise, Frauen und Kinder hatten an der Front nichts zu suchen. Um sie bei Laune zu halten, schlug Sir George ihnen vor, weiterzumachen wie bisher: Sie sollten aus voller Kehle singen und den Feind mit ihren Stimmen vollends in die Flucht schlagen. Man konnte nie wissen, vielleicht lagen da drin noch ein paar auf der Lauer. Das Gejaule sollte auch den letzten aufscheuchen. Nigel und der junge Hosigg, Vorarbeiter auf der Colveden-Farm, wurden zu Anführern des Stoßtrupps bestimmt. Ein Mann machte eine Räuberleiter, und die beiden kletterten durch die zerbrochenen Kirchenfenster. »Kein Feind in Sicht«, riefen sie den anderen zu. Während die Verstärkung nachrückte, schoben sie den Riegel vom Portal zurück und öffneten es. Die Reservetruppen drängten herein, spähten und schnüffelten in allen Winkeln, riefen Ah und Oh. Ein Farmarbeiter erklomm die Stufen zur Kanzel, die prompt einbrachen. Nigel ging methodischer vor und untersuchte den Altarraum. Plötzlich blieb er stehen und hob eine Altardecke hoch, die wie ein Leichentuch den geschundenen Puppenkörper bedeckte. Eine Weile war er wie erstarrt, schluckte schwer und schluckte noch einmal. Erst dann machte er sich auf, um seinen Vater zu holen.

Miss Seeton war es gelungen, sich aus dem unhandlichen Mantel zu befreien, als ein Ruck an der Leiter sie zwang, ihre Handtasche loszulassen und schnell nach einer Sprosse zu fassen.

»Oh, bitte – passen Sie auf!« schrie sie bestürzt.

Womit schmiß diese Xanthippe jetzt schon wieder um sich? Ted neigte den Kopf nach hinten, und die Tasche traf mit voller Wucht sein nach oben gewandtes Gesicht. Er heulte wutentbrannt auf. Der Schmerz spornte ihn noch mehr an, und er stürmte weiter. Dafür mußte sie büßen, und wenn er selbst dabei draufging. Miss Seeton erreichte die Plattform und versuchte einen Fuß darauf zu setzen. Aber die Leiter vibrierte so sehr, daß sie auf die Knie fiel und an eine Wand prallte. Ted lachte; nur noch wenige Meter, und er hatte sie. Der Dufflecoat schwebte auf ihn hernieder und breitete in der Luft die Ärmel aus, als wollte er Ted willkommen heißen. Von tiefer Schwärze umhüllt kämpfte Ted sich weiter nach oben, aber die Leiter bäumte sich auf, als hätte sie jetzt, nachdem sie Miss Seetons Gewicht von sich geschüttelt hatte, ihre wahre Bestimmung vergessen. Sie schwankte, schien sich noch einen Moment unschlüssig zu sein, kippte dann aber doch, gewann Geschwindigkeit und krachte an die gegenüberliegende Wand. Holz splitterte, und die obere Hälfte brach ab. Der Mantel löste die tödliche Umarmung. Ted stieß einen Entsetzensschrei aus, als er im Schein seiner eigenen Taschenlampe verfolgte, wie er ins Leere trat und ihm der Mantel auf seiner Reise ins Nichts folgte.

Teds Heulen drang, gedämpft durch die Entfernung und die Tür, ins Kirchenschiff und hallte unheimlich von den Steinwänden wider. Sir Georges Armee hielt mitten im Vormarsch inne. Einige Kämpfer desertierten, als würden sie von Höllenhunden gehetzt. Die Beherzteren schlossen die Reihen und hielten Kriegsrat.

»Menschenskind, das jagt einem eisige Schauer über den Rücken.«

»Woher kam das?«

»Aus dem Nichts.«

»Nee, aus dem alten Glockenturm.«

»Das war aber keine Fledermaus.«

Wie ein Mann rückten sie zur Tür zum Glockenturm vor. Ehe sie sie erreichten, hörten sie ein Knirschen und Krachen, gefolgt von einem spitzen Schrei, der seinen Ursprung im Himmel zu haben schien, senkrecht auf sie herabstieß, zu einem Crescendo anschwoll und in einem Schlag endete, der den Boden erschütterte. Die Tapferen wichen entsetzt zurück. Nigel, der gerade mit Sir George zum Altar kam, schnappte sich den jungen Hosigg, und zu dritt liefen sie zur Tür und rissen sie auf. Das Licht einer Taschenlampe zeigte ihnen die Glocken, zwei Männer, eine zerborstene Leiter, ein offene Handtasche, aus der alles mögliche herausquoll, einen Mantel und einen zerfetzten Regenschirm. Eine Handtasche ... ein Schirm? Voll böser Vorahnung schauten sie genauer hin. Sonst war hier nichts, überhaupt nichts.

Die Nachhut vor der Kirche war durchdrungen von neuerwachter Kraft. Es war glasklar, daß hier böse Mächte ihr Unwesen getrieben hatten. Die Helfershelfer des Teufels hatten diese Kirche heimgesucht, und wer, bitte schön, hatte sie vertrieben? Sie höchstpersönlich. Und wessen Idee war es gewesen, sie zu verjagen? Ihre. Sir George hatte recht. Die Sache mußte auf korrekte Art und Weise zu einem Ende gebracht werden. Sie bedrängten den Vikar, sein Werk zu tun, und stimmten zusammen den Chor »Jerusalem« an.

»... mein Speer. O Wolken, laßt den Himmel frei«, flehten sie inbrünstig.

Es war die Nacht der Gebete – alle Wünsche wurden erhört. Gehorsam teilten sich die Wolken, und in dem weißen Mondlicht nahmen die Umrisse der Kirche Gestalt an: das Dach, die Giebel, die grotesken Wasserspeier an den Regenrinnen; der Glockenturm, auch hier befanden sich Wasserspeier an allen Ecken... an... allen Ecken? Mrs. Blaine kreischte entgeistert auf, Miss Nuttel duckte sich ängstlich, die anderen verrenkten sich die Hälse und sahen einen Wasserspeier, der ganz bestimmt nicht auf diesen Turm gehörte. Das Lied erstarb; ihr Kampfgeist erlahmte jäh. Jetzt war der Vikar gefordert. Tief beeindruckt von den Vorgängen und in der demütigen Gewißheit, daß Gott seine Hand ausgestreckt und ihr Werk gesegnet hatte, sah der Vikar plötzlich ganz klar, was zu tun war. Es war seine heilige Pflicht, das Böse aus diesem schändlich entweihten Ort zu verbannen, das spürte er mit jeder Faser seines Herzens. Unerschrocken trat er unter dem Schutz des Allmächtigen vor, um dem gottlosen Ungeheuer in der Höhe die Stirn zu bieten.

»Hinweg mit dir!« brüllte er. Seine Stimme und sein Mut gewannen an Stärke. »Ich befehle es dir, unreiner Geist!« Er wurde noch strenger. »Hebe dich hinweg von diesem Ort und fahre zu den ewigen Feuern der Hölle, in denen du bis in alle Ewigkeit schmoren sollst.«

Langsam wandte die groteske Figur ihnen das Gesicht zu. Alle schauderten. Sie konnten die rollenden, funkensprühenden Augäpfel und die gespaltene Zunge sehen, die vor- und zurückzuckte.

Reverend Arthur Treeves straffte den Rücken. »Scher dich weg, sage ich, verfluchter Geist. Komm da herunter. Sofort!«

Die Szene wurde in gleißendes Licht getaucht, als zwei Autos mit aufgeblendeten Scheinwerfern vor dem Friedhofstor stehen blieben. Uniformierte Polizisten sprangen aus dem Streifenwagen, Bob Ranger stieg aus dem anderen Auto – gerade rechtzeitig, um die abschlägige Antwort des gottlosen Ungeheuers zu hören.

»Tut mir leid, Mr. Treeves«, rief Miss Seeton. »Ich kann nicht herunterkommen – ich sitze hier fest.«

Kapitel 13

Jetzt war Scotland Yard offiziell mit dem Fall betraut, und Delphick stieg wieder einmal im George and Dragon ab, in dem er sich bei diesem, seinem dritten Besuch in Plummergen, schon beinahe richtig zu Hause fühlte. Ihm kam der flüchtige Gedanke, daß es im Hinblick auf Miss Seetons letztes Abenteuer und ihr unfehlbares Talent, sich ins Auge eines jeden Wirbelsturms zu manövrieren, der sich am Horizont zusammenbraute, wohl auf lange Sicht einfacher wäre, sie dauerhaft als Verstärkung der Polizeistation von Plummergen zu etablieren. Im Moment war diese Station bemannt mit Police Constable Potter, Mrs. Potter, der dreijährigen Amelia Potter und einem Kater namens Tibs, und man könnte das Aufgebot mit Miss Seeton und einer mobilen Einheit vergrößern, die in ständiger Rufbereitschaft sein müßte, um sie bei ihren Unternehmungen zu unterstützen. Was, fragte sich Delphick, hatte sie jetzt wieder in Gang gebracht? Daß sich die Nuscientisten gern ihre Notizen über die Versammlung angesehen hätten, war verständlich, aber die Spinner hätten doch wissen müssen, daß ein zweiter Versuch nach ihrem Scheitern in Maidstone zwecklos sein würde. Er konnte sich beim besten Willen nichts vorstellen – sie offenbar auch nicht –, was die beiden gewaltsamen Anschläge auf ihr Leben in einer einzigen Nacht rechtfertigen könnte. Der zweite Angriff war vermutlich auf den Groll über ihre Einmischung bei der schwarzen Messe zurückzuführen – Teufelsanbeter mochten es nicht besonders, wenn Außenseiter ihre finsteren Machenschaften ins Lächerliche zogen. Das wäre denkbar. Aber nicht unbedingt schlüssig. Es mußte mehr hinter der Sache stecken. Es wäre absurd, jemanden wegen eines so trivialen Vergehens gleich töten zu wollen. Auch Foxon, der sich inzwischen Gott sei Dank erholt hatte und lediglich unter einer leichten Gehirnerschütterung litt, vertrat die Meinung, daß sein Angreifer, nach allem, was er in der düsteren Kirche hatte erkennen können, derselbe junge Mann gewesen war, der ihn aus der Versammlung in Maidstone komplimentiert hatte. Die Leiche, die sie im Glokkenturm aufgefunden hatten und bis jetzt noch nicht identifizieren konnten, trug jedenfalls einen schwarzen Plastikring – das war ein Hinweis darauf, daß er zu Nuscience gehörte. Aber konnte man daraus auch zwangsläufig schließen, daß tatsächlich eine Verbindung zwischen diesem Hexenkult und Nuscience bestand? Delphick hatte Miss Wicks befragt, aber aus ihr war nicht viel mehr herauszukriegen als ein wirres Gelispel über Herz- und Kreuz-Damen und das Pik-As, Karten, die in dieser speziellen Konstellation darauf hingedeutet hätten, daß in Miss Seetons Haus etwas Fürchterliches vor sich ging. Dieser Unsinn konnte wohl kaum als konkreter Beweis für üblen Vorsatz herangezogen werden – nicht einmal gegen die magischen Mächte, die ihre Botschaften mit Hilfe der Karten übermittelt hatten. Glücklicherweise schien sich Miss Seetons Vorherbestimmung, aus dem größten Chaos mit heiler Haut davonzukommen, auch auf ihre Freunde auszudehnen. Dank ihres lächerlichen Hutes lag Miss Wicks jetzt, umgeben von Blumensträußen, Obstschalen und Gläsern mit hausgemachter Marmelade, in Dr. Knights Pflegestation, genoß die schönste Zeit ihres Lebens und zischte und lispelte ihre abenteuerliche Geschichte, bis auch der letzte ihrer vielen Besucher über jedes Detail Bescheid wußte. Sogar die Lokalzeitung hatte ihr eine Überschrift und einen kleinen Artikel gewidmet, da jedoch weder Blut geflossen war noch ein schwerer Diebstahl oder eine sensationelle Vergewaltigung stattgefunden hatte, zeigten die überregionalen Blätter kein Interesse. In Sweetbriars mußte etwas gewesen sein, was irgend jemand unbedingt in seinen Besitz bringen wollte. Etwas, von dem dieser Jemand genau wußte, daß es dort war. Und da nur die Schubladen des Schreibtisches durchsucht worden waren, mußte dieses Etwas gefunden worden sein.

Delphick unternahm einen neuerlichen Versuch. »Sind Sie sicher«, fragte er, »daß nichts fehlt? Ein Papier, ein Zettel aus Ihrem Schreibtisch wäre das Nächstliegende. Oder vielleicht eins Ihrer Bilder?«

Miss Seeton kniete neben ihrer Zeichenmappe auf dem Boden und breitete die Hände aus. »Es ist äußerst schwierig, ganz sicher zu sein, Superintendent. So viele Zeichnungen sind nur Skizzen, sozusagen kurze Notizen – und man vergißt leicht, daß man sie je gemacht hat. Aber ich bin alles gründlich durchgegangen, und mir ist nicht aufgefallen, daß etwas fehlt.«

Delphick runzelte die Stirn. »Nicht etwas, was Sie kürzlich gemalt haben? Keine Zeichnung, die Ihnen selbst irgendwie eigenartig vorgekommen?«

Miss Seeton sah ihn hilflos an. »O nein. Ganz bestimmt nicht. Ach ...« Eine Erinnerung blitzte auf. »Das heißt nichts, außer natürlich die Kirche.«

»Welche Kirche?«

»Ich habe nicht die geringste Ahnung. Es muß eine Kirche gewesen sein, die ich irgendwann gesehen habe und deren Anblick ich nicht vergessen wollte – deshalb habe ich wohl eine Skizze angefertigt. Und dann hab' ich's doch getan – vergessen, meine ich.«

Der Sergeant schlug sein Notizbuch zu. Miss Seeton war wieder ganz die alte – zumindest so gut wie. Das Orakel schien im allgemeinen in der Lage zu sein, den Ball anzustoßen und seine verschlungene Laufbahn zu verfolgen, aber es hatte kaum Sinn, wenn er dieses Kauderwelsch mitstenographierte.

»Und dann«, entsann sich Miss Seeton, »habe ich noch dieses Aquarell am Meer gemalt; nur um den Kindern etwas zu zeigen, wonach sie sich bei dem Wettbewerb richten konnten.«

»Und wo ist die Ansicht von der Kirche?«

»Ich weiß es nicht«, gestand sie. »Ich fürchte, ich habe sie verloren – so unachtsam –, und ich mußte eine andere malen.«

»Ich verstehe.« Der Superintendent ging in Miss Seetons

Wohnzimmer auf und ab. »Dieses zweite Bild – das für die Kinder –, darf ich das mal sehen?«

Miss Seeton erhob sich. »Aber natürlich. Ich bin überzeugt, daß Mr. Jessyp nichts dagegen einzuwenden hat. Es ist in der Schule. Er wollte die Bilder heute morgen an die Wand im Klassenzimmer hängen, und meines ist dort, weil es ihnen eine Ahnung vermitteln sollte, worauf es bei Landschaftsmalerei ankommt.«

Sie begaben sich zu dritt zur Schule.

Delphick war beeindruckt von den beachtlichen Arbeiten der Schüler, von denen keiner älter als elf Jahre war, und überrascht, auch Collagen und ein Gedicht vorzufinden. »Sie meinen, die Kinder haben mit diesen Sachen ihre Aufgabe erfüllt? Zu meiner Zeit haben wir gezeichnet, wenn es hieß: Ihr müßt zeichnen. Jeder, der sich nicht daran hielt, bekam was zu hören.«

»Ich bitte Sie, Superintendent«, protestierte Miss Seeton. »Die Hauptsache ist doch, daß die Kinder lernen, richtig zu sehen.«

Miss Seetons Bild gehörte allerdings nicht zu den Ausstellungsstücken. Sie sah sich um und entdeckte ihren zusammenklappbaren Zeichenrahmen und die Mappe auf dem Lehrerpult. Sie schlug die Mappe auf. Oh! Sie starrte verdutzt auf das Blatt. Delphick stand neben ihr und betrachtete das düstere Aquarell in Sepia, Grau und Schwarz: Eine Kirche zeichnete sich vor dem nächtlichen Himmel ab, und der Wald, der sich hinter der Kirche erhob, schien das Gebäude beinahe zu verschlingen. Das Bild strahlte eine unterschwellige Bedrohung aus – jederzeit könnte ein Blitz auf die Szene herniederfahren und Donnergrollen die Landschaft erschüttern.

»Ist das«, erkundigte sich Delphick, »das Bild von der Kirche, das Sie verloren zu haben glaubten?«

»Ja«, sagte Miss Seeton und verfiel in nachdenkliches Schweigen.

Delphick wartete. Wirklich, dachte sie, äußerst verwirrend. Sie wußte, daß sie präzise sein mußte. Präzision war so wichtig für die Polizei. Aber wie konnte man präzise Angaben über einen Sachverhalt machen, den man selbst nicht verstand? Über etwas, was ganz und gar unmöglich und exakt das Gegenteil von dem war, was man erwartet hatte?

»Also?« drängte er sie.

»Es ist ein bißchen kompliziert«, sagte sie schließlich. »Ich fürchte, ich verstehe das alles nicht.« Na, wenn das so ist, dachte Bob, dann gute Nacht. Es war schon schlimm genug, wenn sie wußte, worüber sie redete, aber... Er trat ein paar Schritte vor, um sich das Bild selbst anzusehen. Menschenskind! Ganz schön unheimlich. Fledermäuse im Glockenturm und lauter solche Sachen. Fledermäuse im...? Das war die verdammte Kirche, in der sie letzte Nacht gewesen waren. Da an der Seite, das war der Turm, aus dem Miss Seeton herausgelinst hatte. Von dieser Plattform hatte die Feuerwehr sie heruntergeholt. Wann, zum Teufel, hatte sie die Zeit gehabt, dieses Bild zu malen?

»Es sieht ein wenig so aus«, meldete sich Miss Seeton wieder zu Wort, »wie die Kirche, in die mich Mr. Foxon gestern gebracht hat. Ich bin so erleichtert, daß es ihm wieder bessergeht. Aber der andere junge Mann, der so schwer verunglückt ist – schrecklich. Und ich habe das Gefühl, daß das zum Teil meine Schuld war. Er war so in Eile, daß die Leiter ins Schwanken geriet, und ich fürchte, mir sind ein paar Gegenstände aus den Händen gerutscht.«

Delphick unterdrückte ein Lächeln. Nach den Spuren und Beweisen, die sie hatten sichern können, mußte sie ihn regelrecht bombardiert haben, und das war auch gut so, sonst wäre es ihr selbst an den Kragen gegangen. »Wann haben Sie dieses Bild von der Kirche gemalt?«

»Oh, das habe ich nicht gemalt«, wehrte sie ab. »Ich habe es noch nie gesehen. Dieses Bild, meine ich. Ich kann mir wirklich nicht vorstellen, wie es hierher gekommen sein könnte.«

Der Superintendent musterte Miss Seeton eingehend: Hatte sie etwa wie Foxon eine leichte Gehirnerschütterung? Schön – er mußte sich Schritt für Schritt vorantasten. »Sie sagten doch, dies ist das Bild von der Kirche, das Ihnen verlorengegangen ist, und jetzt ist es offenbar wieder aufgetaucht.«

»O nein, das habe ich nicht gesagt«, berichtigte sie ihn schnell. »Daß es verlorengegangen ist, meine ich. Es war ja nie vorhanden.« Sie merkte selbst, daß das vielleicht ein wenig verworren klang, und beschloß, die Dinge restlos aufzuklären. »Damit meine ich nicht die Kirche an sich. Die war offenbar immer da. Aber das erste Bild zeigte sie, soweit ich mich erinnere, bei Tag. Und dies hier bei Nacht. Und ich glaube, auch aus einem anderen Blickwinkel. Obwohl es, wie Sie sagen, aufgetaucht ist, kann man nicht behaupten, daß es ›wieder‹ aufgetaucht ist, weil es ja am Anfang nicht da war. Das Bild, meine ich.«

Delphick blinzelte. Vielleicht war er derjenige mit der Gehirnerschütterung. Bob betrachtete Miss Seeton mit neuem Respekt. Zum erstenmal war das Orakel sprachlos; sie hatte ihn kalt erwischt. Die Fakten wirbelten durch Delphicks Kopf und setzten sich in einer gewissen Ordnung ab. Sie hatte also zwei Meerlandschaften gemalt, oder gedacht, daß sie sie gemalt hätte. Zweimal sind Bilder von einer Kirche daraus geworden. Zweimal hatte ihr Unterbewußtsein, wenn er sich nicht allzusehr täuschte, eine Vorwarnung auf bevorstehenden Ärger erhalten, und das hatte sie, ohne es selbst zu wissen, zu Papier gebracht. Er signalisierte Bob, sein Notizbuch herauszuholen, und setzte sich, um Miss Seeton eingehender zu befragen. Er erfuhr, wo sie sich aufgehalten und was sie getan hatte; hörte von ihrem Absturz – so unachtsam! – und von dem Tunnel unter dem Hügel. Offensichtlich waren die Nuscientisten der Ansicht, daß Miss Seeton Kenntnisse besaß, die ihnen gefährlich werden konnten, also war dieser unterirdische Gang vielleicht auch von großer Bedeutung für die Organisation. Oder ging es ihnen nur um die Kirche? Augenscheinlich hatten sie das eine Bild von der Kirche – das den Bau bei Tag zeigte – gestohlen. Aber woher wußten sie von ihrem unterirdischen Abenteuer oder dem Bild? Miss Seeton selbst behauptete steif und fest, daß sie bei ihrem ersten Ausflug ans Meer ganz allein gewesen sei und daß ihre Zeichenmappe bereits geschlossen war, als Lady Colveden sie abgeholt hatte. Niemand, dessen war sie sich sicher, konnte das Bild gesehen haben.

»Sie haben bei dieser Gelegenheit niemanden gesehen? Keinen einzigen Menschen? Niemand ist zufällig vorbeigekommen?«

»Niemand, Superintendent, da war kein Mensch. Außer, natürlich, das Mädchen.«

Endlich. Noch mehr Fragen. Sie habe das Mädchen bei der Nuscience-Versammlung wiedergesehen. Und seither – war sie der jungen Frau noch einmal begegnet? Nein. Ganz sicher? Ziemlich sicher. Obwohl sie den Eindruck habe, sie wohne im Dorf. Delphick erinnerte sich an die Schönheit, die beim Frühstück im George and Dragon ganz allein an einem Tisch gesessen hatte. Prima. Es konnte kein Problem für ihn darstellen, ihren Namen herauszufinden und anzuordnen, daß Nachforschungen über ihre Vergangenheit angestellt wurden. Welche Verbindung könnte das Mädchen zu der Kirche haben? Er dachte lange nach.

»Könnten Sie uns die Vorgänge bei diesem sogenannten Gottesdienst von letzter Nacht schildern?«

Miss Seetons Hände bewegten sich unruhig; ihr Gedächtnis war wie ausgelöscht. »Da war nichts weiter, Superintendent, als das, was ich Ihnen bereits erzählt habe. Es war so wenig Licht, und mir erschien die Veranstaltung ziemlich kindisch. Und dann ging alles so schnell. Eine Frau schrie ganz laut, und die andern rannten weg. Ich bin sicher, Mr. Foxon kann Ihnen genauere Auskünfte geben als ich.«

Delphick hörte ihr gar nicht zu. Er beobachtete wie gebannt ihre rastlosen Hände. Er lächelte und stand auf. Miss Seeton wollte es ihm gleichtun. Lachend hielt er sie zurück. »Nein, Sie bleiben, wo Sie sind; ich habe eine Bitte an Sie. Haben Sie Papier in Ihrer Mappe? Gut. Und bunte Stifte?« Sie fanden Ölkreide in der Schublade des Pults. »Ich werde von Mr. Jessyps Telefon aus ein paar Gespräche führen – unter anderem werde ich jemanden bitten, diesen

Tunnel ausfindig zu machen –, und ich möchte, daß Sie währenddessen hier sitzen bleiben und über die letzte Nacht nachdenken. Wenn Ihnen irgend etwas in den Sinn kommt – egal, was es ist oder wie töricht es Ihnen vorkommt –, dann zeichnen Sie es auf.« Er postierte Bob auf eine Bank in der Nähe der Tür hinter Miss Seeton und verließ das Klassenzimmer.

Bob saß da und wartete so leise, wie es sein knurrender Magen, der schon die halbe Mittagszeit verpaßt hatte, zuließ. Soweit er es beurteilen konnte, machte Miss Seeton gar nichts. Wenn sie sich nicht ranhielt, würden sie überhaupt kein Mittagessen mehr bekommen; die Kinder würden in ihre Klasse stürmen und wären erstaunt, daß sie hier zu zweit dumm herumhockten. Er beobachtete, wie sie eine Kreide in die Hand nahm, damit spielte, dann legte sie sie wieder weg. Sie suchte sich eine andere aus und malte ein paar zaghafte Striche aufs Papier. Mit einemmal fing sie richtig an zu fuhrwerken, strichelte und kritzelte schnell und war ganz auf ihr Tun konzentriert. Bob registrierte am Rande, daß das Orakel wieder erschien und auf der Schwelle stehenblieb, Miss Seeton zusah und wartete. Schließlich war sie fertig, legte die Kreide auf den Tisch und lehnte sich zurück, um sich ihr Werk anzusehen. Offenbar gefiel es ihr nicht. Sie nahm das Papier und machte Anstalten, es zu zerreißen. Das Orakel war mit zwei raschen Schritten bei ihr und nahm die Zeichnung an sich. Miss Seeton war in heller Aufregung.

»Tut mir leid, Superintendent. Es ist nicht gut. Ich habe da wohl einiges durcheinandergebracht. Ich habe versucht, einen Eindruck von letzter Nacht festzuhalten, aber irgendwie sieht das alles eher aus wie diese Versammlung in Maidstone. Ich vermute«, schloß sie niedergeschlagen, »das liegt daran, daß diese beiden Ereignisse gleichermaßen töricht waren.«

Bob spähte über die Schulter seines Chefs und kicherte leise. Das war schon eher was. Viel besser als dieses düstere Gemälde von der Kirche. Entschlossene, sichere Striche umrissen das Kircheninnere mit dem Mittelgang und den

Bänken vom Altarraum aus gesehen. Im Vordergrund – im Profil – stand der Meister von Maidstone und hielt eine schwarze, tropfende Kerze in der erhobenen Hand, die andere Hand deutete anklagend nach unten. Vor ihm die Gemeinde in demütiger oder angsterfüllter Haltung. Abgesehen vom Meister selbst waren nur zwei oder drei Gesichter deutlich gezeichnet: ein blondes Mädchen, das Delphick sofort als die Schönheit vom Frühstück wiedererkannte, eine unangenehme Frau mit Adlernase und einem Turban in schrillen Farben auf dem Kopf und ein junger Mann mit nah beieinander liegenden Augen. Delphick deutete auf den jungen Mann.

»Wer ist das?«

Miss Seeton betrachtete ihn eingehend. »Ich glaube, es ist niemand Bestimmtes. Wenigstens hatte ich niemanden im Sinn, als ich ihn gezeichnet habe. Es ist einfach nur ... ein Gesicht.«

»Und sie?« Delphick legte den Finger auf den Turban.

Miss Seeton erwiderte kleinlaut: »Das, fürchte ich, ist eine Verwandte von Sir George. Der Hut – so unkleidsam – ist mir im Gedächtnis haften geblieben. Aber das ist genau das, was ich meine«, erklärte sie weiter, »es geht alles durcheinander. Weder das hübsche Mädchen oder der Redner waren da. Alle trugen Masken. Diese Personen waren bei der Versammlung, auf die mich Mr. Brinton geschickt hat. Bei der anderen, meine ich.«

Delphick war überzeugt von Miss Seetons Aufrichtigkeit, aber nicht von ihrer Genauigkeit. Er könnte in keinem Gerichtssaal damit bestehen, aber nach seinen Erfahrungen mit ihr und der Art, wie sie funktionierte, nahm er als gesichert an, daß alle vier Personen an der schwarzen Messe teilgenommen hatten. Dieser Hilary Evelyn stand bereits unter Beobachtung. George Colvedens Tante Bray war, wie er wußte, in ein Hotel in Rye gezogen. Er überlegte, ob Sir George wohl ahnte, daß sie in diesen Mumpitz verwickelt war. Wahrscheinlich nicht. Wenn man einer – in diesem Fall ungeliebten – Person nahestand, schöpfte man gewöhnlich keinen solchen Verdacht. Aber nach allem, was Delphick von dieser

Tante Bray gehört hatte, war ihr durchaus zuzutrauen, daß sie diesen Nuscience-Nonsens mit ein bißchen Hexenkult vermischte. Menschen, die ein unproduktives, unbefriedigendes Leben führten, waren immer leichte Beute für Okkultes und Scharlatanerie. Und es würde sich vermutlich lohnen, einige Nachforschungen über das Mädchen – eine Mrs. Paynel aus London, wie er vorhin am Telefon erfahren hatte – anzustellen. Er hatte Männer vom Yard auf sie angesetzt und hoffte, bald mehr über zu wissen.

Der Walzer aus der *Lustigen Witwe* dröhnte aus dem Radio. Merilee Paynel lachte fröhlich.

»Ein Omen«, rief sie. »Sie spielen meine Melodie.«

Sie machte drei Schritte, drehte sich und wirbelte dann noch zweimal herum. Ihr sanft schimmerndes Ballkleid bauschte sich um ihre Beine, und als sie stehenblieb, sank der Saum zu Nigels Füßen. Er legte ihr den Umhang, den er bereithielt, um die Schultern. Merilee richtete sich mit einer schwungvollen Bewegung auf, schwebte über den Boden, drehte sich um und machte einen tiefen Knicks vor Sir George und Lady Colveden. Dann erhob sie sich mit einem strahlenden Lächeln und huschte davon. Nigel grinste seine Eltern breit an, salutierte und folgte ihr.

Miss Seeton hatte die Szene verzückt beobachtet. Es juckte sie in den Fingern, das auf einem Bild festzuhalten: die Anmut, den Glanz und die Heiterkeit, die flüssigen rhythmischen Bewegungen, die Freiheit und die Farben. Sobald sie nach Hause kam, würde sie es probieren, sie mußte wirklich versuchen, das Schwierigste zu malen: eine lebhafte Szene voller Bewegung und Frohsinn.

Sir George räusperte sich. »Reizendes Mädchen.«

»Ja ...« Lady Colvedens Tonfall verriet Zweifel. »Aber sie ist ein bißchen alt für Nigel, und wir wissen gar nichts von ihr. Und was hat sie in ein so kleines Dorf wie unseres verschlagen? Paynel ...« Sie sah fragend in die Runde. »Hieß nicht dieser Rennfahrer Paynel? Ich erinnere mich dunkel, daß er vor einigen Jahren einen Unfall hatte und dabei ums Leben kam. Es stand in den Zeitungen.«

»Das geht uns nichts an. Ein bißchen Erfahrung kann Nigel nicht schaden. Der Junge ist erwachsen.«

»Er ist erst neunzehn und...« Lady Colveden schüttelte entschieden ihre Bedenken ab. »Kommen Sie«, sagte sie zu Miss Seeton. »Das Essen ist fertig. Wir müssen nur noch auftragen.«

Die Colvedens, die der Meinung waren, daß Zerstreuungen wie Jägerbälle der Jugend überlassen bleiben sollten, hatten darauf bestanden, daß Miss Seeton mit ihnen dinierte, um den Dorfbewohnern ihre Einstellung zu der alten Dame vor Augen zu führen.

Die Dorfbewohner hingegen hatten ihre eigene Einstellung. Sie führten hitzige Debatten über Miss Seetons letzte Eskapade. Stan Bloomer und Mr. Welsted wurden sogar handgreiflich. Die erhabene Teufelsaustreibung hatte alle mit großer Ehrfurcht erfüllt. Und hatten sie nicht mit eigenen Augen gesehen, wie ein Diener der grauenvollen Dämonen die Flucht ergriffen hatte, als ihm Rechtschaffenheit und Tugend zu Leibe gerückt waren? Aber diese Tatsache schien in der Aufregung über Miss Seetons geisterhafte Erscheinung – in Verkleidung eines häßlichen Wasserspeiers, wohlgemerkt – vollkommen untergegangen zu sein. Immerhin hatte diese Person zwei junge Männer kaltgemacht und versucht, auf ihrem Regenschirm durch das Turmdach zu fliegen. – Das war nicht ganz richtig – nur einer der Männer hatte ins Gras gebissen, der andere war schon wieder auf den Beinen. – Aber das hatte er bestimmt nicht ihr zu verdanken. Miss Seetons Fürsprecher hatten einige Probleme zu erklären, wie sie auf den Turm gekommen war. Wenn sie die Trümmer der Leiter als Beweis dafür anführten, daß sie hinaufgeklettert war, wurde ihnen vor Augen geführt, daß Miss Seeton den jungen Männern mit ihrem Regenschirm im Anschlag aufgelauert haben mußte, um sie von eben dieser Leiter zu stoßen. Diejenigen, die überzeugt waren, daß sie die Flucht mit einem nächtlichen Ritt auf ihrem Schirm geplant hatte, dann aber in der Turmluke stecken geblieben war, werteten ihr eigenes Geständnis, das sie dem Vikar zugerufen hatte, als Beweis.

Sie hatte doch wortwörtlich gesagt: »Ich sitze fest«, oder nicht? Sie alle hatten das gehört. Und die Feuerwehr von Brettenden mußte ihre längste Leiter ausfahren, und Wully Boorman, dem die Höhe am wenigsten ausmachte, mußte sie da herunterhieven. Der Anschlag auf Miss Wicks' Leben ließ Miss Seeton sogar in noch düstererem Licht erscheinen. Mrs. Blaine erzählte noch einmal von ihrem grauenvollen Erlebnis, als Miss Seeton die arme Eric bewußtlos geschlagen hatte, und zwar ohne sie tatsächlich zu berühren – sie hatte lediglich den Arm aus dem Fenster gestreckt. Jetzt war alles klar. Sie hatte ihr Cottage mit einem Zauberbann belegt, und jeder, der so tollkühn war, über ihre Schwelle zu treten, wurde unschädlich gemacht. Diese Theorie wurde noch durch die Tatsache untermauert, daß Mrs. Blaine und Miss Nuttel am Morgen, nachdem sie ihren Verdacht ausgesprochen hatten, unter eigenartigen Umständen verschwunden waren. Sie hatten die Milch abbestellt und verkündet, daß sie einige Wochen unterwegs sein würden. Kein Mensch wußte, wohin sie gefahren waren. Daß sie ihr Reiseziel geheimgehalten hatten, machte nur allzu deutlich, daß sie aus Angst vor Miss Seetons Fluch das Weite gesucht hatten.

Auch die Polizei beschäftigte sich mit der ungeklärten Abwesenheit von Personen. Auf Anfrage schickte die Polizei von Sussex einen Mann in Mrs. Trenthornes Hotel in Rye, mit dem Auftrag, sie im Auge zu behalten. Doch er konnte nur in Erfahrung bringen, daß sie ihre Rechnung bezahlt hatte und mit unbekanntem Ziel abgereist war. Andere Bewohner von Sussex und Kent hatten die jeweiligen Polizeistationen in Kenntnis gesetzt, daß ihre Häuser in den nächsten Wochen unbewohnt sein würden, aber keiner von ihnen hatte eine Ferienadresse hinterlassen. Die meisten gaben an, sie würden eine Rundreise unternehmen. Als diese Informationen durchsickerten, bat Delphick darum, noch einmal alles genau zu überprüfen. Dabei wurde festgestellt, daß eine ganze Reihe von Häusern, hauptsächlich in Kent, verriegelt und von ihren

Bewohnern verlassen war – auch sie hatten niemanden in ihre Pläne eingeweiht. Natürlich war nichts dagegen einzuwenden, daß die Leute in Urlaub fuhren, und es gab auch kein Gesetz, das ihnen verbot, zur selben Zeit auf Reisen zu gehen, aber der Superintendent fühlte sich trotzdem irgendwie an die Vorgänge in Schottland vor etwa zwei Jahren erinnert. Zudem hatte ihm Sir George erzählt, seine Tante Bray habe eine Andeutung auf einen geheimen Ort gemacht – das alles zusammengenommen versetzte ihn ein wenig in Sorge. Die Suche nach Miss Seetons Tunnel hatte sich als Fehlschlag erwiesen. Die ganze Küste war übersät mit unterirdischen Gängen und Höhlen, das war bekannt, aber es gab weder Pläne noch Hinweise auf die verschiedenen Schlupfwinkel. Sie hatten den Strand nach der Einsturzstelle, die Miss Seeton beschrieben hatte, abgesucht – ohne Erfolg. Sie hatte sie sogar zu der bewußten Stelle geführt, aber dort befand sich keine Grube mit Geröll... oder jemand hatte den Schaden mit großem Geschick behoben und alles so hergerichtet, als wäre nichts passiert. Sie hatten sogar die Kirche nach Zugängen zu unterirdischen Fluchtwegen untersucht – auch wenn die Entfernung zum Meer ziemlich groß war –, aber nichts war ihnen aufgefallen. Falls Nuscience tatsächlich einen Treffpunkt für die Mitglieder der Organisation in dieser Gegend eingerichtet hatte, dann war der Standort ein gut gehütetes Geheimnis geblieben.

Nach dem Dinner bestand Sir George darauf, Miss Seeton persönlich nach Hause zu bringen. Er registrierte mit Belustigung, daß sie im Besitz eines neuen Regenschirms war, verlor aber kein Wort darüber. Der Schirm machte einen stabilen Eindruck – mit Nylonstoff und einem kräftigen Stahlschaft. Dieser Schirm war zusammen mit einem Schreiben von Chief Inspector Brinton, in dem er sich für das Fiasko in der Kirche entschuldigte, in Sweetbriars abgeliefert worden. Ob sie wohl, so hatte der Chief Inspector angefragt, beiliegendes Objekt als Ersatz für den Verlust akzeptieren könne? Gleichzeitig hatte er den seidenen Schirm mit dem goldenen Griff, dessen Überreste man im

Glockenturm gefunden und den Delphick ihr bei einem früheren Besuch übergeben hatte, abholen lassen, um ihn zur Reparatur zu bringen. Wenn er wieder in Ordnung war, würde sie ihn zurückerhalten. Der Chief Inspector schlug ihr vor, den Schirm nur noch bei relativ harmlosen Gelegenheiten mit sich zu führen, zum Beispiel wenn sie zum Tee zu Freunden ging. Insgeheim hegte er allerdings den Verdacht, daß harmlose Gelegenheiten und Miss Seeton wie Feuer und Wasser waren. Selbst eine Einladung zum Tee im Pfarrhaus würde sich zweifelsohne zu einem heillosen Chaos auswachsen, wie alles, bei dem Miss Seeton ihre Finger im Spiel hatte. Ein Zusatz in dem Begleitschreiben hatte Miss Seeton allerdings sehr überrascht, aber selbstverständlich würde sie dieses großzügige Angebot niemals in Anspruch nehmen. Mr. Brinton hatte sie gebeten, auf Kosten der Polizei die Hüte zu ersetzen, die bei der Erfüllung ihrer Pflichten in Mitleidenschaft gezogen wurden; ebenso würde die Reinigung oder ein Neukauf von Kleidern, die Schaden genommen hatten, von der Polizei übernommen. Vermutlich, so dachte Miss Seeton, trieb Mr. Brinton nur einen seiner Scherze mit ihr und bewies einmal mehr seinen trockenen Humor.

Sir George wünschte Miss Seeton eine gute Nacht und wartete vor ihrem Cottage, bis sie die Tür hinter sich geschlossen hatte. Er hörte nicht, daß sie einen Riegel vorschob oder den Schlüssel im Schloß umdrehte. Dennoch schritt er nicht ein. Seine Devise war: Niemals den Befehl in fremden Kasernen an sich reißen. Er warf einen prüfenden Blick auf die Straße. Alles schien ruhig zu sein. Wird schon nichts passieren, dachte er. Er machte sich auf den Heimweg. Reizendes Mädchen, diese Mrs. Paynel. Aber vielleicht doch ein bißchen alt für Nigel – Meg hatte recht. Trotzdem – man sollte sich da nicht einmischen. Nie einen Mann bei einer Parade herunterputzen! Er spazierte gemächlich zurück nach Rytham Hall. Wird schon nichts passieren, dachte er.

Kapitel 14

Miss Seeton lief unverzüglich zu ihrem Schreibtisch, legte Stifte, Pinsel und Wasserfarben zurecht und setzte sich, um die vor Temperament sprühende Mrs. Paynel, wie sie sie vorhin gesehen hatte, zu malen. Die fließenden Linien, die geschmeidigen Bewegungen, das fröhliche Lächeln, die überschäumende Laune. Sie arbeitete voller Enthusiasmus – zügig und unbekümmert. Sie kannte das Hochgefühl eines Künstlers, der erleben durfte, daß Absicht und Ausführung im Einklang waren.

Miss Seeton betrachtete entzückt das Bild, das sie gemalt hatte. Ausnahmsweise, dieses eine Mal nur, hatte sie ihr Ziel erreicht. Merilee Paynel glitt förmlich über das Papier, mit ausgebreiteten Armen, und lachte in einer Wolke von Chiffon. Fast erahnte man ihre nächste Bewegung, den tiefen Knicks. Das Gemälde weckte alte Ambitionen, die lange in Miss Seeton geschlummert hatten. Könnte es sein, fragte sie sich, daß sie ihre Fertigkeiten endlich verbesserte? Daß sie sich vielleicht doch, in aller Bescheidenheit natürlich, als Künstlerin betrachten durfte? Aber nein. Das erschien ihr doch ziemlich unschicklich. In ihrem Alter! Sie studierte das Aquarell noch einmal und versuchte, unvoreingenommen seinen Wert und die Vorzüge einzuschätzen. Die Verzauberung schwand langsam wie ein Nebel, der von einer Brise davongetragen wurde. Die Farben verblaßten vor ihren Augen, veränderten sich; die Linien verschoben sich, und die Bewegung erstarrte – ein völlig unbekanntes Bild überlagerte das alte, das schwungvolle. Das rotgoldene Haar und die Gesichtszüge waren geblieben, aber das Lachen war weg. Die Gestalt trug ein grünes Kleid und einen türkisfarbenen Umhang; der Blick war gesenkt, die Arme wirkten schlaff, und die Hände ruhten mit nach oben gerichteten Handflächen auf den Knien. Das Bild vermittelte eine ganz andere Stimmung: Trauer und Leid – die vollkommene Verzweiflung. Das war lächerlich. Ihre Augen waren überfordert – es konnte sich nur um eine optische Täuschung handeln. Es war eine scharfe Zurechtweisung für ihre Selbstherrlichkeit. Sie richtete den Blick wieder auf das Bild. Die sitzende Figur verhöhnte sie. Miss Seeton stand auf und ging weg. Sie würde ihr Werk nicht mehr anschauen, bis ihr Urteilsvermögen ungetrübt war, bis diese unglückselige Vision verschwunden war. Sie ging in die Küche, füllte den Kessel mit Wasser, um das Allheilmittel der Engländer zuzubereiten: Tee.

Eine Enttäuschung erwartete Nigel auf dem Jägerball. Der Abend hatte verheißungsvoll begonnen. Merilee war bezaubernd, als er sie seinen Eltern vorgestellt hatte, bester Stimmung auf der Fahrt und temperamentvoll beim Tanzen. Nigel erlebte das, was Männern die größte Befriedigung bereitet: Die anderen beneideten ihn um seine Begleiterin. Jeder Mann auf dem Ball wollte ihr vorgestellt werden, aber er blieb, abgesehen von der Polonäse, ihr einziger Partner.

Während des Soupers an einem Tisch für sechs Personen unterhielt Nigel die Gesellschaft mit einer Beschreibung des Kreuzzugs zur Teufelsaustreibung. Der Erfolg, den er mit seiner lebendigen, humorvollen Erzählweise hatte, machte ihn blind gegen Merilees mäßige Reaktionen. Sie war wortkarg, und ihr Lächeln wirkte gezwungen. Nigel krönte seine Geschichte mit einer witzigen Schilderung von dem Überfall auf die alte Miss Wicks und erntete damit schallendes Gelächter. Nur Mrs. Paynel blieb ernst und in sich gekehrt.

Merilee war es, als würde sich ein Kaleidoskop in ihrem Kopf drehen. Im Bruchteil einer Sekunde fielen die grellen Lichter und gezackten Formen, die ihr gegenwärtiges Leben dargestellt hatten, zu einem neuen Muster zusammen. Es entstand ein unangenehmes Bild; ein Gradmesser, der das ganze Ausmaß ihres raschen Abstiegs auf einen Blick deutlich machte.

Ihre Gedanken trugen sie vier Jahre zurück – oder waren

es vierzig? – Erinnerung ... Glück. Zwei Jahre Ehe und verliebt: verliebt in das Leben mit Peter und verliebt in das neue Leben, das sich in ihr regte. Erinnerung ... in den Tod geschleudert auf einer Öllache in einer Straßenkurve und ... Sie hatte nie erfahren, auf welches Hindernis das Auto aufgefahren war. Sie war so stolz gewesen, ihr Leben mit Peter teilen zu können, und gerade dieser Stolz hatte seinem und dem neuen Leben ein jähes Ende gesetzt. Den Pokal, den er an diesem Nachmittag beim Autorennen gewonnen hatte, hatte er sorgfältig auf dem Rücksitz verstaut; er mußte sich ausruhen; sie wollte fahren und beweisen, daß sie ihm Strapazen ersparen konnte, wenn es nötig war. Leben und Lachen; ein kurzer Kampf am Steuer und Angst; der Tod und das verstummte Lachen, das in einem entsetzten Keuchen endete, als sie die Kontrolle über den Wagen verloren hatte. Ein letzter Atemzug, das erste Seufzen des Todes. Vier Jahre. Und noch immer konnte, wollte sie sich nicht damit abfinden.

Wäre es einfacher gewesen, wenn die Leute ihr Vorwürfe gemacht hätten? Ihr Anlaß gegeben hätten, sich zu verteidigen, statt sie sich selbst und ihren quälenden Schuldgefühlen zu überlassen? Mitgefühl vom Coroner, freundliche Anteilnahme von Peters Eltern. Sie wollten dem Kind den Namen von Peters Vater geben; wenn es ein Mädchen geworden wäre, hätte es Roberta geheißen. Verständnis von allen Seiten. Nur sie selbst verstand nichts. Und sie flüchtete vor sich selbst und allem anderen, und ihr Vorwand war, daß sie jetzt, da ihr Lebensfunke erloschen und ihr Geist abgestorben war, nicht mehr verantwortlich für die Taten ihres Körpers sein konnte. Sie schlief sich durch sämtliche Betten.

Duke war sie zufällig auf einer Party begegnet und wurde genauso zufällig seine Geliebte. Er fand sie nützlich – eine blendende Werberin für den Hexenkult –, aber sie wollte sich nicht voll und ganz für Nuscience engagieren. Sie besuchte gelegentlich eine der Versammlungen, weigerte sich jedoch, der Organisation beizutreten, und N. und sie empfanden eine tiefsitzende, wechselseitige Abneigung.

Jetzt saß sie hier mit fünf ausgelassenen, weltoffenen jungen Leuten zusammen, und Nigels Geschichte nötigte sie, sich mit sich selbst auseinanderzusetzen. Sie selbst hatte Duke erzählt, daß Miss Seeton ein Bild von der Kirche gemalt hatte. Und daher trug sie, sie allein, die Verantwortung für den Überfall auf die alte Frau. Sie hatte sich immer eingeredet, daß es niemanden etwas anging, was sie tat, und daß niemand darunter zu leiden hatte. Plötzlich erfuhr sie von den Auswirkungen ihrer Aktionen, und das zwang sie zum Nachdenken.

In welche Richtung steuerte sie? Was trieb sie überhaupt an? Nigel, seine Familie, diese Miss Wicks, Miss Seeton, das Dorf als Ganzes: unbekümmert, unschuldig, harmlos. Und sie? Keineswegs unschuldig und auf ganz andere Weise unbekümmert, achtlos, und mit dieser Achtlosigkeit richtete sie verheerenden Schaden an. Vieles, vor dem sie bisher die Augen verschlossen hatte, wurde jetzt in seiner ganzen Erbärmlichkeit sichtbar. Sie war sich bewußt gewesen, daß Duke Leute erpreßte und daß seine Machenschaften öfter als einmal zum Selbstmord geführt hatten, aber sie hatte dieses Wissen abgeschüttelt und sich eingeredet, mit ihr habe das nicht das geringste zu tun. Es hatte auch Unfälle gegeben. Jetzt, da sie klarer sah, mußte sie sich fragen, ob es wirklich Unfälle gewesen waren oder ob man auf diese Weise Unannehmlichkeiten, die zur Gefahr hätten werden können, aus dem Weg geräumt hatte. Sie war sich im klaren, daß Duke und N. keinerlei Skrupel kannten, wenn es um Geld ging. Hatte sie auch geahnt, daß Mord im Spiel war, und diese Ahnung aus Selbstschutz verdrängt?

Eines wußte sie jetzt ganz sicher: Sie mußte ins Dorf zurück, bevor es zu spät war. Zurück? dachte sie bitter. War es nicht immer viel später, als man es sich eingestehen wollte? Konnte man überhaupt zurück?

Nach dem Essen schützte Merilee Kopfschmerzen vor und sagte, sie müsse den Ball verlassen. Nigel war sehr besorgt um sie – sie war mit einemmal so blaß und sah erschöpft aus. Irgendwie fühlte er sich für diese Veränderung verantwortlich – er schnitt ihr das Wort ab, als sie sich für ihre Unpäßlichkeit entschuldigen wollte, und fuhr sie zum George and Dragon. Sie machte die Enttäuschung wieder wett, indem sie ihn zum Abschied küßte, ihn umarmte und versicherte, daß sie sich nur richtig ausschlafen müsse, dann ginge es ihr bestimmt wieder gut. Sie verabredete sich sogar für den nächsten Tag zum Mittagessen mit ihm und blieb auf dem Gehsteig stehen, um ihm nachzuwinken, als er, wieder in Hochstimmung, den Wagen wendete und nach Hause fuhr.

Es klopfte an der Tür. Äußerst eigenartig, wirklich. Es war ein wenig spät für einen Besuch. Miss Seeton zögerte, dann stellte sie das Teetablett auf dem kleinen Tischchen im Flur ab und öffnete die Haustür. Gütiger Himmel. Wie sonderbar. Mrs. Paynel. Miss Seeton sah die Besucherin beinahe fassungslos an. Gerade jetzt, wo sie sich ... Aber nein. Sie würde nicht mehr an dieses Bild denken, bis sie eine Tasse Tee getrunken hatte. Wenn sie es sich dann wieder anschaute, würde sie genau das sehen, was sie gemalt hatte, davon war sie überzeugt; obwohl es wahrscheinlich, fürchtete sie, nicht halb so gut sein würde, wie sie es sich wünschte.

»Darf ich reinkommen?« fragte Merilee.

Miss Seeton wurde sich bewußt, daß sie nicht die Freude über den unverhofften Besuch zur Schau stellte, die man von einer guten Gastgeberin erwarten durfte. Sie trat beschämt beiseite. Das Porzellan klapperte, als sie gegen das Tablett stieß. Merilee nahm es an sich. »Natürlich«, versicherte Miss Seeton. »Bitte, treten Sie näher. Tut mir leid. Wenn Sie das Tablett einfach hier herein bringen.« Sie deutete ins Wohnzimmer. »Ich hole nur schnell eine zweite Tasse.« Sie drehte sich um und eilte in die Küche.

Als Miss Seeton mit der Tasse und einem Teller mit Biskuits und Keksen zurückkam, hatte Merilee Paynel ihren Umhang bereits abgelegt und über eine Stuhllehne geworfen. Sie saß neben dem Kamin und starrte nachdenklich ins Feuer.

Miss Seeton legte ein Holzscheit nach, setzte sich und zog den Tisch näher.

»Es tut mir so leid«, entschuldigte sie sich noch einmal. »Ich hätte Sie vorher fragen sollen: Es ist chinesischer Tee. Möchten Sie Zucker? Milch?« Das Mädchen kehrte in die Wirklichkeit zurück. Miss Seeton servierte den Tee und bot Kekse an, die zurückgewiesen wurden. »Öffnen Sie nie«, begann Mrs. Paynel unvermittelt, »nachts Ihre Tür, wenn Sie nicht genau wissen, wer vor dem Haus steht.«

Miss Seeton war überrascht. Ungewöhnlich, daß die jungen Leute einem Ratschläge gaben. Natürlich wußte sie, daß es gut gemeint war. Und zweifellos war das eine sehr vernünftige Vorsichtsmaßnahme in London – oder wo immer Mrs. Paynel auch herkam –, aber offenbar hatte das gute Kind nicht viel Ahnung vom Leben auf dem Land, wo sich die Menschen früh schlafen legten und spätabends keine Besuche mehr machten. Es sei denn, natürlich, ungewöhnliche Umstände zwangen sie dazu, oder es lag ein Notfall vor. In diesem Fall wäre es selbstverständlich ganz falsch, es nicht zu tun. Die Tür öffnen, meinte sie. Immerhin war Mrs. Paynel selbst bei Nacht gekommen, und sie würde jetzt nicht hier sitzen, wenn Miss Seeton ihr nicht geöffnet hätte. Ihr fiel auf, daß Mrs. Paynel so gar nicht mehr dem lachenden Mädchen glich, das am frühen Abend zu diesem Ball aufgebrochen war und tanzen wollte. Es war fast, als würde jetzt eine ganz andere Frau vor ihr sitzen.

Diese andere Frau redete eindringlich auf Miss Seeton ein, beschuldigte sich selbst und versuchte, ihre Gastgeberin davon zu überzeugen, daß sie in Gefahr schwebte. Sie war nicht sehr erfolgreich mit ihren Warnungen. Als Miss Seeton vernahm, daß Miss Wicks von einem der Nuscience-Schläger angegriffen worden sei, der hier in diesem Cottage gelauert hatte, um die Besitzerin des Hauses bei ihrer Rückkehr zu ermorden, verwandelte sich ihre Skepsis in Empörung. Niemand, betonte sie, habe in ihrem Cottage auf sie gewartet – sie sei ja gar nicht hier gewesen! Und was diesen angeblichen Mordanschlag betraf, sie fand eine derartige Annahme melodramatisch und geschmacklos und außerdem lächerlich. Wer wollte sie schon ermorden?

»Für eine Kriminalbeamtin«, erwiderte Merilee nüchtern, »sind Sie bemerkenswert naiv – oder Sie sind eine brillante Schauspielerin.«

Miss Seeton war schockiert und stellte unverzüglich klar, daß sie nicht im entferntesten mit der Polizei zu tun hatte, zumindest nicht in der Weise, wie Mrs. Paynel es sich einbildete, sondern ganz, ganz anders, wirklich. Sie zeichnete Phantombilder, setzte sie hinzu, um die Unklarheiten restlos zu beseitigen. Die Frage, ob sie in der letzten Nacht Zeichnungen von den Menschen in der Kirche angefertigt habe, verwirrte Miss Seeton, und das freimütige Geständnis ihrer Besucherin, daß sie selbst anwesend gewesen war, verstörte sie vollends.

Merilee beugte sich vor und stellte ihre Tasse, an der sie kaum genippt hatte, auf den Tisch. »Kann man jemals zurück?« fragte sie. »Wenn man alle möglichen Dummheiten gemacht hat, kann man da noch zurück?«

Miss Seeton dachte nach. Eine sehr schwierige Frage. Und keine, fürchtete sie, mit der sie sich schon einmal beschäftigt hatte. Im großen und ganzen gesehen, entschied sie schließlich, war es wohl nicht möglich. Oder, falls es einem doch gelang, hätte man kaum etwas gewonnen, da man dann wieder am Anfang stünde und drauf und dran wäre, dieselben Fehler noch einmal zu begehen.

Merilee ahnte, in welchem Dilemma sich Miss Seeton befand. Sie stand auf, setzte sich auf die Armlehne von Miss Seetons Sessel und lächelte.

»Sie verstehen mich nicht«, sagte sie, »und offensichtlich habe ich Sie auch falsch eingeschätzt. Aber bitte, glauben Sie mir, wenn ich Ihnen sage, daß Sie in Gefahr sind. Ich weiß, wovon ich spreche.« Sie lachte bitter. »Genaugenommen bin ich selbst auch in Gefahr, wenn sie jemals erfahren, daß ich hier war, um Sie zu warnen.«

Gefahr? Allmählich machte sich Miss Seeton doch Sorgen. Selbstverständlich war es absurd anzunehmen, sie selbst wäre in irgendeiner Weise bedroht, aber sie wußte, daß andere Leute durchaus in Schwierigkeiten – und manchmal auch in ernsthafte Gefahr – geraten konnten.

»Meinen Sie damit, daß diese Menschen ernsthaft versuchen könnten, Sie zu töten? Es erscheint mir so – verzeihen Sie – so übertrieben.«

»Nichts ist unwahrscheinlich, wenn Geld im Spiel ist. Sie würden es durchaus versuchen.« Mrs. Paynel sah auf ihre Hände, die mit den Handflächen nach oben in ihrem Schoß lagen, und schauderte. »Ich hätte nie gedacht, daß es mir etwas ausmachen könnte. Ich glaubte, schon vor vier Jahren in einem Krankenhaus gestorben zu sein.«

Miss Seeton seufzte. Sie wünschte, die Menschen würden nicht immer wieder in Rätseln sprechen. Sie ergriff die kalte Hand des Mädchens. »Bitte, Mrs. Paynel, wenn es so ist, wie Sie sagen, wäre es dann nicht klüger, mit Superintendent Delphick zu reden? Er ist ein so verständnisvoller Mann, und ich weiß, daß er alles, was in seiner Macht steht, tun würde, um Ihnen zu helfen.«

Merilee sah sich in dem Zimmer um. Dieses Haus, diese skurrile kleine Person, Sir George und Lady C... Nigel! Unbewußt sprach sie den letzten Namen laut aus. Sie erhob sich. »Was soll's?« Sie nahm ihren Umhang und legte ihn sich über die Schultern. »Wie Sie vorhin dachten, ohne es auszusprechen: Man kann nicht zurück.«

Miss Seeton sprang auf. »Oh, aber ... ich habe das nicht so gemeint. Oder, genauer gesagt, wenn ich das hätte ausdrücken wollen, dann hätte ich es nicht so gemeint. Ich nehme an, ich dachte nur, daß es nichts nützen würde, weil man dann nur wieder dort wäre, wo man schon einmal war. Man sollte es nicht tun ... ich meine von vorn anfangen. Nein, man sollte immer vorwärts gehen, zumindest denke ich das. Und alles, was sich in der Vergangenheit ereignet hat, müßte das nicht – ich weiß nicht – den Sinn für das Wertvolle schärfen und einem helfen, das Leben besser zu verstehen? Es erleichtert einem, die Zukunft zu bewältigen, meinen Sie nicht auch? Wie die geschichtlichen Ereignisse. Aber natürlich nützt einem das nicht viel, weil die Menschen es nicht tun – aus der Geschichte lernen, meine ich.« Miss Seeton, die nie in ihrem ganzen Leben aus Erfahrung gelernt hatte und es auch in Zukunft nicht tun würde und deren persönliche Geschichte gespickt war mit Vorfällen, die nur auf die mangelnde Bereitschaft, aus Vergangenem zu lernen, zurückzuführen waren, bezweifelte, daß sie sich deutlich ausgedrückt hatte. »Tut mir leid«, entschuldigte sie sich. »Ich rede viel zuviel. Und ich fürchte, ich bin Ihnen keine große Hilfe.«

Merilee betrachtete sie voller Zuneigung. »Das würde ich nicht sagen. Ich werde morgen früh mit dem Superintendent sprechen. Und was alles andere betrifft – ich esse mit Nigel zu Mittag. Wer weiß? Wir werden sehen.« Sie ging in den Flur. »Kommen Sie, und verriegeln Sie die Tür hinter mir.«

Miss Seeton kehrte ins Wohnzimmer zurück, ließ sich an ihrem Schreibtisch nieder und stellte die Lampe so hin, daß sie das Bild bei günstigem Licht studieren konnte. Sie sah, wie sie schon vermutet hatte, das sitzende, kummervolle Mädchen. Und sie mußte gestehen, daß es genauso aussah wie Mrs. Paynel, als sie auf der Armlehne gesessen und die Hände im Schoß gehalten hatte. Aber wieso, wunderte sie sich, hatte sie die falschen Farben verwendet? Mrs. Paynels Kleid war rauchgrau und altrosa gewesen und der Umhang aus goldenem Samt. Das Kleid auf dem Gemälde war grün und der Umhang türkisfarben. Irgend etwas daran kam ihr eigenartig bekannt vor, aber sie wußte nicht, was. Erinnerte sie es an ein Bildnis der Madonna, das sie irgendwann einmal gesehen und unbewußt kopiert hatte? Nein, ihr fiel nicht ein, welches Gemälde das hätte sein können. Und trotzdem ließ sie diese Ähnlichkeit mit etwas, was sie kannte, nicht los. Dieses rotgoldene Haar, das grüne Kleid, der türkisfarbene Umhang... Nein. Es fiel ihr nicht ein.

Noch immer lächelnd nach der Begegnung mit Miss Seeton zog Merilee Paynel das quietschende Gartentor hinter sich zu und bog nach rechts in Richtung George and Dragon ab. Aus dem Schatten der Büsche, die den Gartenzaun überwucherten, traten zwei Männer, um ihr den Weg abzuschneiden.

»Du bewegst dich in seltsamer Gesellschaft, meinst du nicht auch?« fragte Duke.

Kapitel 15

Nigel Colveden war in einen hitzigen, wenn auch einseitigen Streit vertieft – er haderte mit sich selbst: Sie konnte, sie würde ihn nicht versetzen, und außerdem hatte sie selbst gesagt, daß sie niemals eine Verabredung verschob oder nicht einhielt. Der Wirt vom George and Dragon meldete vorsichtig Bedenken an und dachte im stillen: Die jungen Frauen heutzutage waren ebenso geneigt wie die jungen Männer, eine ganze Nacht wegzubleiben. Und daß diese Mrs. Paynel letzte Nacht nicht zurückgekommen war, ging ihn nichts an. Ihre Sachen befanden sich noch im Zimmer, und sie würde es ihm bestimmt nicht danken, wenn er die Katze aus dem Sack ließe und überall herumerzählte, daß sie in der Nacht auf Achse gewesen war. Er würde dem jungen Mr. Nigel gern helfen, wenn er könnte, aber er wollte sich keine Verleumdungsklage oder so was einhandeln.

Delphick kam in die Gaststube, um zu Mittag zu essen, und Nigel bestürmte ihn: Mrs. Paynel wurde vermißt, ob die Polizei nicht...? Der Superintendent hatte auch das Gefühl, daß es nicht seine Angelegenheit war, wenn Mrs. Paynel eine Verabredung zum Essen nicht einhielt. Andererseits hatte er durchaus berufliches Interesse an ihrem Verbleib, da sie zu dem verdächtigen Personenkreis gehörte. Er befragte den Wirt, der sich den Behörden gegenüber zugänglicher zeigte. Nein, Mrs. Paynel war letzte Nacht nicht zurückgekommen, und ihr Bett war unberührt. Nein, sie hatte nichts davon gesagt, daß sie wegbleiben würde, und ihr Auto stand ja auch noch in der Garage. Mrs. Paynel war ganz gewiß nicht im Haus gewesen, als er um Mitternacht abgesperrt hatte und ins Bett gegangen war, aber sie hatte einen Schlüssel und konnte kommen und gehen, wann sie wollte.

Nigel protestierte: Aber sie war schon weit vor zwölf zurück gewesen. Sie hatte Kopfschmerzen gehabt, deshalb hatten sie den Ball früh verlassen, und er selbst hatte Mrs. Paynel vor der Tür vom George and Dragon abgesetzt. Sie mußte, behauptete er entschieden, ins Haus gegangen sein. Delphick kam ins Grübeln. Eine eigenartige Sache. Wohin hätte sie um Mitternacht ohne Auto gehen können? Soweit er wußte, kannte sie niemanden im Dorf. Er fragte Nigel danach. Nein, er glaubte auch nicht, daß sie jemanden kannte – außer ihn selbst, seine Eltern und natürlich Miss Seeton. Miss Seeton? Nigel erklärte, daß sich Miss Seeton am gestrigen Abend bei ihm zu Hause aufgehalten hatte, als sie zu dem Ball aufgebrochen waren. Miss Seeton? Delphick überlegte. Mrs. Paynel hatte dieses erste Bild von der Kirche am Strand gesehen. Hatte sie jemandem von Nuscience davon erzählt? Er warf einen Blick durchs Fenster auf Sweetbriars. Er sah keinen Grund ... Es war unwahrscheinlich. Vielleicht sollte er sich doch lieber vergewissern. Er überquerte die Straße. Nigel folgte ihm.

Miss Seeton, die ihr Mittagessen unterbrochen hatte, strengte sich auf ihre eigene Art an, behilflich zu sein. Aber ja, Mrs. Paynel hatte sie letzte Nacht besucht. Hatte Mrs. Paynel von der Kirche gesprochen? Miss Seeton sah Nigel verlegen an und gestand: Ja, das hatte sie. Genaugenommen hatte sie zugegeben, bei diesem Gottesdienst gewesen zu sein, was, so setzte Miss Seeton eilends hinzu, so gar nicht zu ihr paßte. Hatte Mrs. Paynel den Grund für ihren Besuch genannt?

»Gefahr«, erwiderte Miss Seeton.

»Gefahr für wen?« erkundigte sich Delphick scharf.

»Na ja, sie sprach von einer Gefahr, die mich bedrohe, was, wie ich deutlich machte, kompletter Unsinn ist. Aber sie sagte auch, daß sie selbst möglicherweise in Gefahr sei.« Miss Seeton hielt erstaunt inne. »Aber, Superintendent, haben Sie sie denn heute noch nicht gesehen? Sie wollte mit Ihnen über all das sprechen.«

»Worüber?«

»Nun, sie erwähnte, daß sie in Gefahr sein würde, wenn sie mich warnt.«

»Wovor?« bohrte Delphick weiter.

Aber in diesem Punkt konnte Miss Seeton ihm nicht weiterhelfen, da sie selbst nicht genau wußte, wovor man sie gewarnt hatte.

»Was hat sie sonst noch gesagt?«

Miss Seeton versuchte, Zeit zu gewinnen. Sie war unsicher, wieviel von dem nächtlichen Gespräch vertraulich behandelt werden sollte. Sie erinnerte sich noch an die Frage: »Wenn man alle möglichen Dummheiten gemacht hat, kann man da noch zurück?« Das deutete, wie sich Miss Seeton vorstellen konnte, darauf hin, daß sich Mrs. Paynel vielleicht ein wenig töricht verhalten hatte und Reue empfand. Jedenfalls wäre es schrecklich ungeschickt, in Gegenwart von Nigel etwas zu wiederholen, was zu verhängnisvollen Mißverständnissen führen könnte. »Na ja«, sagte sie schließlich, »Mrs. Paynel sprach davon, daß Geld im Spiel sei. Das wäre auch der Grund für die Gefahr, meinte sie.«

Nigel konnte seinen wachsenden Unmut nicht mehr unter Kontrolle halten. Das war doch kompletter Unsinn. Miss Seeton mußte das alles falsch verstanden haben. Allein der Gedanke, daß Merilee eine Hexe war und bei diesem verrückten Gottesdienst...

Delphick fiel ihm ins Wort: »Schweigen Sie, Mr. Colveden. Wir müssen die Wahrheit erfahren, ob sie Ihnen gefällt oder nicht, wenn wir etwas über ihren Verbleib herausfinden wollen. Erzählen Sie weiter, Miss Seeton«, ermutigte er sie.

Miss Seeton wirkte bedrückt. Ihr Blick schweifte durch das Zimmer, als hoffe sie auf eine Eingebung. Sie betrachtete eine Weile den Schreibtisch, wandte sich aber schuldbewußt ab, als sie sich an das Bild erinnerte. Sie konnte nicht... nein, das konnte sie wirklich nicht. Und erst recht nicht, solange Nigel hier war. Das wäre unrecht. »Es wäre wirklich besser, wenn Mrs. Paynel selbst mit Ihnen sprechen würde.«

Delphick preßte die Lippen zusammen. Nach einer Weile sagte er: »Ich denke, wir müssen als gegeben hinnehmen, daß sie das nicht kann.« Wie kam es nur, daß diese kleine absonderliche Frau allen immer einen Schritt voraus war, obwohl sie sich kein bißchen darum bemühte? Sie verschwieg etwas. Warum? Weil der Junge hier war? Und diese verstohlenen Blicke auf ihren Schreibtisch bedeuteten, daß sie etwas gemalt hatte, dessen war er sich sicher. Vielleicht könnte das mehr Klarheit in die Angelegenheit bringen als sie selbst. »Kommen Sie«, ermahnte er die alte Dame, »Sie verschweigen uns etwas. Was könnte sowohl für Sie als auch für Mrs. Paynel eine Gefahr darstellen? Und jede Zeichnung« – er bedachte sie mit einem anklagenden Blick –, »ist jetzt Eigentum der Polizei.« Er lächelte. »Denken Sie daran, Sie haben einen Vertrag unterschrieben.«

Widerstrebend erhob sich Miss Seeton und ging zum Schreibtisch, um Delphick das Aquarell zu übergeben. »Ich glaube nicht, daß das hilfreich ist, Superintendent; es ist so ... so ganz anders als das, was ich eigentlich malen wollte.«

Nigel gesellte sich zu ihnen. »Aber das ist ja die Puppe!« rief er, dann stutzte er. Aber es war auch Merilee. Eine Merilee, wie er sie nicht kennengelernt hatte. Aber sie war es. Er sah die Puppe wieder vor sich, wie sie auf dem Altar gelegen hatte, und ihn beschlich dasselbe mulmige Gefühl.

Delphick hatte die verstümmelte Puppe im Polizeipräsidium gesehen. Die Puppe? So ganz anders als das, was ich eigentlich malen wollte? Und Mrs. Paynel hatte zugegeben, an dieser schwarzen Messe teilgenommen zu haben. Er ging zum Telefon. Brinton war im Dienst und versprach, den nächsten Streifenwagen sofort zur Kirche in Iverhurst zu schicken. Delphick rief Bob an und forderte ihn auf, unverzüglich den Wagen zu Miss Seeton zu bringen. Nigel stürmte aus dem Haus.

Merilee Paynel lag, wie vor ihr die Puppe, auf dem Altar. Der goldene Umhang hing bis auf den Boden, und das schillernde Ballkleid war vom Hals bis zum Saum aufgeschlitzt. Darunter war ein unpassender Strumpfhalter aus grüner Schlangenhaut zu sehen. Die aufgeschnittene Kehle, der geronnene Blutstrom, der verstümmelte Leichnam, das verkehrte Kreuz, das in die Haut auf Bauch und Brust geritzt war – nichts davon konnte der Würde des ewigen Friedens etwas anhaben.

Dr. Knight, der für den im Urlaub befindlichen Polizeipathologen eingesprungen war, richtete sich auf, nachdem er die Leiche untersucht hatte, und Chief Inspector Brinton, der in einem Ambulanzwagen zur Kirche gerast war, gab seinen ersten Kommentar ab.

»Also schön, das ist wieder ein rituelles Opfer.«

»Meinst du, Chris? Sicherlich wollen sie uns das glauben machen.« Delphick trat zurück, um den Männern von der Spurensicherung das Feld zu überlassen.

»Was soll das sonst sein?« fragte Brinton.

Dr. Knight machte seine Arzttasche zu und folgte zusammen mit Sergeant Ranger Brinton und Delphick durch den Mittelgang. Trotz der Abgestumpftheit, die ein langes Berufsleben mit sich brachte, waren alle vier Männer aufgebracht und zornig. Vor dem Portal entbrannte ein stimmgewaltiger Streit. Als er Nigels Stimme erkannte, bellte Delphick: »Um Gottes willen, sorgt dafür, daß der Junge draußen bleibt.«

Bob sprintete los. Nigel rang mit den beiden Streifenpolizisten, die als erste am Tatort angekommen waren. Bob eilte ihnen zu Hilfe.

»Schon gut, laßt ihn los.«

»Ist sie ...?« keuchte Nigel. Er schluckte und versuchte es noch einmal: »Ist sie ...?«

»Bitte, Mr. Colveden, Sie können hier nicht das geringste tun. Wenn Sie jetzt bitte nach Hause fahren würden ... wir treten mit Ihnen in Verbindung, sobald es uns möglich ist.«

»Was, zum Teufel, soll das heißen: Sie treten mit mir in Verbindung?« Nigel riß sich von den Polizisten los und fing an zu rennen.

Bob stellte ihm ein Bein, und als Nigel fiel, plazierte er einen präzisen Hieb über das linke Ohr des Jungen. Dann legte er ihn sanft auf den Rücken. Dr. Knight kam auf sie zu, kniete sich neben Nigel und fühlte ihm den Puls, dann zog er ein Augenlid hoch und öffnete seine Arzttasche.

»Arm frei machen«, befahl er.

Bob zog Nigel das Jackett aus und rollte den Hemdsärmel hinauf. Der Arzt tupfte die Armbeuge mit einem getränkten Wattebausch ab und setzte die Spritze. »Das wird ihn bis morgen früh ruhig halten. Der Krankenwagen kann ihn nach Hause transportieren. Legen Sie ihn ins Bett und sagen Sie den Eltern, daß ich später vorbeikomme und ihnen alles erkläre.«

Der Superintendent lobte seinen Mitarbeiter. »Sie haben Ihr bestes getan, Sergeant, aber Ihr Reaktionsvermögen läßt ein bißchen zu wünschen übrig.« Brinton sah überrascht auf, aber das Orakel hatte sich an die Streifenpolizisten gewandt. »Sie hätten Mr. Colveden auffangen können, als er stolperte, dann wäre er nicht mit dem Kopf auf dem Grabstein aufgeschlagen.«

»Dem kann ich nicht zustimmen«, widersprach Dr. Knight. »Nach allem, was ich gesehen habe, hat der Sergeant ihn vor Schlimmerem bewahrt. Er hat schnell genug zugepackt, um den Jungen im Fallen umzudrehen. Deshalb hat er sich nur den Hinterkopf angeschlagen. Ich glaube nicht, daß er eine Gehirnerschütterung hat, aber ich habe ihm die Spritze gegeben, falls er im Schockzustand ist, wenn er aufwacht.«

Die Polizisten blieben ungerührt. Schließlich sagte der Fahrer des Streifenwagens ernst: »Gefährlich, diese Friedhöfe. Besonders wenn sie so überwachsen und voller Gestrüpp sind wie dieser. Man kann über alles mögliche stolpern. Wenn der Sergeant nicht gewesen wäre, hätte der Sturz schlimm ausgehen können.«

Der Krankenwagen und der Arzt fuhren los. Delphick betrachtete Nigels kleinen roten M.G., dann warf er einen abschätzenden Blick auf seinen Sergeant. Nein, das würde nicht gehen. Bob könnte den Flitzer als Schuh anziehen. Er bat einen der Polizisten, das Auto nach Rytham Hall zu bringen. Die Mitarbeiter des Ashforder Morddezernats blieben in der Kirche, um nach Spuren und Hinweisen zu suchen, Bob setzte sich ans Steuer von Delphicks Wagen, und Brinton und der Superintendent nahmen auf dem Rücksitz Platz.

»Nur ein Strumpfhalter?« dachte Brinton laut. »Könnte das bedeuten, daß der Mörder den anderen als Fetisch an sich genommen hat?«

Delphick starrte düster vor sich hin. »Nein, sie hatte nur einen.«

»Wieso?«

»Du solltest dich besser über deine Fälle informieren, Chris. Dieser Schlangenhaut-Strumpfhalter ist ein altes Abzeichen eines Hexenrangs.«

»Wenn es kein Ritual war, was dann?« fragte Brinton noch einmal.

»Sie wurde zum Schweigen gebracht«, erwiderte Delphick. »Sie wollte mit mir reden.«

»Woher weißt du das?«

»Von Miss Seeton.«

Brinton erschrak.

Delphick erzählte ihm von der Unterhaltung, die er mit der alten Dame geführt hatte.

»Sie weiß noch mehr?«

Der Superintendent zuckte mit den Achseln. »Ich glaube nicht. Ordnungsgemäß gab sie Mrs. Paynel den Rat, mit mir zu sprechen, und hat dadurch unglücklicherweise selbst nicht alles erfahren.«

»Und jetzt«, meinte Brinton nachdenklich, »sind sie sicher hinter der Dame mit dem Schirm her.«

»Zwangsläufig. Sie wissen nicht, wieviel Mrs. Paynel ihr erzählt hat. Und jetzt, da das Mädchen tot ist, kann Miss Seetons Aussage über das Gespräch als Beweis herangezogen werden. Trotzdem würde uns eine offizielle, eidesstattliche Aussage nicht weiterhelfen, weil sie eigentlich gar nichts weiß, aber das können die nicht ahnen.«

Brinton schnaubte. »Und selbst wenn sie etwas zu Protokoll geben würde, käme nicht viel dabei heraus, weil die Verteidiger die Aussage bei Gericht zerpflücken würden. Also«, schloß er, »postiere ich rund um die Uhr eine Wache vor ihrem Haus. Wir sind zwar hoffnungslos unterbesetzt, aber in diesem Fall muß ich mir wohl oder übel etwas einfallen lassen. Von jetzt an stehen wir schwer unter Druck. Wir können nicht mehr hoffen, die ganze Angelegenheit unter Verschluß zu halten – dieser Mord wird ziemlichen Wirbel verursachen. Das wird ein Riesenspektakel.«

Kapitel 16

Wichtige Nachrichten durften der Nation nicht vorenthalten werden. Mord ist wichtig. Etwas Sensationelles war passiert, und Reporter, Fernsehteams und Schaulustige reisten an. Alle genossen den Schauer des Entsetzens, wie immer, wenn sich etwas so wunderbar Grauenvolles ereignet. Der Schauplatz, an dem sich der Mord an Mrs. Paynel abgespielt hatte, wurde fotografiert und gefilmt, und die Bilder rührten die mitfühlenden Herzen der Öffentlichkeit. Ein schönes Mädchen, nackt, dekorativ verstümmelt, möglicherweise vergewaltigt oder sogar Opfer eines Hexenrituals – ein wahrhaft romantischer Tod: geopfert auf dem Altar einer Kirche. Busreisende änderten in aller Eile ihre Route. Die Touristen, die bewaffnet mit Scheren und Messern Souvenirs aus der Kirche schabten und schnitten, wurden von der Polizei, der es an jeglichem Sportsgeist mangelte, verjagt und fielen in Plummergen ein. Sie belagerten das George and Dragon, wo das Opfer gewohnt hatte und zum letztenmal lebend gesehen worden war. Nachdem sie von dem Jägerball in Maidstone gehört hatten, wollten sie Nigel in Rytham Hall einen Kondolenzbesuch abstatten, aber Sir George und Lady Colveden hielten ihren Sohn von allem fern, versperrten die Tore und schlichen selbst durch einen Seitenausgang aus dem Haus. Zwei volle Tage sonnten sich die Dorfbewohner in Ruhm und Glanz, erzählten von ihren Erlebnissen – »Die Schirmreiterin auf dem Glokkenturm« lautete die Überschrift der beliebtesten Geschichte –, wurden in Zeitungen zitiert und von Fernsehkameras aufgenommen. Sie deuteten auf die Wache vor Miss Seetons Haus: Vielleicht stand sie ja unter Arrest! Einem besonders einfallsreichen Fotografen gelang es, den obersten Rand von Miss Seetons Hut aufzunehmen, indem er sich auf das Dach eines Autos stellte und die alte

Dame über die Mauer hinweg fotografierte, als sie Unkraut jätete. Der Trubel ließ so plötzlich nach, wie er angefangen hatte – in anderen Teilen des Landes tat sich Interessanteres: Die Frau eines bekannten Parlamentsmitglieds hatte ihrem Mann eine Scheidungsklage geschickt und seinen Neffen als Scheidungsgrund angegeben. Diese Auseinandersetzung versprach ein außergewöhnliches Gerichtsverfahren und war aufsehenerregender als eine tote Frau, zudem versprach dieser Fall Storys und Enthüllungen, die über Wochen und Monate hinweg die Zeitungen füllen konnten.

Plummergen war wieder sich selbst und seinen Angelegenheiten überlassen. Aber diesen Angelegenheiten fehlte mit einemmal die rechte Würze. Die Dorfbewohner taten ihr bestes und ergriffen Partei: Die einen verunglimpften Miss Seeton und diejenigen, die nicht ihrer Meinung waren, Schmähungen wurden über die Polizei und Nigel Colveden ausgeschüttet; finstere Andeutungen wurden gemacht. Aber all das führte zu nichts, den Andeutungen fehlten konkrete Grundlagen, und die Bevölkerung war verloren ohne ihre Anführerinnen und Hauptinformantinnen. Wo waren Mrs. Blaine und Miss Nuttel?

Unter der Kirche von Iverhurst erwarteten mehr als zweihundert Anhänger von Nuscience selbstzufrieden den Weltuntergang und die Ausrottung ihrer Verwandten und Bekannten. In der Zeit bis zu dem großen Ereignis bereiteten sie sich darauf vor, die Saat einer neuen Zivilisation auszustreuen – entweder auf diesem oder auf einem anderen Planeten würden sie Neues erschaffen und große Werke tun. Es lag an ihnen selbst, wie ihre neue Welt aussehen sollte, sie mußten nur fleißig ihre Atemübungen machen, dann stand einer Astralreise nichts mehr im Weg. Der große Keller war mit Vorhängen in drei Kammern unterteilt: Eine war der Schlafsaal für die Frauen, in der zweiten kampierten die Männer, und die dritte war ein notdürftiger Gemeinschaftsraum. Hier hielten sich die Gläubigen die meiste Zeit auf, übten richtig atmen und unterhielten sich.

Sie lösten Kreuzworträtsel, spielten Spiele, lasen oder träumten von der schöneren Welt. Die Unbequemlichkeiten, die knapp bemessenen Essensrationen und die ungenügenden sanitären Verhältnisse – ihre Notdurft verrichteten sie unter der Krypta – erduldeten sie ohne Klagen, da sie sich ihrer überragenden Bedeutung für die neue Menschheit, die bald ihre Geburtsstunde erleben würde, bewußt waren. Der kleinere Keller, der zu dem Tunnel und den Ausgängen führte, war verbotenes Territorium und den höheren Ränge der Organisation vorbehalten. Soweit bekannt war, überbrückte hier der Meister, umgeben von seinen Akoluthen, den Trompetern und der Majordomus-Riege, die Wartezeit mit Gebeten. Abwechselnd patrouillierten seine Helfershelfer im großen Keller, sorgten für Ordnung, machten den Ängstlichen Mut und schlichteten Streitigkeiten, unter anderem auch eine heftige Meinungsverschiedenheit über Fragen des Protokolls zwischen Mrs. Trenthorne einerseits und Mrs. Blaine und Miss Nuttel andererseits.

Nach dem Riesenspektakel, das der Chief Inspector vorausgesagt hatte, saß Delphick mit Brinton in dessen Büro zusammen, um die Lage zu bewerten. Sie wußten nicht mehr über den Mord an Mrs. Paynel als am Anfang. Merilees Schwiegereltern reisten aus Gloucester an, identifizierten den Leichnam und trafen die notwendigen Vorkehrungen, um die Ermordete an der Seite ihres vor vier Jahren verstorbenen Mannes begraben zu können. Die Ermittlungen der Polizei waren zum Stillstand gekommen. Alle Personen, die engen Kontakt zu Nuscience hatten, waren von der Bildfläche verschwunden, und niemand hatte von ihnen gehört. Brinton war der Ansicht, daß sich die Nuscientisten aus dem Staub gemacht hatten und daß die Polizei nur warten mußte, bis sie irgendwo anders wieder auftauchten. Jedenfalls sprach nichts dafür, daß Nuscience in den Mord verwickelt war – viel eher waren wohl diese Teufelsanbeter dafür verantwortlich, so wie's aussah.

»Und«, schloß er, »mit einem Mord auf ihrem Konto

haben sie wahrscheinlich alle ihre Besen genommen und sind auf und davon geflogen. Das heißt« – sein Gesicht wurde finster –, »warum fliegen sie eigentlich auf Besen, um alles in der Welt?«

Delphick grinste. »Es sind keine Besen – ich habe dir schon einmal gesagt, daß du deine Hausaufgaben besser machen sollst, wenn du mit einem solchen Fall betraut bist, Chris. Hexen reiten meistens auf Stecken mit einem Phallussymbol am Ende. Das Reisig soll nur das anstößige Objekt bedecken und diente zur Zeit der Hexenverfolgung als Tarnung. Aber ich glaube nicht, daß sie sehr weit geflogen sind. Ich vermute viel eher, sie sind in den Untergrund abgetaucht – im wahrsten Sinne des Wortes. Und ich bleibe dabei: Es gibt eine Verbindung zwischen Nuscience und diesen Hexen.«

Brinton schnaubte. »Was hoffen sie, aus all dem herauszuholen?«

»Mindestens eine Viertelmillion in bar, würde ich sagen.«

Brinton richtete sich abrupt auf und sah das Orakel ungläubig an.

»Denk doch mal nach, Chris. Mindestens zweihundert Leute sind plötzlich weg. Sie haben all ihre transportablen Wertsachen und Geld mitgenommen, und das mindeste, was jeder bei sich hat, sind tausend Pfund – vorsichtig geschätzt. Tausend Pfund pro Kopf, das würden zweihunderttausend insgesamt ergeben, wahrscheinlich ist aber, daß es viermal soviel ist. Nein, ich könnte schwören, daß sie sich noch alle hier irgendwo herumtreiben.« Er beugte sich vor, um zum hundertstenmal die Landkarten zu studieren, die auf dem Schreibtisch ausgebreitet waren; alte und neue Landkarten von der näheren Umgebung. Mit einem Seufzer machte sich Brinton wieder daran, Entfernungen zu vergleichen und Berechnungen anzustellen. Ohne jedes Ergebnis.

»Hör mal, Chris«, protestierte Delphick, »es muß doch Menschen geben, die wenigstens ein paar der alten Schmugglerpfade kennen.«

»Daran zweifle ich nicht«, entgegnete Brinton. »Aber die alten Gauner haben ihre Geheimnisse gut gehütet. Sie tun es noch, um genau zu sein. Orakel, du vergißt, Schmuggeln war ein großes Geschäft in diesem Landstrich, und Romney Marsh war das Zentrum. Wenn die Jungs nicht absolut dichtgehalten hätten, wäre das das Ende für alle Zeiten gewesen.«

»Und es ist noch nicht zu Ende?«

Brinton zuckte mit den Schultern. »Nach allem, was ich gehört habe, wird immer noch geschmuggelt, aber heutzutage handelt es sich wohl eher um menschliche Fracht. Na und? Es ist nicht mein Bier; darum soll sich die Zoll- und Steuerbehörde kümmern.«

Delphick runzelte die Stirn. Das war ein guter Gedanke. Er nahm den Telefonhörer ab. Es kostete ihn fast eine Stunde, bis er alles in die Wege geleitet hatte. Die Zoll- und Steuerbehörde erklärte sich schließlich bereit, zwei Barkassen von der Wasserpatrouille Tag und Nacht vor dem kurzen Küstenstück zu postieren, und den Strand im Auge zu behalten. Die offizielle Begründung für die Amtshilfe lautete: Die Polizei habe Informationen, daß in den nächsten Tagen Bargeld und Schmuck über den Kanal geschmuggelt werden sollte. Glücklicherweise lag eine kleine Landzunge in der Nähe, vor der die Barkassen bei Tag ankern konnten. Nachts wollten sie näher an die Küste fahren, um sie zu bewachen. Ob der Superintendent eine ganz präzise Ortsangabe von der Höhle und dem unterirdischen Gang machen könne, von denen er gesprochen hatte? Delphick konnte nicht. Er schilderte die genaueren Umstände. Könnten sich die Männer nicht mit dieser Miss Seeton direkt in Verbindung setzen und Details von ihr erfahren? Das lehnte Delphick ab: Er wollte nicht, daß irgendwelche Aktivitäten in der Gegend bekannt wurden. Wenn die Vögelchen Wind von der Sache bekämen, würden sie schnell ihr Nest verlassen. Es bestünde kein Anlaß, erklärte der Mann vom Zoll, die alte Dame noch einmal am Strand entlang zu hetzen. Wenn sie die Stelle bis jetzt nicht gefunden hatte, dann wäre sie bei einem nächsten Versuch vermutlich auch nicht erfolgreicher. Aber die Jungs kannten die Gegend ziemlich gut, und wenn die Lady ihnen sagen könnte, was genau sie gesehen und gemacht hatte, als sie eingebrochen war, und vor welcher Düne sie wieder ans Tageslicht gekommen war, wäre es unter Umständen möglich, den Bereich ein bißchen näher einzugrenzen. Sie könnte die Form des Felsen, die Pflanzen, die dort wuchsen, die Dünen beschreiben. Vielleicht hatten sie ja Glück. Man durfte nichts unversucht lassen. Delphick mußte dem Mann recht geben. Die Zollbehörde würde ein bißchen Zeit brauchen, um alles zu organisieren und Vereinbarungen mit der Wasserwacht zu treffen. Man mußte die abendliche Flut abwarten. Kannte der Superintendent Judy's Gap? Nein. Fahren Sie nach Rye, sagte man ihm, biegen sie nach links auf die Straße nach Camber ab, dann fahren Sie geradeaus und bleiben eine Meile nach Camber am Straßenrand stehen. Wenn er dann ein Lichtsignal gab – einmal lang, zweimal kurz, einmal lang –, konnte die Barkasse mit der Flut direkt an die Küste fahren, und die Lady müßte nur noch einen schmalen Strandstreifen überqueren. Judy's Gap war ein isolierter Punkt, und sie hätten dort die Möglichkeit, gleichzeitig die Küste zu beobachten. Delphick sagte zu, Miss Seeton um halb elf Uhr zu der verabredeten Stelle zu bringen und sich sofort auf den Weg nach Plummergen zu machen, um alles zu arrangieren. Allerdings hegte er insgeheim die Befürchtung, daß es nur zu Verwirrungen führen würde, wenn MissEss irgend jemandem, der nicht mit ihren Eigenheiten und ihrer verschlungenen Denkweise vertraut war, ihre Erlebnisse und Aktivitäten schilderte. Er legte auf und erhob sich. Am besten brachte er die Sache schnell hinter sich ... Chris jammerte zwar ständig, daß er nicht genügend Leute hatte, aber wenigstens war er so vernünftig gewesen, einen Mann als Wache für Miss Seeton bereitzustellen: Ausnahmsweise wußte Delphick also ganz genau, wo er sie finden konnte, und sie konnte sich nicht selbständig gemacht haben und in Schwierigkeiten geraten sein.

Delphick saß in Miss Seetons Wohnzimmer und legte nach einer ganzen Reihe von Telefonaten den Hörer auf. Typisch. Wenn man in diesem Dorf irgend etwas geheimhalten wollte, dann gaben sogar die Hunde die Neuigkeit an jedem Baumstamm am Straßenrand bekannt. Aber sobald man unbedingt etwas in Erfahrung bringen mußte, wußte kein Mensch etwas. Jemand mußte doch den Wagen gesehen haben, der sie abgeholt hatte. Er war überzeugt, daß Mrs. Blaine und Miss Nuttel, wenn sie zu Hause gewesen wären, die Marke des Autos, die Ziffern auf dem Nummernschild und die Lebensgeschichte des Fahrers gekannt hätten; wahrscheinlich wäre keine ihrer Angaben richtig, aber wenigstens hätten sie dann einen Anhaltspunkt. Während dieser Hornochse ... Er warf dem Constable, der vor Sweetbriars Wache geschoben hatte, einen zornigen Blick zu.

»Aber Sie haben den Wagen gesehen, und Sie haben den Fahrer gesehen. Er hat mit Ihnen gesprochen. Sie haben beobachtet, wie er zum Haus ging und sich mit Miss Seeton unterhalten hat. Sie haben mitbekommen, daß er mit ihr zurückkam, zugeschaut, wie beide ins Auto stiegen und wegfuhren. Es muß doch, um Gottes willen, irgend etwas geben, woran Sie sich erinnern!«

Der Constable trat unbehaglich von einem Bein aufs andere. »Na ja, Sir, ich weiß genau, wie's war, aber ehrlich gesagt, ich hab' nicht besonders auf Einzelheiten geachtet. Er trug eine Uniform und sagte, er käme vom Präsidium, um sie abzuholen. Der Bursche war ziemlich jung, und das Auto war dunkel – schwarz wahrscheinlich –, deshalb hab' ich mir gesagt, es wird schon seine Ordnung haben, und wenn sie weg ist, komm' ich wenigstens zu einer Tasse Tee.«

»Aber Sie sagten, sie fuhren in Richtung Süden über den Kanal. Ist Ihnen das denn nicht komisch vorgekommen? Das ist doch der falsche Weg zum Präsidium.«

»Das stimmt und stimmt auch wieder nicht, Sir. Man kommt auch so nach Ashford – es ist vielleicht ein ziemlich großer Umweg, aber ...«

Delphick gab es auf. Chris hatte ja gesagt, daß er sich etwas einfallen lassen mußte, um das Cottage bewachen zu lassen. Offenbar war er zu erschöpft gewesen für gute Einfälle, sonst hätte er nicht eine solche Niete mit dieser Aufgabe betraut.

Ein Bericht von Ashford wurde durchgegeben: Potter, dem Police Constable von Plummergen, war auf seiner Runde ein schwarzer Humbler aufgefallen, der mit überhöhter Geschwindigkeit über die Straße entlang der Dünen gerast war. Potter hatte sofort kehrtgemacht, um dem Wagen zumindest so lange zu folgen, bis er die Nummer erkannt hatte – eine Londoner Nummer –, aber dann konnte er nicht mehr mithalten. Da Potter von der Fahndung nach einem falschen Polizeiauto gehört hatte, meldete er den Vorfall unverzüglich über Funk. Erst dachte er, ein Chauffeur säße am Steuer, aber aus der Ferne sah eine Polizeikappe wohl genauso aus. Zudem hatte er den Eindruck gehabt, daß jemand auf dem Rücksitz gesessen hatte. Die Nachricht war auch schon an alle Streifenwagen durchgegeben worden, aber bis jetzt war noch keine Rückmeldung erfolgt. Delphick arbeitete in aller Eile einen Plan aus. Falls Miss Seeton nicht rechtzeitig zurück war, konnte Sergeant Ranger zu Judy's Gap fahren und den Männern von der Wasserwacht und vom Zoll die Situation erklären. Er selbst wollte lieber in Plummergen bleiben. Da sofort nach Potters Bericht eine Großfahndung nach dem schwarzen Humbler eingeleitet worden und seither kein Hinweis auf den Verbleib des Autos eingegangen war, vermutete er, daß der Fahrer die öffentlichen Straßen verlassen hatte. Konnte er Potter nach Plummergen zurückbeordern, damit wenigstens ein Mensch mit klarem Verstand ein Auge auf Sweetbriars hatte? Dann wäre Miss Seetons schwachköpfiger Ex-Bodyguard wieder frei und könnte im unterbesetzten Präsidium von Ashford aushelfen. Delphick leitete alles telefonisch in die Wege, dann breitete er die Landkarte aus. Die Straße durch die Dünen verlief an der Kirche vorbei und durch Iverhurst, ehe sie in die Schnellstraße nach London mündete. Iverhurst? Sie hatten alle Männer aus der Kirche abgezogen, aber nach all dem Wirbel war es äußerst unwahrscheinlich... Der Humbler mußte weitergefahren sein – es erschien ihm nur logisch, daß sie Miss Seeton so schnell wie möglich aus dem Distrikt zu bringen versuchten, falls sie überhaupt noch am Leben war. Er lief ruhelos auf und ab und dachte nach, mit einemmal blieb er vor dem Kamin stehen und starrte auf das Bild, das auf dem Sims stand. Ein trostloses Aquarell von einem windgepeitschten Moor mit Heidekraut und finsteren Wolken. Ein grauer Tag. Bob hatte, nachdem das Bild entstanden war, lachend behauptet, es sei Miss Seetons Porträt von ihm, Delphick. Delphicks strenger Mund verzog sich für einen kurzen Augenblick zu einem Lächeln. Könnte sein, daß Bob recht hatte, vielleicht hatte Miss Seeton ihn sogar ganz gut getroffen. Er fühlte sich tatsächlich trostlos und grau. Er machte sich Vorwürfe, weil er jemals eingewilligt hatte, daß sie in die Angelegenheiten der Polizei einbezogen wurde, und weil er nicht imstande gewesen war, für ihre Sicherheit zu sorgen. Naivität und Unschuld waren in diesem Spiel verhängnisvoll, das wußte er nur zu gut. Er hatte von Anfang an vermutet, daß diese Bande rücksichtslos und brutal war, und der Mord an Mrs. Paynel hatte gezeigt, daß sie keine Zeit verschwendeten. Wenn der Humbler noch unterwegs war, dann hatten die Streifenwagen die besten Chancen, ihn zu finden. Es hätte keinen Sinn, wenn er selbst planlos durch die Gegend fahren würde. Der Superintendent setzte sich, um mit dem Rest an Geduld, den er aufbringen konnte, auf Neuigkeiten zu warten. Ein cleverer Trick, sie mit einem falschen Polizeiauto von hier wegzulocken. Selbst jemand, der weniger vertrauensselig als Miss Seeton war, wäre nicht auf den Gedanken gekommen, Fragen zu stellen.

Ich muß schon sagen, dachte Miss Seeton verwundert, der junge Mann fährt ein bißchen zu schnell, oder nicht? Sie hatte immer geglaubt, Polizisten wären so umsichtige Chauffeure. Aber andererseits durfte man nicht außer acht lassen, daß sie geschult waren, in Notfällen rasch zu handeln. Das bedeutete natürlich, daß sie diese Geschwindigkeiten gewöhnt waren und sie möglicherweise gar nicht mehr wahrnahmen. Das Auto schlitterte um eine Kurve, und Miss Seeton mußte sich an dem Griff, der zwischen den Fenstern angebracht war, festhalten, um nicht quer über den Sitz geschleudert zu werden. Offenbar war der junge Mann sehr in Eile. Vielleicht hatte Mr. Brinton ihm aufgetragen, sich zu sputen. Obwohl der junge Mann, um genau zu sein, den Namen des Chief Inspectors nie erwähnt hatte. Er hatte lediglich gesagt, er käme vom Präsidium in Ashford. Deshalb hatte sie angenommen... Aber eigentlich, wenn man's genauer bedachte, könnte er auch vom Superintendent geschickt worden sein. Aber nein – sein unerwartetes Auftauchen und die Hast deutete eher auf Brinton hin als auf Superintendent Delphick, der immer so gelassen und besonnen war. Sie mußte sich eingestehen, daß sie wünschte, er hätte ein wenig deutlicher gemacht, was man von ihr erwartete. Sie warf einen Blick auf den Fahrer; nur die Schultern in der Uniformjacke und die Mütze waren in dem schwachen Licht zu sehen, das vom Armaturenbrett schimmerte. Er war noch nicht sehr alt – kaum mehr als ein Junge – und doch schon ein Polizist. Miss Seeton lächelte. Es heißt immer, daß man alle anderen jung findet, wenn man selbst älter wird. Er hatte ihr erklärt, sie müsse jemanden identifizieren, aber bestimmt hatte er nicht gesagt, um wen es sich handelte oder wohin er sie brachte, da war sie sich ganz sicher. Von irgendeinem Wald war die Rede gewesen. Genau besehen war das ein eigenartiger Ort für eine Gegenüberstellung. Aber sie wollte lieber nicht zu viele Fragen stellen. Zumindest nicht bei dieser Geschwindigkeit. Und nicht auf einer so kurvigen Straße. Zum Glück war sonst nicht viel Verkehr. Nur ein Polizist auf einem Moped war ihnen begegnet. Er hatte sogar gewendet und war ihnen ein Stück gefolgt. Für einen Moment hatte Miss Seeton sogar gedacht, er würde sie begleiten. Oder sie möglicherweise sogar wegen überhöhter Geschwindigkeit aufhalten. Aber nein. Er blieb nur ganz kurz hinter ihnen und hatte dann zweifellos erkannt, daß dies ein Polizeiwagen war.

Sie bogen von der Straße ab, fuhren eine kurze Strecke über holprigen Untergrund und blieben unter ein paar Bäumen stehen. Der junge Mann stieg aus und öffnete ihr die Tür. In dem Zwielicht sah Miss Seeton sein Gesicht deutlicher als vorhin vor ihrer Haustür. Irgend etwas an ihm kam ihr vage bekannt vor... Aber nein. Sie war fast sicher, ihn noch nie gesehen zu haben. Es sei denn natürlich, sie war ihm irgendwann im Präsidium von Ashford begegnet, ohne ihn richtig wahrgenommen zu haben – sozusagen. Es war ausgesprochen ungerecht, daß man Menschen mit so eng zusammenstehenden Augen immer verdächtigte, einen wechselhaften oder schwachen Charakter zu haben. Die Menschen konnten nichts für ihr Äußeres. Es war nichts anderes als ein törichtes Vorurteil. Und selbstverständlich wäre er nicht bei der Polizei, wenn er einen hätte – einen schwachen, wechselhaften Charakter, meinte sie.

Der Fahrer tippte sich an die Mütze.

»Wenn Sie mir bitte folgen wollen, Miss«, sagte Basil Trenthorne.

Kapitel 17

Miss Seeton stolperte hinter dem jungen Mann mit der Taschenlampe und der blauen Hose her. Er schien es immer noch so eilig zu haben wie auf der Fahrt. Wenigstens hielten sie sich auf einem Weg, auch wenn Miss Seeton froh um ihren Regenschirm war, mit dem sie die Äste abwehren konnte, die ihr ins Gesicht zu schnellen drohten, weil ihr Begleiter sich so hastig durch die Büsche drängte. Sie atmete erleichtert auf, als er endlich seine Schritte verlangsamte. Ein Leuchten war durch die Bäume zu sehen – sie befanden sich am Rand einer kleinen Lichtung. Der junge Mann signalisierte ihr, stehen zu bleiben, und knipste die Taschenlampe aus. Miss Seeton wartete gehorsam.

»Bleiben Sie, wo Sie sind, Miss. Ich bin gleich wieder da«, flüsterte er. »Ich ziehe mir nur meine Verkleidung an. Es wäre fatal, wenn ich mich dort drüben in Uniform zeigen würde.« Er kicherte. »Sie würden sich in die Hosen machen vor Angst.« Er zog sich hinter das Gebüsch neben dem Pfad zurück.

Dort drüben? Miss Seeton spähte hinter einem Baumstamm hervor. Flackernde Fackeln waren in einem Kreis aufgestellt. Viel Rauch stieg von den Flammen auf. Oder benutzten sie dicke, in Teer getauchte Dochte? Oder war es Öl? Sie wußte es nicht genau. Das würde den Geruch erklären, den sie zuerst für Paraffin gehalten hatte. Aber Paraffin war natürlich ein Öl – in gewissem Sinne –, also könnte es durchaus sein, daß sie recht gehabt hatte. Auf der Lichtung stand eine Art grobe Plattform. Sie mußte etwa ein Meter hoch sein und mindestens doppelt so breit, schätzte Miss Seeton, und bestand aus aufgeschichteten Ästen, die man wahrscheinlich von den umstehenden Bäumen abgeschnitten hatte. Sie hörte Stimmen und Gelächter, sah aber niemanden und konnte auch nicht verstehen, was die Leute sagten. Sie, wer immer sie auch waren, mußten sich auf der anderen Seite dieses hölzernen Aufbaus befinden. Die Szene könnte ziemlich unheimlich wirken, wenn man wirklichkeitsfremd wäre, was sie, Gott sei Dank, nicht war. Aber man könnte sich leicht vorstellen, dieses Gebilde aus Ästen wäre ein Scheiterhaufen, und die gefesselte Jeanne D'Arc stünde dort oben, während sich die englischen Soldaten bei einem Trinkgelage vergnügten.

Wer mochten diese ausgelassenen Leute wohl sein? Und was taten sie hier so spät in der Nacht? Was hatte diese Veranstaltung mit der Polizei zu tun? Sie hoffte nur, daß es nicht wieder eine Versammlung von diesen törichten Leuten mit den Masken war. Wenn doch, wie könnte man dann von ihr erwarten, daß sie jemanden identifizierte? Besonders wenn es so dunkel und rauchig war. Bestimmt würde der junge Mann gleich zurückkommen, um ihr alles zu erklären. Selbstverständlich mußte er, wenn er bei der Polizei war, ein anständiger Mensch sein, davon war sie felsenfest überzeugt. Aber, wenn sie ehrlich war, flößte er ihr nicht halb so viel Vertrauen ein wie zum Beispiel der Sergeant, der Miss Knight in Plummergen besuchte. Und er war auch nicht so zuvorkommend wie der überschwengliche Mr. Foxon.

Basil Trenthorne nahm die Mütze ab, dann kniete er sich auf den Boden, um nach dem Päckchen zu suchen, das er vorher unter einem Strauch versteckt hatte. Das war's. Jetzt würde er es allen zeigen – James und den anderen, die ihm den ganzen Nachmittag zugesetzt hatten, weil er keine Lust gehabt hatte, Äste abzuschneiden und das Podium zu bauen. Sie hatten ja keine Ahnung! Wer hatte letzte Hand angelegt und wirklich alles so blendend organisiert, nachdem die Schwachköpfe mit der Schufterei fertig geworden waren, die Fackeln angezündet und sich wieder durch den Tunnel in den Dünen auf den Weg in die Höhle gemacht hatten?

Die Höhle. Der Gedanke an seine Mutter, die da unten auf das Ende der Welt wartete und sich einbildete, in der nächsten mindestens Präsidentin zu werden, brachte ihn zum Lachen. Ein- oder zweimal war er versucht gewesen, ihr zu sagen, daß er über ihre Aktivitäten als Hexe Bescheid wußte. Das hätte sie ein bißchen zurechtgestutzt. Jetzt war er froh, daß er es nicht getan hatte. Auf diese Weise konnte er mehr Geld herausschlagen. Er wußte nicht, wieviel sie in diesen Keller mitgenommen hatte – sie hatte sich darüber ausgeschwiegen –, aber er wußte, daß sie ziemlich viel von der Bank abgehoben und ihren Schmuck aus dem Safe geholt hatte. Davon konnte sie sich jetzt für immer verabschieden, und er brauchte sich keine Tricks mehr auszudenken, wie er ihr etwas abluchsen konnte. Duke und N. hatten versprochen, ihm alles, was sie mitgeschleppt hatte, zu überlassen und ihm zusätzlich noch einen Bonus für diesen Job hier zu geben.

Er schaute auf die Uhr. Sein Timing war wirklich gut. Er zündete sich eine Zigarette an – ein paar Minuten konnte er noch warten. Er nahm einen Zug. Diejenigen, die glaubten, daß Pot rauchen nichts brachte, waren ahnungslose Idioten, sie blickten einfach nicht durch. Es brachte einen richtig auf Zack und machte hellwach, so daß man genau wußte, was man tun mußte und erreichen wollte. Und wenn die alte Schachtel sich einen Schnupfen holte, weil sie in der Kälte auf ihn warten mußte, war auch nichts dabei. Er würde ihr bald mehr einheizen, als ihr lieb sein konnte. Ted hatte alles vermasselt, als er versuchte, sie auszuschalten, und dabei selbst ins Gras gebissen hatte. Wenn Ted jetzt da unten im Höllenfeuer schmorte, wohin sie ihn geschickt hatte, dann würde er bald Gesellschaft von ihr bekommen. Er zog noch einmal an seiner Zigarette, blies den Rauch aus und lachte.

Die meisten der anderen Jungs, besonders der olle Evelyn, hatten eine Stinkwut, weil sie hier so lange herumhingen. Gewöhnlich schnappten sich Duke und N. die Kiste mit dem Geld und den Wertsachen und machten sich dünne; die anderen hauten zwei oder drei Tage später ab, nachdem sich die Gimpel an ihrem geheimen Ort eingerichtet hatten und von ihren ewigen Atemübungen schon fast hinüber waren. Aber diesmal, bei all dem Theater in der Kirche und den Polizisten, die überall herumschnüffelten, war ihnen gar nichts anderes übriggeblieben, als zu warten. Zugegeben, die Jungs mußten die unterirdischen Gänge benutzen, und es war ein ständiges Kommen und Gehen – das könnte auffallen –, aber Duke hatte ihnen eingeschärft, daß sie sich nur allein oder höchstens zu zweit blicken lassen durften, für den Fall, daß jemand aus der Umgegend die Augen offenhielt. Die Dorfpolizisten hätten normalerweise längst das Handtuch geworfen, trotz Dukes Einfall, Merilee genau so auf dem Altar zu drapieren wie vorher die Puppe, aber sie hatten nicht mit diesem Superintendent vom Yard und der alten Zicke da drüben gerechnet. Deshalb hatte Duke darauf bestanden, einen Hexensabbat im Wald zu veranstalten, um die Aufmerksamkeit von den Dünen abzulenken, wenn sie das Zeug wegschleppten.

Basil sah wieder auf die Uhr. Es war Zeit, in Aktion zu treten. Der Tunnel von der Höhle bis zur Küste war nur etwa eine Meile lang, aber wenn sie die Beute tragen mußten, kamen sie wahrscheinlich nicht sehr schnell voran. Und dann mußten sie die Kiste noch an Bord bringen. Evelyn und seine Leute hatten vielleicht auch erst den halben Weg geschafft. Wie auch immer, sie mußten sich nach ihm, Basil Trenthorne, richten und durften die Wagen erst starten, wenn sie das Feuer lodern sahen. Er war derjenige, der sich dann abhetzen mußte – das war der einzige Haken daran, wenn man ein Ablenkungsmanöver inszenierte. Sobald alles erledigt war, würde er die Beine in die Hand nehmen und wie der Teufel fahren müssen, um Duke und N. ein Stück weiter unten an der Küstenstraße aufzulesen – und natürlich seinen Anteil von der Beute abzuholen. Basil Trenthorne wäre nie in den Sinn gekommen, daß ihn die Geldgier seiner Arbeitgeber und ihre Neigung, Unfälle zu arrangieren, das Leben kosten könnte, nachdem alles erledigt war. Basil holte das lange schwarze Gewand aus dem Päckchen und streifte es über, dann nahm er die klobige Ziegenmaske und eine Fackel und ging zu Miss Seeton zurück.

Hilary Evelyn war viel größer und breiter als Basil – das

Gewand war ihm zu lang, und er stolperte über den Saum. Er raffte den Rock mit der Hand, in der er die Fackel hielt. Ihm entging, daß dabei Öl aus dem Behälter, in dem der dicke Docht steckte, überschwappte und den Stoff durchtränkte.

Miss Seeton war überrascht, als sie die schwarze Gestalt sah. »Liebe Güte, was ...«

»Ich streife die Maske über, zünde die Fackel an und steige auf das Podium«, erklärte er ihr ruhig. »Sie folgen mir. Ich habe ein paar Stämme bereitgelegt, damit Sie bequem wie auf Stufen hinaufsteigen können. Wenn Sie da oben stehen, sehen Sie sich die Leute ganz genau an, vielleicht erkennen Sie jemanden, der neulich in der Kirche war.«

»Aber ...«

»Keine Sorge, Miss«, beschwichtigte er sie. »Wenn ich mit diesem Zeug hier erscheine, denken sie, wir beide gehören dazu.«

Und genauso war's ja auch – Miss Seeton war die Jungfrau, die heute geopfert wurde.

Miss Seeton hätte weitere Einwände erhoben, aber ihr Begleiter legte die Fackel aus der Hand und stülpte sich die Ziegenmaske über den Kopf.

»Es dauert nicht lang«, brummte er durch die Mundöffnung. »Die Sache ist im Nu ausgestanden.« Ganz bestimmt, das Reisig und die Späne, die sie unter die Äste gepackt hatten, würden in Null Komma nichts lichterloh brennen. Und da die Ränder des Podiums mit Paraffin bearbeitet waren, konnte die Alte den Flammenwänden, die sie nach kürzester Zeit umgeben würden, auch nicht mehr entkommen. Sie machte sicher ein paar Freudensprünge, wenn es ihr heiß unter den Füßen wurde – lustig, wie eine Katze auf heißen Ziegeln. Schade war nur, daß er sich nicht lange genug aufhalten konnte, um sich das Schauspiel bis zum Ende anzusehen.

Auch die Maske war für einen größeren Mann gedacht, und Basil hatte Schwierigkeiten, etwas zu sehen. Er bückte sich nach der Fackel, fummelte mit Streichhölzern herum und schaffte es beim zweiten Versuch, den Docht anzuzünden. Er tastete sich vorsichtig weiter bis zu dem Podium und hob mit der freien Hand sein Gewand an, als sein Fuß gegen die improvisierten Stufen stieß. Er stieg unbeholfen auf die Plattform. Geschafft, jetzt konnte die Show beginnen.

Sein Auftritt mit hocherhobener Fackel wurde mit begeistertem Jubel von den Hexen und Hexenmeistern begrüßt. Miss Seeton, die ihm artig gefolgt war, versuchte einen Blick an ihm vorbei auf die Menschen zu erhaschen und riß die Augen erstaunt auf. Etwa dreißig oder vierzig Frauen und Männer, die Masken wie in der Kirche trugen, fielen auf die Knie und neigten die Köpfe auf den Boden. Sie hatten offenbar gegessen und getrunken, doch im Moment schienen sie sich mit etwas anderem zu beschäftigen. Sie standen schwankend wieder auf und hielten sich an den Händen, dann tanzten sie stolpernd gegen den Uhrzeigersinn um das Podium und sangen ein schauriges Lied mit obszönem Text.

Also wirklich – Miss Seeton war schockiert. Diese Menschen hatten kaum etwas an, manche waren sogar ganz nackt. Wie einfältig. Abgesehen davon, daß dieser Tanz und das alles ausgesprochen dumm war – wußten sie denn nicht, daß eine Septembernacht viel zu kalt war und daß man sich mit derart leichter Bekleidung im Handumdrehen eine böse Erkältung zuziehen konnte? Morgen würden bestimmt alle mit Schnupfen, wenn nicht Schlimmerem im Bett liegen. Da ihr immer noch nicht ganz klar war, was sie jetzt tun sollte, sah sie ihren Begleiter fragend an. Er ignorierte sie, stolzierte zum Rand der Plattform und schwenkte die Fackel in hohem Bogen, um sie gleich darauf an das Holz zu halten. Eine dünne Flammenwand züngelte von dem Paraffin auf und breitete sich über den Rand des Podiums aus. Dann trat er zufrieden einen Schritt zurück und drehte sich um, damit er im letzten Moment an der Stelle, die noch kein Feuer gefangen hatte, von dem Podest springen konnte. Sobald er in Sicherheit war, wollte er auch die letzte Seite in Brand setzen und die Alte in ihrem brennenden Käfig schmoren lassen. Zum Schluß würde er die Fackel auf das präparierte Reisig werfen. Falls später irgend jemand der Sache auf den Grund gehen und herausfinden wollte, was vorgefallen war, konnte man alles auf die Neugier der Alten schieben, die unbedingt auf das Podest steigen mußte, um besser sehen zu können, obwohl sie dort nichts zu suchen hatte. Ein bedauerlicher Unfall.

Basil Trenthorne war sich nicht bewußt, daß bereits ein bedauerlicher Unfall passiert war. Seine überschwenglichen Gesten wurden ihm zum Verhängnis. Die Fackel hatte sein Gewand berührt, und der Stoff fing Feuer. Die Show war bereits in vollem Gange, und Basil war der alleinige Hauptdarsteller. Als er merkte, daß er in Flammen stand, fing er an zu zappeln und zu hüpfen, aber das machte alles nur noch schlimmer. Lodernde Flammen hüllten ihn ganz und gar ein, die Pappmaché-Maske brannte. Schreiend schlug er auf das viel zu lange Gewand ein. Er ließ die Fackel fallen, warf sich auf den Boden und wälzte sich hin und her. Dabei löschte er die Fackel, aber er selbst brannte um so mehr, und er steckte die Späne und das Reisig an.

Die qualvollen Schreie rissen Miss Seeton aus der Faszination des Entsetzens. Sie ließ Handtasche und Schirm fallen, zog ihren Mantel aus und warf ihn über die brennende Gestalt, um die Flammen zu ersticken. Aber das Feuer loderte an anderer Stelle auf und drängte sie zurück. Sie brauchte Hilfe – sofort –, sonst würde alles in Flammen aufgehen ... Sie sah sich verzweifelt um. Inzwischen brannten alle Kanten des Podiums, und sie war, wie Basil es geplant hatte, von vier Feuerwänden umgeben. Was machten diese idiotischen Leute da unten? Sie konnte sie nicht sehen, aber sie mußten noch da sein ... Wie konnte sie zu ihnen gelangen? Sie mußte ihren Kopf schützen ... ihr Mantel war verloren – was konnte sie ...? Sie schnappte sich ihren Schirm, öffnete ihn und hielt ihn sich dicht vors Gesicht, dann lief sie zu einer Seite. Die Hitze war so stark, daß sie taumelte. Sie nahm all ihren Mut zusammen und trat in die Flammen ... ins Leere. Sie fiel von dem brennenden Podest.

Kapitel 18

Potter war der erste, dem das Glühen in der Ferne auffiel. Obwohl er vollstes Vertrauen zu seinen Kollegen hatte, hegte er das Gefühl, daß niemand, der nicht dasselbe Verständnis und den Scharfblick hatte wie er, geeignet sein konnte, das Dorf vor Schaden zu bewahren. Um alles im Auge behalten zu können, hatte er sich vor Sweetbriars postiert, achtete jedoch darauf, nicht in die Schußlinie des Superintendent zu geraten, der, je mehr Zeit verstrich, immer mürrischer wurde. Jetzt ging Potter aber doch ins Haus und meldete: »Ein Feuer im Freien in der Nähe von Iverhurst, Sir.«

Delphick ließ die Nachricht kalt. »Das ist nichts Ungewöhnliches um diese Jahreszeit, oder?«

»Nein, Sir. Aber es ist komisch, wenn es erst um Mitternacht angezündet wird. Vielleicht ist auch nur eines wieder aufgeflammt, das die Farmer am Tag schon gelöscht hatten, aber als ich heute nachmittag dort vorbeigefahren bin, hab' ich nichts von einem Feuer gesehen. Und man sieht die Flammen gewöhnlich aus einer Entfernung von zwei Meilen. Es sieht nicht so aus, als würde es in der Nähe der Farmen brennen, Sir – eher südlich davon, würde ich sagen.«

Mitternacht? Die Geisterstunde, in der die Hexen ihr Unwesen treiben. Ein Feuer? Delphicks Interesse war erwacht. »Gibt's eine Möglichkeit, den Standort genau zu bestimmen? Ich möchte es nicht riskieren, von hier wegzufahren und nicht erreichbar zu sein, nur um einem Phantom nachzujagen.«

»Sie könnten Sir George anrufen, Sir. Er hat ein gutes Fernglas, und von seinem Dachboden aus sieht er sofort, wo das Feuer ist.«

Delphick telefonierte. Während er auf Sir Georges Rückruf wartete, ging er hinauf in Miss Seetons Schlafzimmer, aber auch vom oberen Stockwerk aus konnte er nicht mehr sehen als einen rosafarbenen Schimmer am Himmel. Das Telefon klingelte, und er lief die Treppe hinunter.

Potter hielt ihm den Hörer entgegen. »Es ist Sir George, Sir.«

Sir Georges Stimme klang entschieden. »Kein normales Feuer, Superintendent – es brennt im Wald neben der Kirche von Iverhurst, und wie's aussieht, breitet sich das Feuer rasch aus. Ich alarmiere die Feuerwehr. Wir brauchen Dekken, mit denn wir es ersticken können, und jede Menge Leute. Ich fahre selbst hin. Sagen Sie Potter, daß er die Männer aus dem Dorf mobil machen soll – wir könnten sie brauchen.«

Delphick übermittelte Potter die Aufforderung. »Sir George scheint beunruhigt zu sein. Sie kennen die Bedingungen. Wie ernst kann es werden?«

»Sehr ernst, Sir. Nach drei Wochen Trockenheit wie jetzt brennt da draußen alles wie Zunder.«

»Gut. Ich rufe im Präsidium an, während Sie ein paar Männer zusammentrommeln, dann fahren wir los.«

Der Superintendent erfuhr, daß man im Präsidium schon Bescheid wußte. Zwei Streifenwagen hatten Meldung per Funk gemacht, und die Feuerwehren von Brettenden, Ashford und Rye waren bereits alarmiert.

Delphick stürmte ins Freie. Das ganze Dorf war auf den Beinen, und Potter gab den Männern Instruktionen. Menschen, die hastig die erstbesten Kleidungsstücke angezogen hatten, kamen aus ihren Häusern; Autos wurden aus den Garagen gefahren. Ein Feuer, noch dazu in Iverhurst – das war so spannend, daß man es auf keinen Fall verpassen durfte. Reverend Arthur Treeves, der das Nachthemd in den Hosenbund gestopft, darüber einen Mantel gezogen hatte und mit bloßen Füßen in seine Stiefel gestiegen war, trottete zu Delphicks Wagen, warf eine Pferdedecke und einen Besen in den Kofferraum und setzte sich auf den Rücksitz.

»Sie nehmen mich mit, Superintendent«, bestimmte er ohne Umschweife.

Delphick nickte widerwillig und ließ den Motor an. Der Reverend war zu alt für so was. Delphick sah auf – der Himmel leuchtete inzwischen schon orange und wurde immer röter. Potter dirigierte Stan Bloomer neben Arthur Treeves auf den Rücksitz und stieg vorn ein, als der Wagen anfuhr. Hinter ihnen setzte sich ein Strom von Autos, Lieferwagen und Fahrrädern in Bewegung. Eine Meldung von Sergeant Ranger kam über Delphicks Funkgerät: Schlimmes Feuer etwa eine Meile von der Küste entfernt. Die Beamten der Wasserwacht meinten, es sei im Wald von Iverhurst ausgebrochen; rasche Ausbreitung. Sollte er zurückkommen oder in Judy's Gap bleiben? Bleiben, entschied Delphick, zurück aufs Schiff und die Küste beobachten. Falls sich irgendwelche Menschen in oder unter der Kirche aufhielten und seine Vermutung, daß der unterirdische Gang zu der Kirche führte, zutraf, würden sie sicher auf diesem Wege flüchten.

Der Superintendent parkte in der Nähe der Kirche am Straßenrand hinter zwei Streifenwagen. Er fragte sich, ob die Autos hier sicher waren, auch wenn das Feuer noch ziemlich weit weg war. Ein furchteinflößender Anblick erwartete sie: die alte Kirche als herausfordernde Silhouette vor dem flammenden Inferno ihres Erzfeindes. Das Tosen der Feuersbrunst war bei laufendem Motor nicht zu hören gewesen, aber als sie aus dem Wagen sprangen, empfing sie ein Höllenlärm. Sie liefen sofort los, um den vier uniformierten Polizisten zu helfen, die auf der anderen Seite des alten Friedhofs mit abgeschnittenen Zweigen auf die Flammen einschlugen. Immer wieder entfachten Funken und brennende Zweige, die der Wind herüberwehte, neue Brandherde. Wie konnte ein Mensch – oder auch eine Menschenmenge – eine derartige Gewalt beherrschen? Das Dröhnen und Lodern wurde verstärkt durch das Zischen des kochenden Pflanzensafts, das Knistern und Krachen der einstürzenden Holzstämme.

Die Kirche? fragte der Superintendent. Durchsucht und menschenleer vorgefunden, lautete die Antwort. Delphick unterdrückte die aufkommende Übelkeit. Wenn... falls sich jemand im Wald aufgehalten hatte, als diese Katastrophe begann ... und bei der Geschwindigkeit, mit der sich das Feuer ausbreitete ... Es ist zu spät, viel zu spät, um sich jetzt noch Gedanken darüber zu machen, sagte er sich. Konzentriere dich lieber auf das, was gerettet werden kann. Die Kirche. Er glaubte nach wie vor, daß irgendwo unter oder in der Nähe der Kirche der geheime Ort der Nuscientisten sein mußte. Er mußte alles versuchen, um die Schwachköpfe davor zu bewahren, bei lebendigem Leibe geröstet zu werden.

Dorfbewohner strömten herbei und bildeten unter der Anleitung von Sir George eine Kette. Die Frauen und Kinder hielten sich etwas abseits und beobachteten das große Spektakel.

Ein motorisierter Polizist berichtete, daß auf der anderen Seite des Waldes brennende Bäume auf ein Auto gestürzt seien. Seiner Ansicht nach sei das Auto leer gewesen, aber die ungeheure Hitze hatte ihn davon abgehalten, näherzugehen und sich zu vergewissern – nur das Nummernschild hatte er lesen können. Es handelte sich um den Wagen, nach dem in der ganzen Gegend gefahndet wurde, und er hatte im Präsidium in Ashford per Funk Meldung gemacht.

Endlich traf das erste Feuerwehrauto ein. Delphick, dessen Kleider schon ganz mit Ruß verschmiert und angesengt waren, überließ dem motorisierten Polizisten seinen Platz und ging, um sich mit dem Feuerwehrhauptmann zu besprechen. Wie stand es mit den Wasservorräten? Schlecht, sehr schlecht; es gab nur einen Brunnen, und der war nach den Wochen ohne Regen nicht gut gefüllt. Dann wäre es wohl am besten, sich hauptsächlich auf die Kirche zu konzentrieren und sie vor den Flammen zu schützen, schlug Delphick vor.

Brinton fuhr, gefolgt von zwei weiteren Streifenwagen aus Ashford, vor. Die Männer reihten sich unverzüglich in die Mannschaften ein, die verbissen gegen die Feuersbrunst ankämpften.

»Du hast von dem Auto gehört?« fragte Brinton.

»Ja.«
»Vielleicht konnte sie rechtzeitig rauskommen.«
»Wo ist sie dann?«
Brinton warf einen bedeutsamen Blick auf die haushohen Flammen. Mehr war dazu nicht zu sagen.

Miss Seeton kam mühsam auf die Beine. Wie dumm von ihr – sie hatte doch tatsächlich vergessen, daß sie auf einem Podium stand und herunterfallen würde, wenn sie sich zu weit an den Rand wagte. Sie hätte sich leicht den Knöchel verstauchen können. Sie wirbelte zu dem Podest herum und schnappte entsetzt nach Luft. Inzwischen war es ein Flammenmeer geworden. Es war – nein, sie konnte nichts mehr tun, niemand konnte etwas tun.
»Hey!«
Die Stimme riß Miss Seeton aus ihren bekümmerten Gedanken; sie schaute sich um. Ein junger Mann, der sich sein Hemd zuknöpfte und gleichzeitig versuchte, eine Jakke anzuziehen, lief auf sie zu.
»Hey«, rief er noch einmal. »Sie sind die, der wir neulich die Tasche klauen wollten. Miss Season oder so ähnlich.«
»Seeton«, verbesserte Miss Seeton ihn automatisch.
»Sie sind doch so dicke mit den Bullen oder sind selbst so was wie eine Polizistin, hab' ich recht?«
»Nein«, sagte Miss Seeton.
»Hören Sie«, drängte er ungeduldig, »wenn wir hier herauskommen – ich zeige Ihnen den Weg, der zur Kirche führt, und helfe Ihnen, so gut ich kann –, würden Sie dann ein gutes Wort für mich einlegen? Ich hab' nichts mit der ganzen Sache zu tun. Ich wußte nichts von Mord und so. Gegen die Organisation habe ich nichts, und ich finde auch nichts dabei, die Trottel um ihr Geld zu erleichtern, aber Mord ... Ich schwöre, davon hatte ich keine Ahnung. Duke und N. müssen verrückt geworden sein. Basil hätte so was nie auf eigene Faust inszeniert. Und dann rennt der Idiot los und steckt sich selbst in Brand! Das wird mächtigen Stunk geben, wenn Ma Trenthorn Wind von der Sache bekommt; sie werden alle lebenslänglich bekommen ...«

Miss Seeton, die nur wenig von seinem Redeschwall verstand, unterbrach ihn. »Wollen Sie damit sagen, daß sie einfach dabeigestanden und zugesehen haben, wie jemand bei lebendigem Leibe verbrennt, ohne ihm zu Hilfe zu eilen?«

»Was hätte ich denn tun können?« protestierte er. »Ich ... ich hatte doch nichts an. Und Sie sind ihm dort hinauf gefolgt. Ich dachte, daß sie die Polizei mitgebracht haben, daß der Laden hier aufgeflogen ist und wir alle hopsgenommen werden. Ich bin losgeflitzt, um mir meine Klamotten zu holen. Und als ich kapiert hab', was der Schwachsinnige da oben treibt, war es längst zu spät. Es war zwar durchgesickert, daß hier heute eine große Show mit Jungfrauenopfer und allem Drum und Dran abgezogen werden sollte, aber ich dachte – das schwöre ich –, daß sie nur ein Hühnchen oder ein anderes Vieh opfern würden wie früher schon mal. Wenn ich ...«

Sie? Miss Seeton hatte in ihrem Schockzustand nach den grausigen Ereignissen beinahe vergessen, daß sich noch mehr Menschen auf der Lichtung aufhielten. Sie sah sich um. Männer mit Tierköpfen, Frauen mit Masken, und die meisten waren splitterfasernackt. Sie hielten sich noch immer an den Händen, tanzten um Basils Scheiterhaufen und sangen ihr schauerliches Lied.

»Was ist los mit ihnen?« fragte sie fassungslos. »Sie müssen den Verstand verloren haben.«

»Sie sind high«, erklärte der junge Mann. »Sie wissen nichts davon, aber der Wein ist immer mit Stoff versetzt, damit sie in die richtige Stimmung für so was kommen; deshalb hab' ich den Fusel nie angerührt. Ich bin nicht scharf auf Stoff und diesen Sabbatzauber. Nuscience, das ist meine Sache. Ich bin nur hergekommen, um ein bißchen Spaß zu haben mit den Weibern ...«

»Aber«, fiel ihm Miss Seeton streng ins Wort, »diese Leute müssen doch mitangesehen haben, was passiert ist. Sie ...«

»Sie denken, es war Absicht: Das Opfer entkommt dem Feuer, und der Satan verbrennt sich selbst. Dann kommt die große ›Auferstehung‹. Angeblich historisches Zeug. In ihrem Rausch sind sie glücklich, zu den Verdammten zu gehören, und denken, dieser Teufels- und Hexenkram ist die Wirklichkeit.«

Das Podium brach mit einem lauten Poltern ein. Flammen züngelten in den Himmel, und glühende Trümmer regneten auf die glücklichen Verdammten hernieder. Sie tanzten ungerührt weiter – offenbar waren sie immun gegen Schmerzen; sie ließen sich los, bückten sich nach den glimmenden Holzstücken und warfen sie, so weit sie konnten. Die Baumwipfel über ihnen hatten bereits Feuer gefangen, jetzt qualmten auch die dürren Farnbüschel auf dem Boden, fingen an zu brennen, und die Flammen breiteten sich in Windeseile über das trockene Laub und das Unterholz aus. Plötzlich war überall Feuer.

»Um Gottes willen.« Der junge Mann ergriff Miss Seetons Arm. »Kommen Sie, wir müssen weg von hier.«

»Aber« – Miss Seeton sah die verrückten, tanzenden Nackten an – »wir können sie doch nicht sich selbst überlassen.«

»Wen kümmern die schon? Sollen sie doch verbrennen, wenn sie es unbedingt so haben wollen – ich hau' jedenfalls ab.«

»Sie ...« Sie konnten nicht ohne die anderen gehen. Diese Leute waren krank, unzurechnungsfähig. Jemand mußte ... Irgendwie mußte sie diesen jungen Burschen dazu bringen, ihr zu helfen. Helfen. Ihr fiel etwas ein. Sie wandte sich zu ihm und sah ihn streng an. »Sie sagten, ich soll bei der Polizei ein gutes Wort für Sie einlegen. Also gut, ich werde das tun, wenn Sie mir jetzt helfen. Aber wenn nicht, werde ich ... werde ich Sie anzeigen«, drohte sie.

Er zögerte, dann setzte er sich in Bewegung und faßte nach der Hand einer Frau. »Kommt«, brüllte er, »ihr alle! Wir müssen hier raus. Alle mir nach!«

Die Frau trottete willenlos näher, klammerte sich an ihn und versuchte, sich mit ihm im Tanz zu drehen; sie fummelte an seinen Hemdknöpfen herum, dann schlang sie die Arme um seinen Hals und preßte sich an ihn. Ihre Pupillen waren geweitet, und in ihrer Ekstase hatte sie jeden Sinn für Zeit, ihre Umgebung und die drohenden Gefahren verloren.

Miss Seeton und der junge Mann versuchten andere zum Mitkommen zu bewegen. Alle Hexen und Hexenmeister waren gefügig, ganz auf erotische Abenteuer eingestellt und für jede Berührung empfänglich, aber sobald man sie losließ, verfielen sie wieder in ihr grausiges Ritual und tanzten und sangen.

»Es hat keinen Sinn«, keuchte der junge Mann, »wir müssen sie hierlassen.«

Miss Seeton dachte verzweifelt nach. Sie hatte sich einmal von den Flammen in die Flucht schlagen lassen und einem Menschen nicht geholfen, jetzt mußte sie sich etwas einfallen lassen, wie sie die anderen retten konnte. Es mußte doch Mittel und Wege geben ... wenn sie nur logisch und ruhig über alles nachdenken könnte. Ihre Umgebung war nicht dazu angetan, logisches Denken zu fördern, und von Ruhe konnte erst recht keine Rede sein. Mrs. Beetons Behauptung, die sie in ihrem Haushaltsbuch aufgestellt hatte, war widerlegt worden: Ein Feuer konnte nicht nur aufflammen und niederbrennen – dieses hier breitete sich in alle Richtungen aus. Nur die Lichtung, auf der sie standen, war verschont geblieben, ansonsten stand alles, soweit man sehen konnte, in Flammen. Es schien, als würde der ganze Wald lichterloh brennen, und die Hitze wurde allmählich unerträglich. Aber diese armen, verblendeten Kreaturen schienen nichts anderes im Sinn zu haben, als sich an den Händen zu halten und zu tanzen. Sehr gut, dachte Miss Seeton, dann sollten sie weiter tanzen, und sie würde den Reigen anführen.

»Binden Sie sie an den Handgelenken aneinander«, befahl sie, »und befestigen Sie irgend etwas an dem ersten Mann, an dem ich ihn festhalten kann – ein langes Band oder so was. Wenn ich dann vorangehe, müssen sie mir alle nachkommen. Sie halten sich am Ende der Schlange und passen auf, daß niemand stehenbleibt oder aus der Reihe ausbricht.«

Instinktiv hatte Miss Seeton den richtigen Ton gefunden, der den jungen Mann zum Handeln zwang. Die Regeln von Nuscience wurden strikt eingehalten, und die jungen Leute waren auf Gehorsam getrimmt und daran gewöhnt, das zu tun, was man ihnen sagte. Die alte Lehrerin hingegen wußte, wie man mit ungezogenen Kindern umzugehen hatte, und bald gelang es ihr, einigermaßen Ordnung in das Chaos zu bringen. Der junge Mann kramte in den Kleiderhaufen herum, zog Schnürsenkel aus den Schuhen, fand Gürtel und riß Hemden in Streifen. Miss Seeton wurde bewußt, daß sie noch immer den Metallrahmen ihres Regenschirms in den Händen hielt – der Nylonstoff war zu Fetzen und Klumpen geschmolzen. Sie ließ das nutzlose Skelett fallen und eilte ihrem neuen Schüler zu Hilfe. Es gelang ihnen, die widerspenstige Gesellschaft in einer Reihe auszurichten. An die Hand der Frau, die als erste ging, banden sie einen elastischen Gürtel von irgendeiner Hose, und Miss Seeton ergriff diese Leine, um den Zug hinter sich in Bewegung zu setzen.

»Und jetzt zeigen Sie mir diesen Weg, von dem Sie vorhin gesprochen haben«, befahl sie.

Er deutete in Richtung Süden. Dort mündete ein Pfad in die Lichtung, den jemand ins Unterholz geschlagen hatte. Rechts, links und über diesem Weg schlugen die Flammen zusammen. Es war schrecklich und sah gefährlich aus, aber es war der einzige Ausweg aus dieser Hölle, und wie es schien, war der Pfad einigermaßen passierbar. Der junge Mann zog seine Jacke aus und hängte sie über Miss Seetons Arm.

»Nehmen Sie das, um Ihr Gesicht zu schützen, und jetzt sehen wir, um Himmels willen, zu, daß wir endlich von hier verschwinden.« Er rannte ans Ende der Menschenschlange, um darauf zu achten, daß alle in Reih und Glied blieben.

Miss Seeton zögerte noch. Ihr war bewußt, daß die Leute eine Ermutigung brauchten, aber ihr fielen nur die Worte der Sportlehrerin von der kleinen Schule in Hampstead ein.

»Hinter mir Aufstellung nehmen«, piepste sie schrill, aber ihre Stimme war so dünn, daß sie das Getöse nicht übertönen konnte, »und *vorwärts, Marsch!*«

Sie kamen nur langsam und stockend voran. Die Hitze, die Funken, die einstürzenden Bäume, der Rauch, der Gestank nach versengtem Stoff und Fleisch ... Die Jacke des armen Jungen ... ein guter Stoff ... Miss Seeton fürchtete, daß die Jacke kaputt war. Der Schmerz, den die nach ihren Händen und Beinen züngelnden Flammen verursachten, machte sie ganz benommen. Ihre Entschlossenheit war geschwunden, und nur ein tiefsitzendes Pflichtbewußtsein bewahrte sie davor, ihre Bemühungen aufzugeben. Diese törichten Menschen wollten offensichtlich ins Feuer laufen, Miss Seeton versuchte, sich umzudrehen, um die Frau hinter ihr anzuschreien, aber der tosende Lärm um sie herum war so infernalisch, daß sie sich nicht verständlich machen konnte. Sie sparte sich lieber den Atem – selbst wenn sie ganz vorsichtig Luft holte, tat ihre Brust höllisch weh. Ihr gehorsamer Schüler nahm seine Pflichten sehr ernst; er lief neben der Reihe auf und ab wie ein schlecht dressierter Hirtenhund, der die übermütigen Schäfchen der Herde anknurrte und nach ihnen schnappte. Mit Miss Seeton, die halb stolperte, halb rannte, an der Spitze hüpften die nackten Hexen- und Zauberlehrlinge laut singend durch die Hölle, von der sie schon so lange geträumt hatten und in die ihnen der große Satan so heroisch vorangegangen war.

Kapitel 19

An dem geheimen Ort wurde die Luft immer stickiger. Die Hitze und der Rauch sickerten durch die Luftschächte; ein entferntes Rauschen, das von Minute zu Minute lauter wurde, verstärkte den Eindruck, daß die Welt zu einem Inferno geworden war und ihre Todesstunde erlebte. Die Nuscientisten sahen sich mit weitaufgerissenen Augen an. Hatte die Apokalypse tatsächlich begonnen? War das der Anfang vom Ende? Wie recht sie, wie recht der Meister gehabt hatte! Sie betrachteten zufrieden die verschlossene Kiste mit ihren Habseligkeiten – sie sah ein bißchen aus wie ein Plastiksarg. Je lauter das Tosen und je stärker der Rauch wurde, um so eifriger machten sie ihre Atemübungen, und die Gebete wurden immer inbrünstiger.

Mrs. Trenthorne sah sich um. Kein Majordomus war da, um ihnen Trost zu spenden oder Ratschläge zu geben, wie sie sich verhalten sollten. Wahrscheinlich leisteten sie dem Meister Beistand und waren in ihre Gebete vertieft, und natürlich war Basil, als Trompeter, bei ihnen. Eine Durchlaucht sollte in diesem Moment der schwersten Prüfung aber auch an der Seite des Meisters sein. Sie war die einzige Durchlaucht in dieser Gesellschaft und hatte das Gefühl, daß ihr Titel und die fünftausend Pfund, die sie dafür bezahlt hatte, sie dazu ermächtigten, die Krise im gemeinsamen Gebet mit dem Hohepriester zu überwinden.

Sie schlich unbemerkt von den anderen zum verbotenen Ausgang des Kellers, schwankte noch einen Moment, ehe sie sich weiterwagte, aber dann nahm sie all ihren Mut zusammen und öffnete die Tür.

Der zweite Raum war menschenleer. Wo war der Meister? Wo waren seine Helfer? Und wo war Basil?

Auf der anderen Seite fehlte ein Teil der Steinwand, eine dunkle Öffnung war sichtbar. Mrs. Trenthorne ging darauf zu und kramte in ihrer Handtasche nach der Taschenlampe, die alle laut Anweisung für den Fall, daß die Beleuchtung ausfiel, bei sich hatten. In dem Lichtstrahl erkannte sie einen schmalen Tunnel, der leicht bergab führte. Keine Frage... Sie hatte nicht einmal mehr den leisesten Zweifel... der Meister hatte sie alle im Stich gelassen. Nein, das konnte nicht sein. Wahrscheinlich hatte sie nur nicht richtig verstanden, wo sich die Privatgemächer des Meisters befanden. Sie mußten über diesen Gang erreichbar sein. Dieser Raum hier war vermutlich nur für seine Diener – eine Art Offiziersmesse – und ungeeignet für die Meditationen des Meisters. Selbstverständlich waren jetzt alle bei ihm in seinem Gemach. Auch Basil. Sie würde sich zu ihnen gesellen. In einer so bedeutsamen Stunde war der Platz einer Mutter an der Seite ihres Sohnes. Sie wollte mit Basil und den anderen gemeinsam beten und dem Meister versichern, daß sie voll und ganz an seine Allmacht glaubte. Und dabei würde sie selbst mehr Zuversicht gewinnen.

Mrs. Trenthorne tapste durch den Tunnel und spürte, daß die Luft mit jedem Schritt kälter wurde. Sie blieb stehen, als sie an die Gabelung kam, und überlegte, ob sie nach rechts gehen oder auf dem einmal eingeschlagenen Weg bleiben sollte, doch plötzlich... Sie knipste ihre Taschenlampe aus. Ja, sie hatte recht gehabt. Direkt vor ihr war ein schwacher Lichtschimmer. Sie lauschte. Irgend etwas regte sich dort – sie spürte es eher, als daß sie etwas hörte. Sie schaltete die Lampe wieder ein. Jetzt, da die Richtung vorgegeben war, beschleunigte sie ihre Schritte. Es wurde heller, und schon bald konnte sie zwei Männer sehen. Beide hatten Taschenlampen und trugen zu zweit etwas, was sehr schwer sein mußte... einen Sarg? Nein. Jetzt erkannte sie es. Es war die Kiste mit den Wertsachen. Ihr Geld und ihre Juwelen befanden sich in dieser Kiste.

Voller Empörung kreischte sie: »Stehenbleiben!« Dann noch wütender: »Diebe, stehenbleiben!« Der eine Mann ließ die Kiste fallen und wirbelte herum. Für einen kurzen

Moment sah sie sein Gesicht – ein Fremder. Sie stürmte vorwärts und schrie gellend: »Diebe, haltet die Diebe!«

Der grelle Schein der Taschenlampe blendete sie. Es gab einen explosionsartigen Knall. Sie blieb stehen, taumelte noch ein paar Schritte und fiel ihm dann vor die Füße.

»Du Idiot«, fuhr N. seinen Begleiter an. »Den Schuß haben sie in dem Keller da oben ganz bestimmt gehört. Wahrscheinlich werden sie sofort loslaufen, um nachzuschauen, was los ist.«

»Ich mußte sie ausschalten«, verteidigte sich Duke. »Sie hat unsere Gesichter gesehen.«

»Warum mit der Pistole? Du hättest ihr den Schädel einschlagen können.«

»Wir haben's doch fast geschafft. Wir werden auf und davon sein, bevor jemand die Leiche findet. Gar kein Problem.«

Aber er täuschte sich – sie hatten ein großes Problem. Der Knall und sein Echo hatte ihr Gehör geschwächt, deshalb entging ihnen das Rumpeln und Poltern, als die Steine und das Erdreich zu rutschen begannen. Der Tunnel war nicht stabil genug, um Erschütterungen wie einem lauten Knall standzuhalten, zudem waren die Stützen alt und nie repariert oder erneuert worden. Das Poltern schwoll zu einem Donnergrollen an; die Decke des Tunnels bebte, knirschte, riß auf, die Risse wurden breiter und länger, bis ein Stück einstürzte und die beiden Männer unter sich begrub.

Die Männer von der Wasserwacht, die die Küste mit ihren Nachtferngläsern beobachteten, hatten ein kleines Boot ausgemacht, das in der Nähe der Küste vor Anker lag. Sie manövrierten ihr Schiff näher heran, um es sich genauer anzuschauen. Es war eine Motorbarkasse mit niedrigem Tiefgang; jetzt, bei Ebbe, war das Wasser an der Stelle, wo es ankerte, nur etwa kniehoch. Es war ein gechartertes Boot, befanden die Wasserpolizisten, wie sie allerdings zu dieser Ansicht gelangten, war Bob Ranger ein Rätsel. Sie drehten bei, gingen an Bord der Barkasse und manipulierten zur

Vorsicht den Motor so, daß er nicht mehr ansprang. Währenddessen watete der Sergeant an den Strand. Dort ließ er sich auf einem Felsen nieder, um sich Socken und Schuhe wieder anzuziehen. Plötzlich hörte er gedämpfte Schreie und eine Explosion. Einige Sekunden später ertönte ein Rumpeln, dann ein Donnern, und Bob spürte eine Erschütterung. Mittlerweile waren auch die Beamten von der Wasserwacht an Land gekommen. Die drei Männer horchten und versuchten herauszufinden, wo die Geräusche herkamen. Sie waren sich einig, daß das Grollen seinen Ursprung nur in einer Erderschütterung haben konnte. Die beiden Wasserpolizisten kletterten in die Felsen und suchten hinter dem Gebüsch, während sie mit ihren starken Taschenlampen die Gegend ableuchteten. Bob blieb in einiger Entfernung stehen, um nach aufsteigendem Staub Ausschau zu halten. Sie warteten, und ihre Geduld wurde belohnt. Erst stieg ein kleines Dunstfähnchen, dann eine dichte Staubwolke zwischen den Felsen auf. Sie hatten den Zugang zu der Höhle gefunden. Doch für den Moment waren ihnen die Hände gebunden, sie mußten erst abwarten, bis sich der Staub, der das Atmen unmöglich machte und ihnen die Sicht nahm, gelegt hatte. Einer der Männer hielt Wache am Höhlenausgang, der andere kletterte mit Bob auf den Gipfel des Hügels. Sie marschierten landeinwärts und leuchteten den Boden weiträumig ab, bis sie die eingebrochene Stelle gefunden hatten. Sie begannen vorsichtig, mit den Händen im abgerutschten Erdreich zu graben, und stießen nach kurzer Zeit auf Duke. Er war tot – sein Rückgrat und der Hals waren gebrochen –, und er hielt noch immer die Pistole in der starren Hand. Eine Stimme flehte um Hilfe. Sie scharrten weiter Erde und Steine beiseite und legten ein Stück der Kiste frei; ein vergoldeter Griff blitzte im Licht der Taschenlampe auf. Die Kiste war schwer und lang und ähnelte einem Kindersarg aus Plastik. Es dauerte seine Zeit, bis sie sie in die Höhe gehievt hatten. N., der dahinter gelegen hatte, regte sich. Bob preßte sich dicht auf den Boden und faßte ihn unter den Armen, um ihn so nach oben zu ziehen. N. schrie. Ein

Arm hing schlaff an seiner Seite, ein paar Rippen waren gebrochen, als er auf die Kante der Kiste geschleudert worden war. Die beiden Männer vergrößerten das Loch, hoben den Verletzten vorsichtig ins Freie und legten ihn neben seinen toten Komplizen. Sie waren gerade dabei, ihn eingehender zu untersuchen, als sie ein schwaches Ächzen aus der Tiefe hörten. Die Geräuschquelle schien ein wenig weiter entfernt zu sein und von einer Stelle zu kommen, an der der Tunnel noch intakt war. Bob kletterte hinunter und sah, daß nur wenige Steine den Weg blockierten. Er räumte sie beiseite und schob die lose Erde hinter sich. Eine Frau lag auf dem Boden. Trotz der vom Staub getrübten Sicht erkannte er sie: Es war die Verwandte der Colvedens, die Tante Bray genannt wurde. Auf den ersten Blick schien es, als wäre sie unverletzt, aber dann entdeckte er das Loch in ihrem Mantel über der linken Brust und das Blut, das aus der Wunde sickerte. Er kniete sich nieder, um nachzusehen, wie schlimm die Verletzung war. Durch das Licht zu neuem Leben erwacht, setzte sich Mrs. Trenthorne auf, funkelte ihren Retter zornig an und krächzte laut und vernehmlich: »Dieb. Ihr alle seid Diebe. Mein Geld ... mein Schmuck ...«

Sie gab ein Geräusch von sich, das wie Schluckauf klang, und verstummte erstaunt. Die Überraschung und die Entrüstung erstarrten auf ihren Gesichtszügen, als sie in sich zusammensank. Bob tastete nach ihrem Puls – nichts. Tante Bray würde nie mehr streiten und niemanden mehr mit ihrer donnernden Stimme erschrecken.

Kapitel 20

Das Feuer schlug zurück und traf diejenigen, die es bekämpften. Die Menschenkette, die mit Decken, Ästen und sonstigem Gerät versuchte, die Flammen zu ersticken, wurde gesprengt und über den Friedhof zurückgedrängt. Doch Foxon, der zwischen Sir George und Reverend Treeves unermüdlich auf die Flammen eindrosch, hielt die Stellung. Daß diese drei verbissenen Kämpfer mehr Erfolg hatten als ihre Mitstreiter, lag daran, daß sich direkt vor ihnen eine Lücke im Unterholz auftat, die aussah, als hätte sich jemand einen Pfad durch die Büsche freigeschlagen. Die Schneise verhinderte, daß die Flammen übergriffen und die Umgebung ihres Standortes erfaßten. Foxon sah auf, seine Augen tränten und brannten. Er blinzelte, hielt ungläubig inne, zwinkerte noch einmal. War da nicht...? Nein, das mußte eine Täuschung... Nein, niemand konnte da... Doch, da war es wieder. Guter Gott, da hinten bewegte sich etwas. Er machte einen Satz nach hinten.

»Wasser!« brüllte er. »Wasser, hierher, schnell!«

Der nächststehende Feuerwehrmann hörte ihn und gab den Befehl weiter. In seiner Hast übersah er, wohin Foxon deutete, und richtete den Wasserstrahl direkt auf den Mann, traf ihn in den Rücken und schickte ihn zu Boden. Erst dann hob er die Tülle des Schlauchs an und ließ, wie die drei anderen Feuerwehrmänner, einen Wasservorhang auf die ersten Meter des Pfades niederregnen.

Erregung erfaßte die Schaulustigen, als einer den anderen auf die neue Entwicklung aufmerksam machte. Was war da los? Wieso hatte Sid Noakes den Jungen mit dem starken Wasserstrahl von den Beinen gerissen? Dies war wirklich nicht der richtige Zeitpunkt, um Unsinn zu treiben. Warum verschwendeten sie das ganze schöne Wasser, obwohl es woanders viel nützlicher wäre? Der Vorrat war doch sowieso schon so knapp. Jetzt würde die alte Kirche ganz sicher bis auf die Grundmauern niederbrennen. Irgend etwas mußte sich auf diesem schmalen Weg durch den Wald tun. Alle, selbst die rußverschmierten und verschwitzten Männer, die so verbissen das Feuer eingedämmt hatten, hielten inne und beobachteten interessiert die Vorgänge.

Das Kirchendach schien diese plötzliche Nichtbeachtung eifersüchtig zu machen; es hörte auf zu schwelen und überließ sich ganz und gar den vernichtenden Flammen. Die Umstehenden rissen entgeistert die Augen auf, als sie durch den Tropfenschleier erst unklar, dann immer deutlicher Miss Seeton und ihre tanzenden Begleiter in dem orangefarbenen Widerschein des Feuers erkannten. Das Kirchendach mußte sich nun wohl oder übel geschlagen geben und begrüßte die Ankunft der Rivalin mit einem dramatischen, donnernden Zusammenbruch, bei dem die Funken in alle Richtungen sprühten.

Der bis auf die Haut durchnäßte Foxon rappelte sich auf und starrte die Neuankömmlinge einen Moment an – er konnte es immer noch nicht fassen: Das war sein Schützling, bei dem er seine Pflichten so sträflich vernachlässigt hatte, als er in der Kirche eingeschlafen war; dies war die Frau, die er vor Schaden bewahren sollte und die, wie es schien, im Handumdrehen nicht nur sich selbst, sondern auch ihn vor einem zu allem entschlossenen Verbrecher geschützt, ja sogar gerettet hatte, die Frau, die ... Er war so erleichtert, daß er sich mit einem Jubelschrei auf sie stürzte und hochhob.

»Sie ...« Er fand keine Worte. »Sie, Sie ...«

Die Dorfbewohner verfolgten gierig diese Szene. Na, hatten sie's nicht immer gesagt. Und jetzt war es bewiesen – alles Hexenwerk! Kein Mensch außer ihr würde so etwas fertigbringen ... aber sie, sie marschierte so einfach mit all ihren Freunden durchs Feuer. Und wieso waren sie eigentlich splitterfasernackt, und was hatte diese Tanzerei zu bedeuten? Genau wie's in der Bibel stand – sie hüpften durch die Feuersbrunst und kamen eiskalt wieder raus, ohne daß auch nur einem ein Haar gekrümmt worden war. Mrs. Flax hatte ganz recht, da mußte der Teufel persönlich die Hand im Spiel gehabt haben. Unter dem Abscheu und der Faszination am Unheimlichen regte sich aber auch so etwas wie Stolz. In keinem anderen Dorf – auch in keiner Stadt – wohnte eine, die solche Sachen machte wie Miss Seeton. Sie hatte alle ganz schön eingewickelt, die Polizei und die anderen. Seht euch doch nur diesen Foxon aus Ashford an, wie er ihr um den Hals fällt und sie herumwirbelt. Was kam jetzt noch?

Obwohl Miss Seeton heftig protestierte, trug Foxon, der sie wenigstens diesmal pflichtgemäß abliefern wollte, sie stolz zu seinen Vorgesetzten. Vor Delphick und Brinton stellte er sie wieder auf die Füße und freute sich wie ein kleiner Hund, der zum erstenmal einen Vogel apportiert hatte.

Delphick wurde von gemischten Gefühlen bewegt. Diese Frau war wirklich das Allerletzte – erst hatte sie die Stirn, ihn fast in den Wahnsinn zu treiben, bis er nicht mehr anders konnte, als sie für immer abzuschreiben, und dann schlenderte sie seelenruhig aus dem Höllenfeuer und zog eine Horde übergeschnappter Nudisten hinter sich her. Eine ordentliche Tracht Prügel, das war genau das, was sie verdiente. Er hielt sich gerade noch zurück, diesen Gedanken in die Tat umzusetzen, und gab sich, ohne ein Wort zu sagen, damit zufrieden, ihre beiden Hände zu ergreifen und wie in einem Schraubstock festzuhalten. Er war so in diesen Augenblick gefangen, daß er nicht merkte, wie sie zusammenzuckte.

»O Superintendent« – Miss Seeton war am Boden zerstört –, »und Mr. Brinton, es tut mir aufrichtig leid um diesen jungen Polizisten. Er ist ums Leben gekommen. Eine schreckliche Tragödie. Und ich ... ich war nicht sehr hilfreich, fürchte ich. Es ging alles so schnell. Aber man konnte wirklich nichts mehr tun. Ich glaube, er hat sich von diesen Verkleidungen und dem Spektakel mitreißen lassen, und er schwenkte die brennende Fackel so vehement und so ... gefährlich durch die Luft, daß er sich selbst dabei in Brand steckte. Wenn er mich nur vorgewarnt hätte«, bedauerte sie, »dann hätte ich ihm entschieden entgegentreten, ihn auf die Gefahren aufmerksam machen und die Sache von vornherein verbieten können.«

»Was für ein Polizist?« fragte Delphick, als er die Sprache wiedergefunden hatte.

»Derjenige, den Mr. Brinton zu mir geschickt hat. Er holte mich ab, um mich zu dieser Gegenüberstellung zu bringen. Obwohl« – sie bedachte den Chief Inspector mit einem scharfen Blick – »ich denke, Ihnen hätte klar sein müssen, daß man Menschen, die Masken tragen, nicht identifizieren kann.«

»Er war gar kein Polizist«, platzte Mr. Brinton aufgebracht heraus, »und ich habe ihn auch nicht zu Ihnen geschickt.«

»O doch«, widersprach Miss Seeton. »Er hat es mir selbst gesagt. Außerdem trug er Uniform, und wenn er kein Polizist gewesen wäre, hätte er das nicht getan.« Unvermittelt ließ sie sich ins Gras sinken. Besorgt kniete sich Delphick neben sie. Sie sah ihn verwirrt an. »Tut mir leid, Superintendent. Ich glaube ... ich bin ein bißchen müde.«

Dr. Knight kauerte sich zu ihr, untersuchte die Brandblasen an ihren Händen und versorgte die Verletzungen mit Salbe und Verbänden.

»Freut mich, daß Sie wenigstens einmal zugeben, erschöpft zu sein.« Er zog ihr die nassen Schuhe und Strümpfe aus und behandelte auch die Brandwunden an den Beinen und Füßen. »Es ist nicht allzu schlimm. Sie hatten mehr Glück, als Sie verdienen.«

»O nein«, erklärte Miss Seeton, »das war kein Glück. Ich habe meine Rettung dem jungen Mann zu verdanken. Er hat seine Jacke um meinen Arm gewickelt, damit ich mein Gesicht damit schützen kann.« Sie wandte sich an Delphick. »Er war äußerst hilfsbereit. Er gehört im Grunde gar nicht zu diesen eigenartigen Menschen mit den Masken. Er ist Mitglied bei dieser anderen komischen Religion.« Sie sah zu Brinton auf. »Zu der, die in Maidstone die Versammlung hatte, meine ich. Und er war heute abend nur im

Wald, weil er – na ja, ich fürchte, seine Motive waren nicht gerade ehrenwert.« Sie legte eine bandagierte Hand auf Delphicks Arm. »Aber er sagte, daß er nichts von dem Mord wußte. Damit meint er wohl die arme Mrs. Paynel, vermute ich. Er hat mir versichert, daß er nichts damit zu tun hatte. Und ohne ihn hätte ich wirklich nicht gewußt, was wir hätten tun sollen ... Allein hätte ich es niemals geschafft. Ich kannte nicht einmal diesen Weg – er hat ihn mir gezeigt.« Für einen Moment stand sie wieder auf der Lichtung, und der Wald um sie herum brannte lichterloh. Sie fühlte sich ganz benommen. Ja, wenn sie genauer darüber nachdachte, mußte sie sich wirklich eingestehen, daß sie müde war. Und der junge Mann war so tapfer gewesen, dabei hatte er solche Angst gehabt. Er hätte genausogut einfach weglaufen können. Sie sah Delphick flehend an. »Er ist nicht weggelaufen, verstehen Sie. Obwohl er es hätte tun können. Ich denke, das sollten wir nicht außer acht lassen.«

Seine Gesichtszüge entspannten sich. Er erkannte ihre Absicht, auch wenn er nicht verstand, wovon genau sie redete. »Wir werden daran denken«, versprach er.

Brinton machte im Geist Inventur. Ersetzt werden mußte: ein verlorener Regenschirm, ein verkohlter Hut, ein Mantel, ein Kostüm ... der ganze Kram, den sie am Leib trug, war zu nichts mehr gebrauchen. Aber die Sache war die Ausgaben wert. Sie war ein bißchen konfus, aber sie schaffte es doch immer wieder. Er sah zu Sir George, der Miss Seetons Zügel fest in der Hand hielt. Er war eingesprungen, als die Truppe, die von einem Moment zum anderen ohne ihre Anführerin dagestanden hatte, prompt kehrtmachen wollte, um in die Hölle zurückzurennen. Er stand da wie ein Fels in der Brandung, während seine adoptierten Schutzbefohlenen um ihn und Miss Seetons Assistenten herumtanzten. Foxon versuchte vergeblich, sie zur Vernunft zu bringen. Brinton musterte die nackten Tänzer, die Brandblasen und das gerötete Fleisch. Miss Seeton hatte die außer Rand und Band geratene Meute tatsächlich heil da herausgebracht – na ja, nicht ganz heil, manche von ihnen waren regelrecht geröstet.

Dr. Knight erhob sich. »Gut, das genügt fürs erste. Und jetzt ab mit Ihnen ins Bett.« Er gab zwei Sanitätern mit Trage ein Zeichen. »Anne fährt mit Ihnen zu meiner Pflegestation, bringt Sie zu Bett und gibt Ihnen etwas, damit Sie besser schlafen können.«

»Ich...«

»Keine Widerrede. Sie tun ausnahmsweise einmal genau das, was man Ihnen sagt. Ich sehe morgen früh wieder nach Ihnen.«

»Nein.« Lady Colveden hatte sich unbemerkt zu ihnen gesellt. »Sie haben alle Hände voll zu tun, und Ihre Pflegestation wird ohnehin überfüllt sein. Miss Seeton kommt zu uns. Sie bekommt zwei Portionen Porridge mit braunem Zucker und Sahne. Das stärkt, ist gut für die Verdauung und hilft besser als Ihre Schlaftabletten. Und kommen Sie morgen nicht zu früh; wir wollen doch hoffen, daß sie sich ordentlich ausschläft. Die Trage kann zurück in den Krankenwagen. Wir fahren los, sobald ich Nigel gefunden habe.« Sie wandte sich an Brinton. »Und wenn Sie bitte dafür sorgen könnten, daß George diese Striptease-Show verläßt.«

Die Sanitäter trugen Miss Seeton zum Wagen der Colvedens, und die anderen zogen los, um Sir George aus der Verlegenheit zu helfen.

»Oh«, rief Lady Colveden, als sie die Nackttänzer aus der Nähe sah, »die Ärmsten, sie müssen schreckliche Schmerzen haben.«

»Noch nicht«, erwiderte der Arzt, »aber wenn wir sie nicht bald ruhigstellen und behandeln, wird's schlimm für sie.«

»Rauschmittel?« erkundigte sich Delphick.

»Nicht unbedingt. Obwohl es mich auch nicht überraschen würde, wenn eine kleine Dosis LSD sie auf diesen Trip gebracht hätte. Aber so wie's aussieht, ist dies ein klassisches Beispiel von Selbsthypnose und Massenhysterie. Sie beten den Teufel und die Höllenfeuer an, deshalb werden sie von Flammen angezogen wie Motten vom Licht. Sie sind unempfindlich gegen Schmerz und spüren es nicht einmal, wenn sie sich ihre Flügel versengen.« Er stürzte sich ins Getümmel und nahm Sir George den elastischen Gürtel ab, um ihn an einen der Sanitäter weiterzureichen. »Führen Sie sie da hinüber«, ordnete er an. »Und Sie und die anderen halten sie fest, während ich ihnen Spritzen gebe, um sie ruhigzustellen. Wie viele Krankenwagen sind vor Ort?«

»Vier, Doktor.«

»Sehen Sie zu, ob Sie noch ein paar herrufen können. Wenn nicht, müssen Sie sie wohl oder übel nacheinander transportieren. Die schlimmeren Fälle bringen Sie am besten gleich ins Krankenhaus nach Ashford, und um die anderen kümmern wir uns, so gut es geht.«

Lady Colveden sah ihnen nach, als sie noch immer singend und mit matten Schritten tanzend ihrem neuen Anführer folgten. »Wenigstens«, sagte sie, »werden sie etwas daraus lernen. Wenn sie wieder zu sich kommen, werden sie sich nie mehr auf einen solchen Unsinn einlassen.«

»Das bezweifle ich, Lady Colveden«, gab Delphick trokken zurück. »Der Weise wächst in seiner Weisheit, aber die Narren folgen ihren eigenen Gesetzen.«

»Die haben schlichtweg einen Vogel, Sir«, mischte sich Foxon ungefragt ein. »Dieses bekloppte Singen und Tanzen – die haben nicht alle Tassen im Schrank.«

Delphick zog eine Augenbraue hoch und brachte ihn mit einem tadelnden Blick zum Schweigen, dann wandte er sich an Miss Seetons Helfer. »Soviel ich gehört habe, gehören Sie zu den Leuten von Nuscience.«

»Äh ... ja, ich bin Trompeter.« Delphicks unerbittliche Miene machte ihn unsicher, und er beantwortete freiwillig die unausgesprochene Frage. »Wir sind so was wie die Public-Relations-Abteilung, schalten Anzeigen in den Zeitungen, machen Werbung und so. Wir sorgen dafür, daß sich die Idio ... die Leute für uns interessieren und erklären ihnen, worum's geht. Oder reden ihnen ihre Bedenken aus«, bekannte er kleinlaut.

»Gut. Dann sind Sie sicher in der Lage, uns auch ein paar

Dinge zu erklären. Zum Beispiel können Sie uns sicher genau schildern, was im Wald passiert ist.«

Der junge Mann erschrak sichtlich. »Ehrlich, Sir, ich konnte nichts mehr tun. Trenthorne hat sich als Satan verkleidet und ist auf die Plattform geklettert, die alte Dame war direkt hinter ihm. Dann fingen seine Kleider plötzlich Feuer, und in ein paar Sekunden war alles vorbei. Ich hab' keine Ahnung, wie die Lady heil aus dem Feuer gekommen ist, ehrlich nicht.«

»Verstehe.« Delphick dachte nach. »Ich verstehe in der Tat. Das klingt, als ob euer Basil Miss Seeton als Jungfrau opfern wollte. Aber der Schuß ist wohl nach hinten losgegangen, hab' ich recht?«

»Ja«, bestätigte der Junge, »so ungefähr war's. Sie machen solche Sachen bei ihren Ritualen, aber normalerweise opfern sie eine Henne oder einen Hahn. Und danach konnten wir nichts mehr mit den Leuten anfangen. Wenn Miss Seeton nicht gewesen wäre, wären sie alle verbrannt. Sie ... sie ist ziemlich gut, müssen Sie wissen. Weil sie mit eigenen Augen gesehen haben, daß Miss Seeton dem Feuer entkommen konnte, während Trenthorne in Flammen aufging, sind die anderen ... na ja, es hat ihnen gefallen, sie sind richtig ausgeflippt.«

»Ja«, pflichtete ihm Delphick bei. »Das sehe ich.«

»Sie meinen«, mischte sich Brinton erbost ein, »diese Irren freuen sich, wenn Menschen bei lebendigem Leib verbrennen?«

»Ganz so ist es nicht, Chris«, stellte das Orakel klar. »Soweit ich weiß, gibt es so was in vielen Religionen – Tod und Auferstehung der Gottheit. Im Teufelskult gibt es einen Zyklus von sieben Jahren. Die Gottheit wird verbrannt, nur um wieder wie Phönix aus der Asche zu steigen.« Er sah den Trompeter an. »Sie können uns bestimmt auch erklären, was es mit diesem geheimen Ort auf sich hat. Falls Sie es vorziehen zu schweigen, nehmen wir Sie fest und sperren Sie in eine Zelle. Wir brauchen eine Aussage – eine vollständige Aussage. Je vollständiger, um so besser.« Der Junge wollte protestieren. »Offenbar haben Sie

Miss Seeton sehr geholfen und mit dafür gesorgt, daß sie und die anderen heil aus dem Feuer gekommen sind. Miss Seeton sagt, sie hätten dabei ein großes Risiko auf sich genommen. Das werden wir berücksichtigen.«

Der Junge atmete erleichtert auf und plapperte eifrig drauflos: »Der geheime Ort, Sir, sind die Keller unter der Kirche. Wenn man noch durchkommt, kann ich Ihnen den Zugang durch die Krypta zeigen. Sie müssen auf einen Stein drücken, dann schwingt ein Stück von der Wand auf wie eine Tür. Sie müssen noch da drin sein, wenn sie nicht schon verkohlt sind.«

Delphick und Brinton gaben Befehl, den Zugang zur Krypta freizumachen. Der Feuerwehrhauptmann meinte, im Wald sei nicht mehr viel zu machen, er würde niederbrennen, aber es bestünde keine allzugroße Gefahr mehr, daß sich das Feuer weiter ausbreitete. Aber er verbot strikt, daß sich jemand in die rotglühenden Überreste der Kirche wagte. Drei volle Wassertanks würden in Kürze vorfahren, und andere Wagen machten sich auf den Weg, um ebenfalls Nachschub herbeizuschaffen. Dann konnten sie die Ruinen löschen, bis sie so abgekühlt waren, daß man sich hineinwagen konnte. Doch selbst dann drohte noch Gefahr von den instabilen Wänden und den halb eingebrochenen Balken. Es sei wohl kaum möglich, prophezeite der Feuerwehrhauptmann, vor dem Morgen auch nur in die Nähe der Krypta zu gelangen. Alle, die im Moment nichts zu tun hatten, sollten ein paar Stunden schlafen, etwas essen und bei Morgengrauen wiederkommen, wenn die Trümmer weggeräumt werden konnten.

Es war ein klarer, wolkenloser Septembermorgen, als die Sonne aufging, um die Schatten und das Chaos der Nacht zu vertreiben. Die Dorfbewohner waren wieder fast vollständig an Ort und Stelle, um die schwitzenden Männer aufzuheitern, die Ordnung in den noch immer dampfenden Ruinen schafften. Sie versorgten die Unermüdlichen mit Brot und Käse, Schinkensandwiches und Eiern, selbstgebackenem Kuchen, schwarzem, gesüßtem Tee und Limonade.

Die Nachrichten hatten sich rasch in der ganzen Gegend verbreitet, und auch aus den Nachbardörfern eilten Menschen herbei. Kurze Zeit später tummelten sich Leute aus nah und fern an der Katastrophenstelle, Reporter, Pressefotografen und zwei Fernsehteams drängten sich durch die Menge und kämpften um den besten Aussichtsposten. Miss Seeton, die noch den Schlaf der Gerechten schlief, glänzte durch Abwesenheit, deshalb stand die Kiste, die wie ein Kindersarg aus Plastik aussah und je einen vergoldeten Griff an den Seiten hatte, im Mittelpunkt des Interesses. Bob Ranger und zwei uniformierte Polizisten wachten über diese eigenartige Truhe. Spekulationen war Tür und Tor geöffnet. War eine Leiche aus der Kirche gebracht worden? Wieder ein Mord? Eine Auseinandersetzung des Mörders mit seinem Opfer? Die Journalisten rückten den Polizisten zu Leibe und bombardierten sie mit Fragen, erhielten aber keine zufriedenstellenden Auskünfte. Dann war endlich der Weg durch die Kirchenruinen passierbar. Angeführt vom Feuerwehrhauptmann machten sich Delphick, Brinton und der junge Trompeter, gefolgt von Dr. Knight und zwei Sanitätern, auf, um in die Krypta zu gelangen.

Die Szene, die sie im Keller erwartete, erinnerte an Hogarths Impression vom Schuldgefängnis. Innerhalb von Sekunden wurde offenbar, daß sie keineswegs als Retter willkommen geheißen wurden. Einige der gläubigen Nuscientisten befanden sich im Schockzustand, als sie nach ihrer langen Nachtwache in die Wirklichkeit zurückgeführt wurden – die nächtlichen Geräusche, die sie gehört hatten, die Hitze und der Rauch, den sie bei ihren Atemübungen tief in die Lungen gesogen hatten, waren für sie Indizien für das nahende Ende der Welt gewesen. Andere waren apathisch nach den überstandenen Strapazen oder schlicht nicht mehr fähig, sich zurechtzufinden. Die Aufforderungen der Retter, sich ins Freie zu begeben, machten keinerlei Eindruck auf sie.

Der Trompeter flüsterte Delphick zu: »Sie kennen mich. Darf ich es versuchen, Sir?« Delphick nickte. Der junge Mann baute sich vor den erschöpften Gläubigen auf und herrschte sie streng an: »Los, aufstehen. Raus hier, ihr alle!«

Da war jemand, den sie kannten, der den richtigen Tonfall hatte, und sie reagierten tatsächlich. Sie standen auf, und mit der sanften Hilfe und freundlichen Überredungskunst ihrer Retter taumelten sie ans Tageslicht.

Sie wurden mit großem Jubel begrüßt. Fotoapparate klickten, Kameras surrten. Mikrophone wurden vor ihre Gesichter geschoben, damit der großen weiten Welt kein Wort entging, wenn sie sich dankbar über ihre Rettung äußerten.

Die schwere Prüfung und die Qualen hatten ein Ende; die Nacht der Angst war vorbei; das drohende Armageddon hatte sie verschont; die Last der Verantwortung, eine neue Welt zu erschaffen, war ihnen von den Schultern genommen. Hinter ihnen lagen die schwarzen Trümmer der Kirche und der verkohlte Wald; vor ihnen breitete sich das grüne Kent unter dem blauen Himmel aus. Die Sonne des neuen Tages brachte die Ränder der kleinen weißen Wolken zum Leuchten und tauchte die Erde, die schon in den ersten Herbstfarben schimmerte, in goldenes Licht. Ihre Häuser waren unversehrt, Verwandte und Freunde lebten noch. Lächelnde Gesichter hießen sie willkommen. Ihre Wertsachen waren in Sicherheit – die Kiste, in der sie aufbewahrt worden waren, stand sichtbar für alle da.

Sie sahen sich benommen um: Das Gefühl war überwältigend; keiner von ihnen konnte verbergen, wie bewegt er war, aber niemand brachte auch nur einen Laut über die Lippen. Ein tiefes Gefühl begann zu keimen, zu wachsen, zu blühen, bis sich allmählich Worte formten, die das gesprächigste und am meisten mitgenommene Mitglied der Gruppe für alle vernehmlich äußerte.

»Das ist nun aber wirklich eine Enttäuschung«, sagte Mrs. Blaine.

ECON HISTORISCHER KRIMI

Sharan Newman
Die Suche nach dem goldenen Schrein
Ein Kriminalroman aus dem Mittelalter
416 Seiten, TB 25172-4
Deutsche Erstausgabe

Im Jahre 1141 werden der englische Goldschmied Edgar und seine französische Gemahlin Catherine nach Paris gerufen, um das Verschwinden einer kostbaren Armreliquie aus der Kathedrale von Salisbury aufzuklären. Unter Verdacht steht schnell ein jüdischer Händler, doch als dieser plötzlich ermordet aufgefunden wird, bemerken die Beteiligten, daß die christlichen Verantwortlichen sich ein wenig zu sehr beeilt haben, einen Sündenbock zu finden. Spätestens als der Verdacht auf Catherines jüdische Verwandtschaft fällt, ist auch ihr detektivischer Spürsinn gefragt, um die Ehre und auch das Leben ihrer Familienmitglieder zu retten.

»Sharan Newman läßt auf faszinierende Weise das mittelalterliche Gedankengut wieder aufleben.«
Marion Zimmer Bradley

HK 1

ECON TASCHENBÜCHER ECON

ECON HISTORISCHER KRIMINALROMAN

Elizabeth Peters
Die Schlange, das Krokodil und der Tod
Ein Kriminalroman aus dem 19. Jahrhundert
TB 25099-X

Eigentlich sollten es ihre zweiten Flitterwochen werden, doch dann gerät das Archäologenpaar Amelia Peabody und Radcliffe Emerson in böse Verwicklungen. Amelia ahnt, wer es auf ihr wohlgehütetes Geheimnis der »Verlorenen Oase« abgesehen hat … »Packender Krimi-Stoff!« *(Washington Post Book World)*

Christa-Maria Zimmermann
Die gekaufte Braut
Ein Kriminalroman aus dem 19. Jahrhundert
TB 25113-9

Die zwanzigjährige Susanna verliert ihre Eltern und muß nun zu Verwandten ziehen, die versuchen, dem unkonventionellen Mädchen Manieren beizubringen. Susanna flieht, landet in einem Londoner Bordell und wird dort von Lord Jonathan Sinclair gerettet, der eine falsche Braut benötigt, um den mysteriösen Tod seines Bruders aufzuklären.

Sharan Newman
Das Tor des Teufels
Ein Kriminalroman um Abaelard und Héloïse
TB 25125-2

Karwoche des Jahres 1140: Während die junge Catherine im Kloster der Héloïse auf ihren Geliebten Edgar und die baldige Hochzeit wartet, stirbt im Kloster eine schwer verletzte Gräfin. An einen Unfall kann Catherine nicht glauben. So müssen sie und Edgar vor der Hochzeit noch einen Mord aufklären.

HK 006

ECON TASCHENBÜCHER ECON